Lynda Mullaly Hunt

WIE MAN DEN WIND AUFHÄLT

AF204829

LYNDA MULLALY HUNT

Wie man den
WIND aufhält

Aus dem amerikanischen Englisch
von Ursula Höfker

Bei diesem Buch wurden die durch das verwendete Material und die
Produktion entstandenen CO$_2$-Emissionen ausgeglichen, indem der
cbj Verlag ein Projekt zur Aufforstung in Brasilien unterstützt.
Weitere Informationen zu dem Projekt unter:
www.ClimatePartner.com/14044-1912-1001

Verlagsgruppe Random House
FSC® N001967

Sollte diese Publikation Links auf Webseiten Dritter enthalten,
so übernehmen wir für deren Inhalte keine Haftung,
da wir uns diese nicht zu eigen machen, sondern lediglich auf
deren Stand zum Zeitpunkt der Erstveröffentlichung verweisen.

1. Auflage
Erstmals als cbt Taschenbuch Februar 2022
Copyright © 2019 by Lynda Mullaly Hunt
All rights reserved including the right of reproduction
in whole or in part in any form
This edition published by arrangement with Nancy Paulsen Books,
a division of Penguin Young Readers Group, a member of Penguin Group
(USA) LLC, A Penguin Random House Company.
Die amerikanische Originalausgabe erschien unter dem Titel
»Shouting at the Rain« bei Nancy Paulsen Books, New York.
© 2020 für die deutschsprachige Ausgabe
cbj Kinder- und Jugendbuchverlag
in der Penguin Random House Verlagsgruppe GmbH,
Neumarkter Straße 28, 81673 München
Alle deutschsprachigen Rechte vorbehalten
Aus dem amerikanischen Englisch von Ursula Höfker
Umschlaggestaltung: © Suse Kopp, Hamburg unter Verwendung
mehrerer Motive von Trevillion Images (Ebru Sidar, Krasimira Petrova
Shishkova); iStockphoto / vladimir_karpenyuk
he · Herstellung: LW
Satz: Uhl + Massopust, Aalen
Druck und Bindung: GGP Media GmbH, Pößneck
ISBN 978-3-570-31459-3

Printed in Germany

www.cbj-verlag.de

Für Nancy Paulsen,
die breite Schultern hat

Greg, Kim, Kyle und Dave,
früher träumte ich davon,
eine eigene Familie zu haben;
ihr macht mich glücklicher,
als ich es mir je erträumt hätte.

Inhalt

Bis jetzt

Es gibt zwei Arten von Menschen. Solche, die Überraschungen lieben, und solche, die es nicht tun.

Ich tu's nicht.

Dennoch kommt Aimee Polloch, meine Freundin seit der ersten Klasse, laut wie eine Krähe im Sommer ins Haus marschiert. »Delsie! Ich habe *die* Überraschung!«

Oh-oh.

»Also«, beginnt sie, »du weißt doch, dass Michael und ich beim Casting für die Sommerproduktion im Kap-Theater waren, ja?«

»Ach ja?«

»Michael hat eine super Rolle bekommen, aber ich … *ich* habe die Hauptrolle bekommen! Die *Hauptrolle*! Kannst du das *glauben*?« Sie wird plötzlich todernst. »Moment. *Autogramme*. Meinst du, die Leute wollen welche von mir haben?«

»Ich glaube, wir werden einen roten Teppich besorgen müssen, der zu eurer Haustür führt.«

»Das ist *kein* Witz.« Sie beugt sich ein wenig vor. »Hast du eine Ahnung, wie viele berühmte Leute im Kap-Theater angefangen haben?«

»Ich glaube, du hast es schon einmal erwähnt«, erwidere ich lächelnd.

Sie macht einen Riesenschritt und steht direkt vor mir. »Ich brauche aber deine Hilfe. *Unbedingt.*«

»*Meine* Hilfe? Wie könnte ich dir denn helfen? Du weißt doch, dass ich lieber bei Sturm und Hagel mit einem Hängegleiter fliegen würde, als in einem Theaterstück mitzuspielen.«

Sie schüttelt den Kopf. »Ich brauche dich nicht *in* dem Stück, Delsie. Du musst mir nur bei meiner Rolle helfen. Wir spielen *Annie*«, fügt sie mit großen Augen hinzu.

»Die *Hard-knock-life*-Annie? Aus dem Film, den wir gesehen haben?«

Sie verdreht die Augen. »Es war schon ewig ein Theaterstück, bevor es verfilmt wurde.«

»Meinetwegen, Aims. Du weißt, dass Theater nicht wirklich mein Ding ist.«

»Es geht einfach nur darum, dass ich ...« Sie wedelt mit der Hand in der Luft herum wie ein Zauberer. »... au*then*tisch sein will.«

»Und? Ich verstehe immer noch nicht, wie ich dir helfen kann. Könnte Michael das nicht viel besser?«

»Nein. Er kann mir nicht helfen. Nicht so wie du. Michael hat ... eine Familie.«

Ich habe das Gefühl, gestolpert, aber noch nicht gestürzt zu sein.

»Sag es mir. Wie ist es ... wie ist es *wirklich* ... Waise zu sein?«

Der Boden unter meinen Füßen scheint in Bewegung zu geraten.

Sie beugt sich vor. Redet. Redet und redet. Irgendetwas davon, dass ich Glück hätte. Während ich nur dastehe, hin- und hergerissen zwischen dem Wunsch, zu verschwinden und ihr zu helfen. Ich taste nach einer Antwort auf ihre Frage, finde aber keine.

Natürlich habe ich über meine Mutter nachgedacht. Ich habe mich gefragt, wohin sie gegangen ist und wo sie die ganze Zeit gewesen ist. Doch Aimee hat wahrscheinlich recht. Ich wurde im Stich gelassen ... und ich *bin* Waise. Aber klingt es blöd, wenn ich sage, dass ich nie wirklich so darüber nachgedacht habe?

Bis jetzt.

Die Beste bisher

»Grammy!«, rufe ich, während ich die Treppe hinunterrenne. »Bist du bald so weit?«

Sie sitzt in ihrer Arbeitskleidung über ihr Puzzle gebeugt und drückt ein Teilchen hinein. »Ich weiß, dass du Hummeln im Hintern hast, weil Brandy wieder in Seaside ist«, sagt sie und steht auf. »Ich habe allerdings keine Hummeln im Hintern. Für mich heißt es, wieder eine Saison lang die ganzen Ferienhäuser putzen.« Sie tätschelt mir die Wange. »Jetzt lauf und hol unser Mittagessen aus dem Kühlschrank. Und vergiss unser gutes Rootbeer nicht.«

Ich bin in drei Sekunden in der Küche und wieder zurück. »Okay. Gehen wir!«

Wir setzen uns ins Auto. Wie immer zeichnet sie mit dem Finger ein Kreuz aufs Armaturenbrett, schaut durch die Windschutzscheibe hinauf zum Himmel und betet, dass der Wagen startet. Als er es tut, tätschelt sie das Armaturenbrett. »Braves Mädchen. Springst für deine gute alte Bridget an.«

Sie stellt den Hebel auf D. »Findest du es seltsam, dass ich mit dem Wagen rede?«

»Nur wenn du erwartest, dass er antwortet.«

Sie muss beim Lachen husten. »Du bist der letzte Heuler, weißt du das?«

Das zählt zu Großmutters größten Komplimenten.

Beim ersten Stoppschild schaut sie zu mir herüber. »Du gleichst einer Zecke kurz vor dem Platzen. Ich weiß schon, du kannst es kaum erwarten, Brandy zu sehen.«

»Ich bin wahnsinnig aufgeregt. Aber eine Zecke kurz vor dem Platzen? Krass ... Nein ... uaaah!«

»Ich werde nie begreifen, wie ein Mädchen, das Tornados und Hurrikane und Überschwemmungen liebt, Angst vor einer kleinen Zecke haben kann.«

»Das Wetter saugt dir nicht dein Blut aus.« Ich erwarte eigentlich eine Erwiderung, doch sie schüttelt nur den Kopf.

Sie setzt den Blinker. »Dann hast du schon mit Brandy gesprochen? Bleibt sie wieder mit ihrer Familie den Sommer über?«

»Ja. Sie und ihre Mom zumindest.«

»Du liebe Güte! Ich erinnere mich noch an den Tag, als ihr euch zum ersten Mal begegnet seid.« Grammy lässt sich gegen die Rückenlehne fallen. »Ich hatte an dem Tag keine andere Wahl, als dich mit zur Arbeit zu nehmen, doch ihre Mutter war so nett und hat auf dich aufgepasst. Und du und Brandy, so klein ihr damals wart, habt nebeneinander in einem dieser großen Gartenstühle gesessen. Seither seid ihr wie Burger und Fritten.«

Ich muss lachen. »Grammy! Wer will denn wie Burger und Fritten sein? Das geht nie gut aus. Zumindest nicht für die zwei.«

Grammy schüttelt wieder den Kopf und fährt in eine Parklücke. Ich wende mich ihr zu. »Kann ich gehen?«

»Ja, aber achte um Himmels willen auf den Verkehr.«

Kaum setze ich einen Fuß auf den roten Gehweg, der nach Seaside hineinführt, höre ich Brandy auch schon. »Dels!«, ruft sie und springt von einem Picknicktisch auf. Es stinkt bereits nach Sonnencreme und Grillkohle, obwohl es noch nicht mal neun Uhr ist. Der Sommer hat offiziell begonnen.

Ich renne über den Rasen und wir fallen uns in die Arme und hüpfen herum. »Mensch! Wie geht es dir? Ich freue mich soooo, dich zu sehen!« Dann tritt sie einen Schritt zurück. »Wow, Dels, du bist gewachsen.«

»Findest du?« Dann fällt mir auf, dass Brandy viel älter aussieht als ich. Sie ist geschminkt, trägt eine Handtasche und die Art Klamotten, die man in kleinen Läden kauft und nicht in großen. Ich komme mir ein bisschen komisch vor in meinem verblichenen Boston-Marathon-T-Shirt, obwohl es das beste Flohmarktschnäppchen des letzten Sommers war. Aber Brandy lächelt und ich freue mich sie zu sehen.

»Ich habe schon unsere Sammeleimer geholt«, verkündet sie, und dieses Gefühl in meinem Bauch schmilzt. Sie ist die alte Brandy.

Seit der Vorschule haben wir Steine und Muscheln gesammelt, sie zusammengeklebt, angemalt und Skulpturen daraus gemacht.

Ich zupfe an ihrem Ärmel. »Aber lass uns zuerst nach dem Haus sehen.«

Unter ein paar riesigen blühenden Büschen steht ein Steinhäuschen, das wir im Sommer, bevor wir in die zweite Klasse kamen, gebaut haben. Wir hofften, dass Feen einziehen würden. Das war vor fünf Jahren. Jetzt schauen wir einfach jeden Sommer als Erstes danach.

Ich lasse mich auf die Knie fallen und biege die Zweige beiseite. Das Haus ist nicht mehr da.

Brandy kauert neben mir. »Wo ist es?«

»Keine Ahnung. Glaubst du, jemand hat es mitgenommen?«

Sie lacht. »Wahrscheinlich. Es war schließlich kein Wohnmobil. Es sei denn, die Feen sind endlich aufgetaucht.« Sie richtet sich auf und tritt einen Schritt zurück.

Ich krieche durchs Gebüsch und suche nach dem Häuschen.

»Komm«, sagt sie, »lass uns an den Strand gehen.«

»Ist es dir denn gleichgültig?«, frage ich.

»Klar wäre es mir lieber, es wäre noch da, Dels. Aber wahrscheinlich haben es ein paar Kinder entdeckt. Was soll's.« Sie zupft mich am Ärmel. »Komm, gehen wir an den Strand. Ich muss an meiner Bräune arbeiten.«

An ihrer Bräune? Seit wann macht sie sich Gedanken um ihre Bräune? Ich folge ihr, doch die leise Stimme, von der mein Nachbar Henry sagt, dass man sie auf keinen Fall ignorieren darf – diese leise Stimme, die Menschen hören, wenn sie in Gefahr sind oder kurz davor, eine Dummheit zu begehen –, sagt mir, dass eine Kaltfront im Anmarsch ist. Die Luft verändert sich. Ich finde es schlimm, dass das Häuschen nicht mehr da ist, aber noch schlimmer finde ich, dass es Brandy so gar nichts ausmacht.

Wir schnappen die Eimer, und als sie losrennt, renne ich auch. Die Fiesters haben einen alten roten und einen blauen Eimer, mit denen Mrs Fiester und ihr Bruder vor einer Million Jahren auf dem Kap gespielt haben. Sie sind aus Metall und inzwischen völlig zerkratzt. Am unteren Rand haben sie Rost angesetzt. In einem Eimer sammeln wir Steine, im anderen Muscheln, damit die Muscheln nicht kaputt gehen, wenn ein Stein darauf fällt.

»Okay«, sagt sie. »Steine oder Muscheln?«

»Du darfst wählen.« Ich lächle und bin einfach nur glücklich, mit Brandy wieder an der Seagull Beach zu sein. Sie fehlt mir den Rest des Jahres. Wir chatten gelegentlich, aber das ist nicht dasselbe. Wir können es kaum erwarten, bis ihre Mutter und meine Grammy uns unsere eigenen Handys erlauben. Allerdings freue ich mich am meisten auf die App, die globale Blitzeinschläge aufzeichnet.

Wir hängen den Vormittag über an den Molen ab, sammeln verschiedene Dinge und veranstalten den einen oder anderen Spritzwettkampf mit den Füßen. Irgendwann kehren wir zu den Picknicktischen zurück, breiten unsere gesammelten Schätze aus und überlegen, welche Skulpturen wir daraus machen.

Brandy sortiert die Steine der Größe nach. »Findest du es nicht kindisch, dass wir das immer noch machen?«

»Nicht, solang es uns Spaß macht.«

»Ja ... wahrscheinlich. Wenigstens sieht uns niemand.«

Ich schaue sie an. »Und wenn doch ... wen kümmert's?«

»Ja, wahrscheinlich hast du recht.«

Aber ich kenne Brandy. Ihr Mund stimmt mir zu, doch ihr Gehirn denkt etwas vollkommen anderes.

Madre

Brandys Mom lehnt sich aus der Tür und ruft ihr zu: »Liebes, wir müssen in ein paar Minuten los zu unserem Termin.«

Brandy ruft »Okay« zurück. Sie tut mir leid. »Oh, Mist. Musst du zum Zahnarzt oder so?«

Sie lächelt. »Nein, meine Mom und ich bekommen Mani-Pedis.«

Meine Nachbarin Esme bekommt so was auch, deshalb weiß ich, was es ist, aber ich war noch nie bei einer. Eher würde meine Grammy mich im größten Sturm zu einer Raftingtour mitnehmen.

Brandy winkt, als sie gehen, und als sie um die Ecke verschwinden, empfinde ich eine Leere, die ich vorher nicht gekannt habe.

Ich bin Waise, wie Aimee sagt. Keine Mutter. Kein Vater.

Ich habe nie darüber nachgedacht. Mir auch nie Sorgen gemacht deshalb. Doch jetzt, da ich einmal damit angefangen habe, frage ich mich, was ich tun würde, wenn Grammy etwas zustoßen würde. Würden Henry und Esme mich zu sich nehmen? Obwohl sie eine eigene Tochter haben?

Ich vergrabe die Hände in meinen Taschen, mache mich auf die Suche nach Grammy und sage ihr, dass ich am Strand spazieren gehe und wir uns später zu Hause treffen.

»Pass auf dich auf«, sagt sie, drückt einen Kuss auf ihre Handfläche und bläst ihn in meine Richtung. Seit ich klein bin, habe ich mir im Spaß immer einen Klaps auf die Wange gegeben, als treffe mich dort ihr Kuss. Heute kann ich mich nicht dazu überwinden.

Am Strand gehe ich direkt am Wasser entlang und beobachte, wie kleine Steine mit den Wellen hin und her kullern. Genau so kullert Aimees Waisen-Frage in meinem Kopf hin und her.

Doch dann … sehe ich etwas am Strand, mit dem ich nie gerechnet hätte.

Zunächst fürchte ich, er sei tot, doch seine dunklen Augen folgen mir, als ich vor ihn trete. Es erscheint so unnatürlich, wie er da ohne Beine am Strand liegt und doch aussieht, als wollte er weggehen. Sogar wegrennen.

Die Strandwache ist eine zierliche Frau mit kräftiger Stimme. »Alle zurücktreten!«, ruft sie der größer werdenden Menschenmenge zu. »Der kleine Seehund hat Angst.«

Die meisten Leute hier sind Touristen. Das sehe ich

an den vielen Cape-Cod-T-Shirts aus diesem bekannten »Kaufe eines, bekomme zwölf umsonst«-Laden. Einheimische würden sich nicht lebend in so einem Teil erwischen lassen.

Die Leute bewegen sich nicht schnell genug für die Strandwache. Sie beugen sich vor. Fotografieren. »Liebes«, bittet eine Mutter ihre Tochter in lautem Flüsterton, »geh ein wenig näher an den Seehund heran und lächle.«

Die Strandwache wird zur Mauer. Sie geht mit ausgebreiteten Armen in die Menschenreihe, als könnte sie fliegen. »Nein, Ma'am. Treten Sie jetzt bitte zurück.« Ich bewundere sie. Sie wirkt nett, lässt aber gleichzeitig ein unmissverständliches *Legt euch nicht mit mir an* durchklingen.

Die Reihe setzt sich in Bewegung, doch meine Füße machen ohne mein Zutun einen Schritt nach vorn. Der Seehund ist klein. Ist er krank? Wird er sterben? Die Strandwache wirft mir einen strengen Blick zu und ich trete mit den anderen zurück.

Ein Junge neben mir spricht spanisch. Vom Spanischunterricht in der Schule ist nicht viel hängen geblieben, doch er verwendet das Wort *madre*. Das, so viel weiß ich noch, »Mutter« bedeutet.

Die Frau von der Strandwache steckt Holzstangen in den Sand, zieht ein Neonband von einer zur anderen und spannt so ein großes Viereck aus leuchtendem Band um den Seehund. »Es kommt sehr häufig vor«, erklärt sie,

»dass eine Mutter ihr Junges am Strand lässt, während sie jagen geht. Das Baby bleibt hier auf dem Sand zurück, wo es in Sicherheit ist. In Sicherheit vor den Weißhaien, die sie jeden Sommer jagen.«

Eine Welle der Erleichterung überspült mich. Das Seehundjunge ist okay.

Ich schaue hinaus auf die anrollenden Wellen und frage mich, wo die Seehundmutter ist. Wie ist es möglich, dass sie sich erinnert, wo sie ihr Baby auf diesem Strand zurückgelassen hat, der sich über die gesamte Südküste von Cape Cod erstreckt?

»Bitte gehen Sie nicht weiter als bis zu dem Band«, ruft die Frau der Menge zu. »Falls die Mutter zu dicht bei ihrem Baby Menschen sieht, lässt sie es vielleicht im Stich.«

Die beiden Wörter *ihr Baby* gehen mir nicht mehr aus dem Kopf. Nicht *das* Baby oder *ein* Baby, sondern *ihr* Baby.

Die Frau von der Strandwache dreht sich um. Ihre nächsten Worte scheinen nur an mich gerichtet zu sein. »Aber keine Bange. Die Mutter kommt immer zurück.«

Wieder blicke ich hinaus auf den Ozean. Wenn es nur wahr wäre.

Ich gehe am Strand entlang, weg von all den Menschen, die mich total nervös machen. Und während ich die Seagull Beach hinuntergehe, schleppe ich die ganze Zeit diese Gedanken an das Seehundjunge mit mir herum.

Ob es sich Gedanken über seine Situation macht?

Der nasse Sand quillt beim Gehen zwischen meinen Zehen nach oben. Doch bald ist es vorbei mit der Stille. Der Wind trägt aufgeregte Stimmen zu mir herüber. Als ich mich umdrehe, sehe ich, dass die Frau von der Strandwache die Leute ein gutes Stück weiter nach hinten geschickt hat. Der ganze Lärm und die auf den Ozean zeigenden Hände sagen mir, dass es dort etwas zu sehen gibt. Also sprinte ich zurück, immer am Rand des Wassers entlang. Als ich nah genug herangekommen bin, sehe ich etwas wie einen schwarzen Ball auf dem Wasser treiben. Den Kopf der Madre, der Seehundmutter.

Das Seehundbaby robbt wie eine dicke kleine Raupe zum Ozean. Unter dem Neonband durch und auf die Wellen zu. Die Seehundmutter schwimmt vor und zurück, vor und zurück, und ich spüre ihre Sorge wegen all der Leute in der Nähe ihres Babys. Aber immerhin ... ist sie da.

Da.

Es überrascht mich, wie erleichtert ich bin, sie zu sehen. Als das Baby das Wasser erreicht hat, katapultiert sich die Seehundmutter aus dem Wasser und taucht wieder ab. Springt und taucht ab.

Und dann passiert etwas ganz Erstaunliches. Ich beginne zu weinen. Nicht die Art von Weinen, die man unterdrücken und hinunterschlucken kann, sondern die andere Art, bei der dein ganzer Körper weiß, wie du dich fühlst. Und genau in dem Moment wird mir klar, dass es einfach nicht stimmt, wenn die Leute sagen, dass man etwas, das man nicht kennt, auch nicht vermissen kann.

Zerbrochen

Ich renne barfuß vom Strand hinauf zu unserem Haus, stoße die Haustür auf und stolpere hinein.

Grammy schaut sich *Der Preis ist heiß* an und beugt sich zur Seite, um an mir vorbeisehen zu können, als ich mich vor dem Fernseher aufbaue.

»Grammy, ich muss dich was fragen.«

»Du meine Güte, Liebes. Wirst du *jemals* Schuhe tragen?« Sie schüttelt den Kopf. »Hol die Salbe und die Binden, damit ich dich verarzten kann.«

Ich betrachte meine Füße. Einer blutet.

»*Grammy!*« Ich bin selbst erschrocken, wie schrill meine Stimme klingt. »Bitte, *bitte* erzähl mir von meiner Mom. Ich weiß, dass du nicht gern über sie sprichst, aber ich muss wissen, wie sie war. Hat sie geklungen wie ich? War sie eine Läuferin? Mochte sie Rootbeer?«

Grammy sieht aus wie damals, als sie den Stecker des Toasters in die Steckdose gesteckt hat und einen Stromschlag erhielt.

»Und wer ist mein Dad? Wie heißt er?«

»Oh, tut mir leid, Kleine. Ich würde es dir sagen, wenn ich es wüsste, aber Mellie hat es mir nie verraten.«

Das tut weh.

Ich mache einen Schritt auf sie zu. »Dann will ich wenigstens wissen, warum sie gegangen ist. Sag mir die Wahrheit über meine Mom.«

»Oh, Delsie, weshalb möchtest du über das alles reden? Es gibt keinen Grund, traurige Dinge ans Licht zu zerren.«

»Ich weiß, dass du nicht gern über sie sprichst, aber ich kapiere einfach nicht, weshalb.«

»Aus demselben Grund, aus dem ich keinen Kaffee trinke«, erwidert Grammy. »Weil es meinem Magen nicht guttut und ich mich danach innendrin ganz schrecklich fühle. Und warum sollte ich etwas tun, das solche Gefühle hervorruft?«

»Ich weiß, dass es dich traurig macht, über sie zu reden. Das weiß ich. Aber ich glaube, es wäre besser, wenn ich einfach ein paar Dinge wüsste. Nichts zu wissen ist das schlimmste Gefühl auf der ganzen Welt. Seine Mom nicht zu kennen ist, als wüsste man nicht, wann man Geburtstag hast. Und das sollte jeder wissen.«

Eine Welle der Traurigkeit spült über ihr Gesicht, dann klopft sie neben sich auf die Couch. »Komm. Setz dich zu deiner guten alten Grammy. Wir wollen sehen, wer die letzte Runde gewinnt. Eine Lady hat auf zwei Autos gesetzt. Zwei Stück!« Sie hebt zwei Finger, macht große

Augen und lächelt, und ich weiß, dass ich nichts über meine Mutter erfahren werde.

»Später«, sage ich und gehe an ihr vorbei.

Ich habe nicht die Absicht zurückzukommen, und ich weiß, dass sie während der letzten Runde von *Der Preis ist heiß* nicht nach mir schauen wird, es sei denn, das Haus brennt lichterloh. Und selbst dann ist es noch fraglich.

Meine Zimmertür quietscht, als ich sie schließe. Ich setze mich aufs Bett und greife nach dem Foto von meiner Mutter in einem Rahmen voller Zuckerperlen und Glitter. Ein Foto, dem ich Gute Nacht gesagt habe, seit Opa Joseph mir beigebracht hat zu beten.

In meinem Kopf herrschen schwere Turbulenzen. Meine Fragen richten immense Schäden an, wirbeln alles herum und hinterlassen ein Trümmerfeld.

Und ich werde das Bild von dem kleinen Seehund nicht los. Wie kann es sein, dass er so viel mehr Glück hat als ich? Meine Fingerspitzen werden weiß, so fest halte ich den Bilderrahmen. Die Worte »Das ist nicht fair« blubbern in mir hoch und aus mir heraus, und Glas zerschellt, als ich das Bild auf den Boden schmettere. Ich betrachte die Scherben und Rahmenteile und bin genauso kaputt.

Die Teile erinnern mich an Grammys Puzzle, obwohl ich den Sinn eines Puzzles nie verstanden habe. Warum sitzt jemand stundenlang da und versucht ein Bild, das in hundert Teile zerstückelt wurde, wieder zusammenzusetzen? Außerdem weiß man, wenn man den Deckel der Schachtel anschaut, ganz genau, was am Ende dabei herauskommt.

Ich komme mir ein bisschen vor wie ein Haufen Puzzleteilchen, die man auf den Boden geschüttet hat. Aber ich kann die Teilchen nicht zusammensetzen, da ich das Bild auf der Schachtel nicht kenne. Ich weiß nicht, wer ich bin – oder wie viele Teile mir fehlen. Und seit Aimee mir die Augen geöffnet hat für etwas, das die ganze Zeit vor mir lag, frage ich mich, was ich sonst noch alles nicht sehe.

Ich schaue mir die zerbrochenen Rahmenteile an und fühle mich genauso zerbrochen.

Olivenöl

Das Viertel, in dem ich wohne, liegt am Ende einer unbefestigten Straße, die die meisten Leute für eine Hofeinfahrt halten. Es hat die Form eines Lutschers. Die Straße ist der Stiel, der zu vier im Kreis angeordneten Häusern führt – drei bewohnte und eines, das seit Jahren leer steht.

Strauchkiefern, die aussehen wie die windschiefen Bäume in einem Buch von Dr. Seuss, bieten das ganze Jahr über Schatten. Doch in der Mitte des Kreises steht eine richtige Kiefer, die alles überragt. Wir nennen sie Olives Baum nach einer unserer Nachbarinnen, obwohl ich nicht weiß, weshalb, außer, dass sie den Baum liebt und länger hier wohnt als wir alle.

Am Eingang zu unserem kleinen Viertel steht ein Schild, auf dem MÜLL ABLADEN VERBOTEN steht, und wenn man rausfährt, sagt ein verblichenes, bemoostes Schild DANKE.

Grammy behauptet, das bedeutet »Danke für Ihren Besuch«.

Olive behauptet, es heißt »Danke, dass ihr wieder verschwindet«.

Jetzt steht Olive vor unserer Tür.

Olive Tinselly erinnert mich an einen Hurrikan. Sie wirbelt herum und gewinnt an Kraft, während sie vorwärtsstürmt. Doch wie das Auge eines Sturms gibt es auch bei ihr ruhige Momente. Sogar sonnige. An Olives stürmischen Tagen müssen wir besonders nett zu ihr sein, sagt Grammy, da es in ihrem Leben viele Verluste und Grund zu Trauer gegeben hat. Doch Olive macht keinen traurigen Eindruck auf mich. Sie wirkt einfach nur wütend.

Schon beim Öffnen der Tür sehe ich an der Form ihres Mundes, dass es ein stürmischer Tag ist. »Ist deine Großmutter zu Hause?«

Grammy reißt sich von ihrem Puzzle los und stellt sich neben mich. »Hallo, Olive«, grüßt Grammy. Und quasi als Information fügt sie noch »Ein herrlicher Abend« hinzu.

»Wir müssen etwas bezüglich Henry unternehmen«, faucht Olive. »Dieses Mal ist er zu weit gegangen.«

Was? Ich kann's nicht glauben. *Zu weit gegangen? Henry?*

»Habt ihr gesehen, was er getan hat?«

»Du liebe Güte, Olive«, meint Grammy. »Ich kann mir nicht vorstellen, dass er überhaupt Zeit hat, etwas Schlimmes anzustellen. Er arbeitet Vollzeit und muss sich allein um Ruby kümmern, während Esme weg ist und ihren Vater pflegt.«

»Dann seht es euch mit eigenen Augen an!«

Ich höre ein wunderschönes Klimpern, als wir vors Haus treten. Mrs Tinselly zeigt auf einen Baum in Henrys Garten. »Schaut euch *das* an! Ich fürchte, dieses Mal hat er tatsächlich den Verstand verloren. Weshalb würde jemand sonst etwas so Verrücktes tun?«

Esmarelda »Esme« Laskos silberne Löffel hängen an weißen Fäden im Baum. Das Klimpern ertönt, wenn sie im Wind aneinanderschlagen.

»Ich finde es wunderschön«, sage ich.

Olive hebt einen Finger und öffnet den Mund, um etwas zu erwidern.

Grammy kommt ihr zuvor. »Jetzt komm mal wieder runter, Olive. Jeder Pfannkuchen hat zwei Seiten. Wahrscheinlich gibt es einen verflixt guten Grund dafür.«

»Zuerst streicht Esme das Haus leuchtend rot an«, beginnt Olive. »Herrgottnochmal, es sieht aus wie ein Feuerwehrauto. Und dann hat sie die Vorderfront auch noch mit diesen ganzen lächerlichen Eidechsen aus Metall vollgepappt. Ich weiß, dass sie das an ihre Heimat erinnert, aber hier auf dem Kap ist es bescheuert ...«

In diesem Moment schwingt die Fliegentür auf und Henry tritt auf die Veranda. »Wem oder was verdanke ich das Vergnügen einer so erfreulichen Gesellschaft?« Er zwinkert mir zu.

»Henry Lasko! Was hast du getan?«, fragt Olive.

»Ich freue mich auch sehr, dich zu sehen, Olive. Ist das

nicht ein wunderschöner Tag?« Er tut so, als lüfte er zum Gruß den Hut.

Ruby kommt aus dem Haus, schlingt beide Arme um die Beine ihres Daddy und stellt sich auf seine Füße. Aber es ist die Art, wie sie zu ihm aufschaut. Ich habe das schon tausend Mal gesehen, aber jetzt fährt es mir zum ersten Mal in den Magen. Es wäre schön, einen Dad wie Henry zu haben.

Er legt eine Hand auf Rubys Kopf und schaut hinauf zu den Löffeln. »Das war Rubys Idee. Sie vermisst ihre Mom und sagt, die Löffel klingen wie das Lachen ihrer Mutter.«

Womit sie recht hat, wie ich feststelle.

»Es ist schwer für sie.« Er weist mit dem Kinn auf seine Tochter. »Esmes Dad ist ziemlich krank. Sie wird also noch eine ganze Weile weg sein.«

Mir kommt Esmes Löffelsammlung und die Wand voller Teetassen in den Sinn, und dass ich mir eine aussuchen darf, wenn ich bei ihr zum Tee eingeladen bin. Im Sommer gibt es Eistee in Gläsern mit dickem Rand, wie sie früher zum Einkochen benutzt wurden.

Esme gibt mir immer einen der Löffel, die jetzt im Baum hängen, zum Umrühren, und wir spreizen den kleinen Finger ab beim Trinken und lachen. Und tun so, als seien wir vornehmere Leute, als wir tatsächlich sind. Mein Magen schmerzt, wenn ich an sie denke, und ich merke, wie sehr auch ich Esme vermisse.

Nachdem Henry Olive einige Augenblicke betrachtet

hat, schaut er mich an. »Und da wir gerade von großen Fischen reden – Delsie! Du hättest das Riesenteil sehen sollen, das wir heute rausgezogen haben!«

»Henry Lasko!«, schimpft Olive. »Fang nicht wieder damit an!«

Wenn es Henry nicht passt, wovon Olive spricht, sagt er »da wir gerade von … reden« und schwenkt zu einem vollkommen anderen Thema um. Olive hasst das. Ich glaube, sie streitet lieber.

»Es war ein Streifenbarsch«, fährt Henry fort, »aber einen so großen habe ich noch nie gesehen. Er war eine Stange Geld wert, aber es hätte mir das Herz gebrochen, wenn ich ihn behalten hätte. Deshalb habe ich ihn wieder freigelassen.«

»Henry! Das hast du *nicht* getan!«, ruft Großmutter.

»Ich weiß. Sag Esme nichts davon. Aber er hat so lang gelebt, da hatte ich irgendwie das Gefühl, ich hätte kein Recht, ihn jemandem auf den Teller zu legen.« Er verlagert sein Gewicht auf die Fersen. »Man hätte jede Menge Teller damit füllen können.«

»So ein Unsinn!«, faucht Olive. »Was für ein Fischer bist du denn? Der arme Joseph McHill schüttelt wahrscheinlich droben im Himmel den Kopf, weil er dir sein Boot überlassen hat, als Gott ihn heimgeholt hat.«

Henry und ich schauen uns an und er zwinkert mir wieder zu. »Opa Joseph hätte eine Möglichkeit gefunden, den herrlichen Fisch zu retten *und* Geld damit zu verdienen.« Er blickt nach oben und atmet tief durch. »Jeden Tag, wenn ich vom Hafen in Chatham auslaufe, blicke ich zum Himmel hinauf und danke Joseph dafür, dass er mir die *Reel of Fortune* überlassen hat. Sie ist das beste Boot auf dem Kap.« Henry kommt zu mir und wuschelt mir kurz durchs Haar. »Er war ein guter Mensch und ein guter Freund, dein Opa. Ja, das war er. Er fehlt mir auch.«

Olive fängt wieder mit den Löffeln an, doch Henry unterbricht sie. »Da wir gerade von Ruby reden, wir sollten besser reingehen.« Er lacht leise in sich hinein und geht zurück ins Haus.

Als sich die Tür hinter ihm schließt, holt Grammy tief Luft und blickt auf das Haus. »Du hast vollkommen recht, Olive. Es muss etwas passieren.«

Olive nickt zufrieden in Grammys Richtung. »*Endlich. Etwas Vernunft.*«

»Und ich weiß auch schon, was.« Grammy grinst. »Henry braucht was Gebackenes. Vielleicht ein paar Brownies. Oder ein Stück von diesem Blaubeerkuchen, den er so gern mag.« Sie wendet sich an mich. »Was hältst du davon, Delsie?«

»W-w-was?«, stammelt Olive. »Das ist doch keine Lösung. Was ist mit … den Löffeln?«

»Kein Löffel auf der ganzen Welt hat sich je einsam oder vergessen gefühlt. Henry dagegen? Wir müssen ihn und Ruby wissen lassen, dass wir ihre Nachbarn und Freunde sind.« Sie beugt sich vor und schaut ihr in die Augen. »Und es war einfach ganz, ganz lieb von dir, Olive, dass du uns darauf aufmerksam gemacht hast.«

»Also, das war nicht unbedingt …«

Grammy unterbricht sie erneut. »Weißt du was, Olive? Du könntest uns beim Backen helfen.«

»Also, ich … ich meine … ich weiß nicht … Ich habe eine Menge zu tun.«

»Du brauchst nur zu rufen, falls du es dir anders überlegst, ja?«

Olive wirkt hin- und hergerissen. Als wollte sie gern kommen, würde es sich aber nicht erlauben. Ich weiß jetzt schon, dass Grammy mich beim Backen zu ihr rüberschicken wird, um etwas zu borgen, das wir gar nicht brauchen, nur um Olive noch einmal eine Chance zu geben zu kommen.

Ich lächle in mich hinein. Einer von Grammys Sprüchen lautet: Wenn Leute mit Steinen werfen, kann man entweder Mauern damit bauen oder Brücken. Grammy war immer eine Brückenbauerin.

Gewitterjunge

Als ich am nächsten Tag nach Seaside komme, sitzt Brandy auf dem Küchentresen und unterhält sich mit ihrer Mom.

»Hey, Dels«, begrüßt sie mich und wischt sich Erdbeersaft vom Kinn. Ihre Fingernägel fallen mir auf. Sie sind leuchtend blau. Die Zehennägel sind rot. Ich schaue zu ihrer Mutter hinüber. Dieselben Farben.

»Sieht so aus, als sei die Mani-Pedi-Sache gut gelaufen«, bemerke ich. Ich habe das Gefühl, als würde mein Lächeln gleich mein Gesicht spalten. Und ich schäme mich. Auf eine Freundin sollte man doch nicht eifersüchtig sein, oder?

Brandy dreht sich weg, damit ich nicht sehen kann, was sie tut. Als sie zu mir herumwirbelt, trägt sie eine neue Sonnenbrille. Eine Aviator.

»Gefällt sie dir?«, fragt sie. »Wir haben sie gestern gekauft.

»Ja, sie ist cool.«

»Überraschung!« ruft sie und zieht eine zweite Brille hinter ihrem Rücken hervor. »Wir haben auch eine für dich gekauft!«

Und urplötzlich bin ich glücklich. Glücklich, weil sie auf ihrer Shopping-Tour an mich gedacht haben. »Danke.« Lächelnd setze ich sie auf und betrachte mein Spiegelbild in ihrer Brille. Es gefällt mir. Und mir gefällt auch das Gefühl, das die Brille mir vermittelt. Wir klatschen uns ab.

Ich drehe mich zu ihrer Mutter um. »Danke, Mrs Fiester. Sie ist echt cool.«

»Bitte, bitte, Delsie. Brandy glaubt anscheinend, dass ihr dieselben haben müsst.« Lachend dreht sie sich wieder zum Tresen um.

Brandy und ich gehen mit unseren Sonnenbrillen auf der Nase nach draußen und setzen uns an einen der Picknicktische. Der Neue, der für den Außenbereich der Ferienanlage zuständig ist, repariert den Deckel an einem der Grills. Er nickt uns zu. Grammy hat mir von ihm erzählt. Sie meinte, er könne anscheinend alles von Gott und Menschen Gemachte reparieren, sei aber nicht der Gesprächigste.

Ich schiebe meine Brille ein Stück höher und wende mich Brandy zu. »Und – was machen wir jetzt? Willst du eine Sandburg mit einem Wassergraben bauen? Und abwarten, wie lang sie hält? Mit dem tiefsten Wassergraben in der Geschichte von Cape Cod?«

Sie betrachtet ihre Fingernägel. »Ich kann mit einer frischen Maniküre nicht im Sand buddeln«, lässt sie mich wissen.

»Wir könnten Muscheln suchen.«

Sie schüttelt den Kopf. »Eine zu große Sauerei.«

Eine *Sauerei*? So etwas habe ich bisher noch nie von ihr gehört.

»Halt! Ich hab's. Wir bauen ein neues Feenhaus.«

»Soll das ein Witz sein?«

»Was? Nein, es würde Spaß machen.«

»So wie malen mit Fingerfarben und Knetmännchen formen?«

Als ich den Kopf senke, fällt meine Sonnenbrille herunter, und als ich mich bücke, um sie aufzuheben, höre ich sie seufzen.

»Ist Aimee hier?«, erkundigt sie sich.

»Nein. Wir werden sie in diesem Sommer nicht oft sehen. Sie hat die Hauptrolle im Kap-Theater-Musical bekommen.«

Mit einem Ruck wendet Brandy sich mir zu. »Im Kap-Theater? Echt?«

Ich lache leise. »Ja, ich weiß. Die Proben beginnen diese Woche. Für sie ist es eine ganz große Sache – sie spielt die Annie.«

»Cool«, meint Brandy, doch sie wirkt gelangweilt, als sie sich ins Gras fallen lässt und Klee pflückt. »Sag, lebt dein ältester lebender Vogel immer noch?«

Ich lache. »Ja.«

»Bitte sag, dass dein Vogel immer noch Birdie heißt.«

Ich lache wieder. »Jep. Du weißt doch, dass ich noch Windeln getragen habe, als ich das Ding getauft habe.«

»Dann also letztes Jahr?«

Ich boxe sie leicht auf den Arm. »Ha, ha. Sehr witzig. Hm … Willst du eine Runde joggen?«

»Ich? Vergiss es. Außerdem ist es zu heiß.« Sie schaut zu mir auf. »Machst du inzwischen Leichtathletik?«

»Nö. Aber ich trainiere für einen Fünf-Kilometer-Lauf im September in Yarmouth. Er soll Spenden für die Erforschung von Herzerkrankungen einbringen.«

»Oh. Tust du das für deinen Opa?«

Ich nicke und denke an den Tag, als Grammy mir sagte, dass er einen Herzinfarkt hatte. An Brandy, wie sie bei der Beerdigung neben mir stand und mir den Arm um die Schultern legte. Daran, dass die Welt seither zu einem anderen Ort wurde. Ich betrachte die Wolken, die sich über dem Ozean zusammenbrauen, und weiß, dass Regen im Anzug ist.

Brandy kitzelt mich an den Füßen. »Trägst du jetzt, da du mehr läufst, Schuhe?«

»Nö. Ich verzichte auf Schuhe, wann immer es möglich ist.«

Sie schaut sich meine Füße genauer an. »Ihhh. Deine Füße sehen aus, als seien sie in eine Messerstecherei verwickelt gewesen. Bist du über Glasscherben gelaufen oder was?«

»Wahrscheinlich. Aber ich habe nichts bemerkt.«

»Du bist eindeutig tapferer als ich. Ich liebe meine Sneakers.«

»Trägst du sie auch immer noch im Bett?«

Jetzt boxt sie mich auf den Arm. »Das ist doch schon ewig her.«

»Es ist noch nicht sooo lang her, dass wir in der vierten Klasse waren. Das ist jetzt seltsam, gib's zu.«

»Niemals!« Dann schaut sie mich über die Sonnenbrille hinweg an. »Und was machen wir jetzt? Gehen wir schwimmen? Wir haben neue Boogiebretter.«

Ich blicke wieder auf den Ozean. »Wir können nicht schwimmen. Ein Unwetter zieht auf.«

»Der Wetterdienst sagt bewölkt, aber kein Regen.«

Mir fällt ein, dass ich heute vergessen habe, unsere Wetterstation zu Hause zu checken. Aber ich bin dennoch ziemlich sicher, dass ich recht habe. »Doch, es wird regnen. Das sind Gewitterwolken. Außerdem ... riechst du es nicht?«

»Riechen?«

»Genau. Riechen. Im Ernst, du riechst den Regen nicht? Er riecht wunderschön.«

»Ich glaube, die Sonne hat dir dein Gehirn ausgetrocknet. Das ist *mein* Ernst.«

Bald beginnt es, leicht zu regnen, und Mrs Fiester ruft: »Oh nein! Mädels, lauft doch bitte runter zum Strand und holt meine Handtücher!«

Brandy blickt mich an, als hätte ich übernatürliche Kräfte, und wir springen auf. Nach gerade mal drei Schritten schüttet es, als hätte der liebe Gott den Stöpsel aus seiner Badewanne gezogen. »Du hattest so was von recht!«, brüllt Brandy im Laufen. Lachend rennen wir übers Gras, während winzige Wasserbomben vom Himmel fallen. Der Regen fällt nicht einfach nur. Er wird vom Wind getrieben. Draußen über dem Wasser flackern dunkle Wolken, als ginge im Himmel gleich das Licht aus.

Als wir die Treppe erreichen, sehe ich in der Ferne einen Flächenblitz. Flächenblitze mag ich mit am liebsten. Ich bleibe stehen und zähle, damit ich weiß, wie weit das Gewitter entfernt ist. Fünf Sekunden von dem Moment, in dem man den Blitz sieht, bis zum Donner bedeutet, dass es eine Meile weg ist. Als ich bei fünf bin, kracht es über uns, und der Donner lässt die Holzstufen zittern. Das Unwetter ist eine Meile entfernt.

Brandy kreischt und läuft die Stufen hinunter. Ich folge ihr. Sie läuft hierhin und dorthin, sammelt Handtücher auf und wirft sie sich über die Schulter.

Aber ich stehe wie angenagelt da und starre auf einen Jungen in schwarzen Jeans und mit einem langärmeligen schwarzen T-Shirt, obwohl doch Sommer ist. Er steht am Rand des Wassers und blickt hinaus auf den Ozean.

»Hey!«, brülle ich. »Es ist gefährlich, bei einem Gewitter mit den Füßen im Wasser zu stehen!«

»Dels! Los, komm!«, schreit Brandy und rast wie gejagt die Treppe hinauf.

Wieder ein Blitz. Ich zähle. Nach vier Sekunden hört sich der Donner an, als wollte er den Himmel spalten. Das Unwetter ist näher gekommen.

»Hey!«, brülle ich noch einmal zu dem Jungen hinüber. »Hast du nicht gehört? Komm aus dem Wasser!«

Der Junge hebt einen Fuß und macht einen Schritt zurück.

Er dreht sich nicht zu mir um, und ich bin versucht, zu ihm zu laufen, damit ich sein Gesicht sehe.

»Delsie!«, brüllt Brandy erneut. »Was machst du denn? Komm endlich!«

Ich drehe mich auf der Ferse um und laufe ihr nach, doch mit jedem Schritt stellt mein Gehirn mir neue Fragen zu dem Jungen ganz in Schwarz, der mitten in einem Gewitter am Rand des Wassers steht.

Spiele

Wir sind in Seaside Heaven. »Mannomann!«, stöhnt Grammy hinter mir. »Ich brauche deine Hilfe bei einem der Zimmer. Die Leute haben die Möbel umgedreht und wollen, dass auch die Unterseite geputzt wird. Das ist kein Witz, sie haben ein beachtliches Trinkgeld dagelassen …«

Ich helfe Grammy beim Putzen, doch wir schaffen es nicht, die Möbel wieder umzudrehen. Also ruft sie das Büro an und bittet um Hilfe.

Kurz darauf erscheint der Typ, der hilft, die Anlage in Ordnung zu halten. Hinter ihm steht der Junge in Schwarz.

Grammy streckt ihm die Hand hin. »Bridget McHill. Vielen Dank, dass Sie gekommen sind. Keine Ahnung, was sich die Leute dabei gedacht haben …«

Der Typ ergreift Grammys Hand und schüttelt sie. »Ja, es gibt schon seltsame Menschen«, meint er. Und an mich gewandt: »Ich bin Gusty Gale, das ist mein Sohn Ronan.«

»Gusty Gale?«, entfährt es mir. »Der beste Name, den ich je gehört habe. Und ich meine wirklich *jemals* in der

Geschichte der Welt und des Universums. Ich finde ihn total super!«

Vater und Sohn heben gleichzeitig die Augenbrauen, als hätten sie das einstudiert.

»Er ist hundertmal besser als so ein gewöhnlicher Name wie Delsie McHill«, erkläre ich.

Grammy schnaubt. »Delsie McHill, ich bitte dich. Dein Name ist wie ein Lied, Liebchen. Gusty Gale is⁻ ... also ...« Sie schaut kurz in seine Richtung. »Auch sehr schön.« Grammy wird ein wenig rot.

Er lacht in sich hinein. »Vielen Dank. Eigentlich heiße ich Sherman, aber Gusty gefällt mir besser.«

»Oh, das kann ich gut verstehen«, erwidere ich. »Sherman heißen alte Männer, aber Gusty ist einer, der freitagabends immer alle zu Fisch und Chips einlädt. Das ist viel besser!«

Grammy muss laut lachen. »Wie Sie sehen, wissen wir immer, was Delsie denkt.«

»Machen Sie sich nichts draus. Ich ziehe Menschen vor, die mit ihrer Meinung nicht hinterm Berg halten.«

»Oh, das brauchen Sie hier nicht zu befürchten«, beteuert Grammy.

Endlich meldet sich auch der Junge. »Du weißt schon, was ›Gale‹ heißt und was ›Gusty Gale‹ bedeutet?«

»Klar! Stürmischer Sturm. Sein Name besteht aus zwei Wörtern, die mehr oder weniger dasselbe bedeuten. Wie triefend nass.«

»Hm, ja … Es gibt Leute, die behaupten, ich sei tatsächlich ziemlich stürmisch«, sagt Gusty.

Ich wende mich an Grammy. »Vielleicht sollte ich mir auch einen Spitznamen zulegen, der etwas mit dem Wetter zu tun hat. Wie wäre es zum Beispiel mit Muggy McHill? Oder Monsun McHill?«

Grammys Radio läuft und die ersten Takte eines Liedes sind zu hören. Ich erkenne den Titel sofort.

»›The Wreck of the *Edmund Fitzgerald*‹ von Gordon Lightfoot«, platze ich heraus. »Mein Opa Joseph hat dieses Lied geliebt. Jede Wette, dass der Kapitän in diesem Lied auch Gusty Gale hieß.«

»Na ja«, meint Gusty, »wenn man bedenkt, dass es in dem Lied um ein Schiff geht, das mit Mann und Maus untergegangen ist, hoffe ich das eher nicht.«

Ronan schaut mich an, wie man einen Außerirdischen anschauen würde, der aus seinem Raumschiff steigt und um ein Stück Pizza bittet.

Gusty schiebt die Hände in die Hosentaschen. »Ich habe nie ein Mitglied meiner Mannschaft verloren, Gott sei Dank, aber in einem Sturm habe ich ein Fischerboot verloren. Die *Inafundável*. Schade drum. Sehr, sehr schade. Ich habe mir das nie verziehen. Und werde es mir wahrscheinlich auch nie verzeihen.«

Sein Sohn schaut ihn fragend an. Ich vermute mal, er hat das eben zum ersten Mal gehört.

»Also, ich bin froh, dass es Ihnen gut geht. Mein Opa

hat immer gesagt: Alles, was Menschen gemacht haben, kann man ersetzen. Bei Dingen, die Gott gemacht hat, sieht es anders aus.«

Er nickt bedächtig. »Oh ja. Damit hatte er vollkommen recht.«

Dann atmet er tief durch, hebt den Kopf und tippt seinem Sohn auf den Arm. Er weist mit dem Kinn auf das Zimmer und Gusty und Ronan stellen die Möbel wieder für uns auf. Grammy greift nach dem Trinkgeld, das die Kunden dagelassen haben, und hält ihnen einen Fünf-Dollar-Schein hin.

Roman streckt die Hand danach aus, doch Gusty tritt einen Schritt vor. »Nö, ist schon okay. Behalten Sie es.« Er nickt seinem Sohn kurz zu, beide winken und wenden sich zum Gehen. Ronan wirft rasch noch einmal einen Blick zurück. Nicht auf mich, sondern auf Grammy.

Noch bevor ich zum Strand komme, sehe ich Brandy. Sie sitzt an einem der Picknicktische und spielt mit einem fremden Mädchen Karten.

»Hey«, grüße ich. »Tut mir leid, dass ich zu spät komme. Ich habe Grammy beim Saubermachen geholfen.« Ich schaue das Mädchen an und hoffe, dass sie nicht in diesem Zimmer wohnt.

Sie wirft mir nur einen kurzen Blick zu.

»Hey, Dels, das ist Tressa. Ihre Mom ist eine Kollegin

von meiner Mom. Sie haben den Sommer über ein paar Blocks von hier ein Haus gemietet.«

»Cool«, antworte ich.

Das Mädchen blickt Brandy unverwandt an. »Du bist dran.«

»Was spielt ihr?«, frage ich.

»Gin Rommé.« Brandy nimmt ihre Karten auf und wirft mir einen Blick zu. Ich kenne diesen Blick. Sie hat sehr gute Karten.

»Kann ich mitspielen?«, frage ich.

»Klar«, antwortet Brandy.

»Moment mal«, meldet sich Tressa. »Wir spielen bis fünfhundert. Sie kann doch nicht mittendrin einsteigen.«

»Das geht schon. Ich gebe ihr die Hälfte meiner Punkte«, erklärt Brandy.

»Danke.« Ich lasse mich neben ihr auf die Bank fallen.

Tressa wirft ihre Karten auf den Tisch. »Lass gut sein. Ich habe ohnehin keine Lust mehr zu spielen.« Sie schwingt die Beine über die Bank und steht auf. »Das ist also das berühmte Cape Cod, ja? Was macht ihr alle hier denn so?«

»Na ja, Wale beobachten zum Beispiel«, erwidert Brandy und rempelt mich mit der Schulter an. »Delsie! Meine Mom spendiert uns an meinem Geburtstag am Freitag eine Bootsfahrt zum Walebeobachten. Du hast doch Zeit, oder?«

»Machst du Witze? Natürlich! Uuuund… ich habe

auch schon ein Geschenk für dich – etwas, das dir garantiert niemand anders schenken wird.«

»Muss ich mir Sorgen machen?«, fragt sie lächelnd.

»Vielleicht ein wenig.« Wir schauen uns an. Ich bin diejenige, die das Geschenk einigermaßen unheimlich findet, obwohl ich weiß, dass sie sich sehr darüber freuen wird.

Tressa verdreht die Augen. »Wie aufregend. Und was macht ihr sonst noch hier?«

Ich will etwas zu Brandy sagen, doch sie springt auf und folgt Tressa hinunter zum Strand, ohne mich zu Wort kommen zu lassen.

Die leise Stimme warnt mich.

Ein Lügner und Dieb

Als ich am nächsten Tag nach Seaside komme, sind Brandy und Tressa auf dem Weg ins Sundae School, einer angesagten Eisdiele. Sie fragen mich, ob ich mitkomme, also laufe ich zu Grammy und bitte sie um etwas Geld.

»Dort ist es zu teuer für unsereinen«, erwidert sie, ohne den Blick von der Spüle zu heben, die sie gerade putzt. »Du kannst dir für einen Bruchteil des Geldes Eis aus unserem Gefrierfach holen.«

»Bitte?«

Sie seufzt. »In meinem Geldbeutel sind fünf Dollar. Aber dir ist schon klar, dass du dort nicht viel dafür bekommst.«

»Danke, Grammy.« Ich nehme mir das Geld und laufe zurück, in der Hoffnung, dass Brandy und Tressa nicht schon losgezogen sind.

Tressa blickt auf meine Füße. »Schuhe?«

»Ich gehe lieber ohne.«

Brandy lacht. »Delsie hält nichts von Schuhen.«

»Super. Wie Tarzan. Schön für dich«, murmelt Tressa. »Meine Cousine trägt auch keine Schuhe. Sie ist ein Jahr alt.«

Brandy scheint über Tressas Kommentar nachzudenken, weshalb ich ihr einen sanften Schubs gebe. »Weißt du noch, wie ich dich letzten Sommer dazu gebracht habe, auch keine Schuhe zu tragen? Du bist auf dem heißen Pflaster herumgehüpft wie eine Kugel im Flipperautomaten.«

»Ja klar, weil ich *normal* bin«, erwidert Brandy.

»Warum sollte irgendjemand auf dem Kap Schuhe tragen? Das ist, als würde man mit einem Taucheranzug in die Badewanne steigen.«

»Genau, Delsie.« Tressa lacht. »Ein super Vergleich.«

Ich seufze.

Als wir endlich an der Eisdiele ankommen, stoße ich die Tür auf. Ich liebe das Eis hier, aber das mechanische Klavier begeistert mich noch mehr. Für einen Vierteldollar spielt es ganz von allein.

»Tut mir leid, Mädchen.« Der Manager hat mich entdeckt. »Du musst draußen auf deine Freundinnen warten.«

Ich hatte gehofft, dass er mich nicht bemerkt, da er normalerweise sehr beschäftigt ist. Heute habe ich Pech.

»Oh«, murmle ich.

Tressa steht schon in der Schlange und Brandy kommt zu mir herübergelaufen. »Was tust du? Los, komm«, fordert sie mich auf. Ihr Blick huscht zwischen mir und Tressa hin und her.

»Ich darf nicht rein ohne Schuhe. Deshalb … deshalb warte ich wohl besser draußen.« Ich gebe ihr den Fünf-Dollar-Schein. »Bring mir ein kleines Sahneeis mit einem Berg Schokostreusel.«

»Ja, ich weiß schon«, erwidert sie mit einem kleinen Lächeln.

Ich gehe wieder nach draußen, beobachte sie durch die Scheibe und sehe genau das, was ich befürchtet habe. Brandy, die lacht, als sei sie mit ihrer interessantesten und besten Freundin auf der ganzen Welt zusammen. Früher hat sie mich so angeschaut.

Ich blicke auf meine schmutzigen Füße. Dann wieder auf mein Spiegelbild. Mir gefällt nicht, was ich sehe, und ich wünschte, ich könnte zum Friseur gehen, anstatt die Haare von Grammy über der Spüle geschnitten zu bekommen.

Dann spiegelt sich in der Scheibe etwas Unerwartetes: Ronan, der Junge vom Strand. Er trägt immer noch schwarze Jeans und ein schwarzes, langärmeliges T-Shirt, hat jetzt aber die Ärmel bis über die Ellenbogen hochgeschoben. Er trinkt einen Milchshake, ohne zum Atmen abzusetzen.

Ich drehe mich um. »Hey.«

Ich höre ein Geräusch, das entsteht, wenn mehr Luft als Milchshake durch einen Strohhalm gesaugt wird. Er dreht sich um, hebt den Becher hoch und wirft ihn dann in den Abfalleimer. Endlich wendet er sich mir zu. »Was willst du?«

»Nichts. Nur reden.«

»Du brauchst nicht mit mir zu reden«, informiert er mich. »Warum reden auf Cape Cod nur alle mit Fremden?«

Die Einheimischen nennen es »das Kap«. *Cape Cod* steht nur auf den T-Shirts für die Touristen. »Du bist nicht aus der Gegend, stimmt's?«

»Nein, Sherlock, bin ich nicht.« Er schaut mich an. »Hat dir und deinen Freundinnen schon mal jemand gesagt, dass ihr an große Hammerhaie erinnert?«

Das ist ganz offensichtlich kein Kompliment.

»Sie schwimmen nur im seichten Wasser.« Er lacht, als er davongeht.

Eine vertraute Stimme ruft meinen Namen. Ich drehe mich um. Aimee und Michael kommen über den Parkplatz.

Aimee nimmt mich kurz in den Arm. »Bist du allein da?«

»Nein, mit Brandy und einem anderen Mädchen.«

»Brandy? Cool. Hat das andere Mädchen auch einen Namen oder ist sie ein totaler Unglücksrabe?«

»Sie heißt Tressa. Der totale Unglücksrabe bin ich.« Ich weise auf die Tür. »Sie sind da drin.«

»Ha!«, schnaubt Michael. »Sie lassen dich nicht rein, weil du barfuß bist. Hab ich recht?«

Aimee lächelt. »Du bist wohl immer noch nicht in der Zivilisation angekommen, wie?«

»Die Zivilisation wird überbewertet.«

»Genau«, stimmt Michael mir zu. »Weshalb sollte man Schuhe tragen müssen? Die Hände mancher Leute sind wahrscheinlich schmutziger und trotzdem müssen nicht alle Handschuhe tragen.«

Ich zucke mit den Schultern und hoffe, dass meine schmutzigen bloßen Füße nicht mehr Gesprächsthema sind, wenn Tressa zurückkommt.

»Wie kommt's, dass ihr keine Proben habt?«, erkundige ich mich.

»Na ja, ab und zu haben wir auch mal frei. Wir haben in Seaside nach dir gesucht. Deine Grammy hat uns gesagt, dass du hier bist.«

»Hey, Leute!« Brandy hat die beiden entdeckt und kommt herübergelaufen. »Wie ich gehört habe, seid ihr diesen Sommer ganz große Stars.«

Sie umarmt beide. Tressa steht hinter ihr und mustert Michael und Aimee.

»Na ja, große Stars, ich weiß nicht«, meint Aimee.

»Noch nicht«, erwidere ich, und sie lächelt.

Brandy gibt mir mein Eis.

»Oh!«, ruft Aimee. »Kann ich mal? Bitte?«

Ich nicke und sie nimmt ein wenig mit dem Finger ab. Tressa sieht aus, als hätte man sie mit einer Nadel gestochen.

Als ich jemanden schreien höre, drehe ich mich um und sehe, dass der Manager mit Ronan schimpft. Er steht auf dem Trittbrett des antiken Eiswagens mit dem riesigen Schild, auf dem NICHT BERÜHREN steht.

»Ich habe dir schon einmal gesagt, dass du von dem Wagen wegbleiben sollst«, ruft der Mann. »Noch mal sage ich es dir nicht.«

»Das sind jetzt mal gute Nachrichten.«

Die Augenbrauen des Mannes berühren sich fast, als er auf den Jungen zugeht.

»Ist ja gut.« Ronan steigt vom Trittbrett und weicht zurück. »Ich geh ja schon.«

Tressa schnaubt. »Was ist denn mit dem los?«

»Keine Ahnung«, antwortete Brandy. »Er wohnt zusammen mit seinem Vater, dem neuen Mädchen für alles, in Seaside Heaven. Er redet nicht viel.«

Ich will ihnen gerade erzählen, dass er mit mir gesprochen hat, als mir wieder einfällt, was er gesagt hat. Ich schaue Tressa an und denke an Hammerhaie.

»Hm.« Tressa stellt sich aufrechter hin. »*Ich* finde, jemand sollte ihm sagen, dass Sommer ist und er sich vielleicht mal was anderes anziehen sollte.«

»Genau«, meint Michael, »weil wir anhand seiner Klamotten natürlich schon alles über ihn wissen.«

Tressa wirft ihm einen bösen Blick zu. Offenbar kümmert es ihn nicht und ich beneide ihn darum.

»Mir tut er leid«, sagt Brandy.

»Weshalb denn?«, schnaubt Tressa. »Er ist kein netter Mensch.«

»Woher willst du das wissen?«, fragt Aimee.

Tressa schaut sie an, als könnte sie nicht bis drei zählen.

Ich muss zugeben, dass ich mir nicht sicher bin, ob er nett ist, aber die leise Stimme rät mir, den Mund zu halten.

»Hallo?«, beginnt Tressa. »Ihr habt ihn doch gerade gesehen. Wie ich gehört habe, ist er ständig in Schwierigkeiten, und er hat Sachen aus einem Zimmer gestohlen, als sein Vater dort etwas repariert hat. Und er ist auch noch ein Lügner, weil er behauptet hat, er wäre es nicht gewesen.«

Ich würde sie gern fragen, wie sie sich so sicher sein kann, aber mein Gefühl sagt mir, dass Tressa, wenn ich sie darauf hinweise, dass sie sich vielleicht bei etwas irrt, ähnlich reagieren würde wie ein Bär, den man mit einer Mistgabel reizt.

Deshalb betrachte ich ihn, während sie erzählt, was sie alles »gehört« hat. Ronan lehnt jetzt an einem Zaun auf dem Parkplatz. Er hat die Fäuste unter die Achseln gesteckt. Mir fällt die Art und Weise auf, wie er sein Kinn vorreckt, als sei er bereit zu kämpfen ... während sein Gesicht unendlich traurig ist.

»Ich weiß nicht«, meint Tressa gerade, »aber vielleicht solltest du dich beschweren, Brandy. Du musst mit ihm in Seaside leben. Wer weiß, was er noch alles tut.«

Brandy sagt nicht viel dazu. Eigentlich sagt sie gar nichts, was so überhaupt nicht der Brandy entspricht, die ich schon ewig kenne.

Michael wendet sich an Aimee. »Wir sollten uns wieder auf den Weg machen.«

Sie nickt, ich umarme beide und sie gehen über den Parkplatz davon.

»Gehen wir zurück zum Strand«, schlägt Brandy vor und ich nicke.

Während wir den Parkplatz verlassen, behalte ich den Jungen in Schwarz im Blick, der womöglich beides ist, ein Lügner und ein Dieb.

Wale und Clowns

Bevor ich wusste, dass Tressa mitkommt, habe ich mich über die Bootsfahrt zum Walebeobachten gefreut.

Als wir mit Mrs Fiester an Bord des Bootes gehen, denke ich an das Geschenk, das ich für Brandy besorgt habe, und wie begeistert sie davon sein wird.

Ich laufe die Treppe zum Oberdeck hinauf. Tressa und Brandy folgen mir. Das Boot ist voll blauer Bänke. An den Wänden hängen Rettungsringe. Ich schaue mich auch nach Rettungsbooten um, wie Opa und Henry es mir beigebracht haben, und sehe, dass sie auf der Kabine aufgestapelt sind.

Ich spüre das Rumpeln des Motors durch das Deck, als das Boot ablegt. Brandy schaut auf Tressas Handy, und die beiden lachen über irgendein Video. Ich würde gern zugucken, weiß aber, dass Tressa das nicht gefallen würde. Außerdem schaue ich ohnehin lieber auf den Ozean.

Riesige Wellen steigen und fallen, steigen und fallen wie eine Wasserwippe in Zeitlupe. Das Boot schaukelt mit jeder Welle auf und ab. Ich fühle mich winzig. Ich rufe Brandy, damit sie herkommt und es sich anschaut.

Brandy und Tressa treffen gerade rechtzeitig ein, um die gewaltige Schwanzflosse eines abtauchenden Wals zu sehen. Der Wissenschaftler an Bord erklärt uns, dass die Schwanzflosse oder Fluke, eines Wals wie der Fingerabdruck eines Menschen ist. Jede ist anders. Ich drehe mich zu Brandy um und sage »Das ist so cool!«, aber sie ist weg. Die beiden sitzen schon wieder auf einer Bank und schauen sich Videos an.

Doch jetzt sind wir umringt von Walen. Wie die meisten Leute auf dem Boot laufe ich von backbord nach steuerbord und wieder zurück, um zu sehen, wie sie die Wasseroberfläche durchbrechen und mit den Flossen wedeln. Ich zeige wie die Touristen mit dem Finger darauf und bin aufgeregt wie eine Sechsjährige.

Als ich mich zu Brandy und Tressa umdrehe, lachen sie wieder. Und ich sehe, dass sie ein Video von mir drehen.

Ich bin erleichtert, als wir endlich wieder in Seaside sind. Der Ausflug war nicht so, wie ich ihn mir erhofft habe, auch wenn das mit den Walen super war. Ich hätte sie nur gern mit der alten Brandy beobachtet.

Doch ich freue mich, ihr das Geschenk geben zu können. Die Verpackung ist nicht gerade superordentlich, aber ich finde, das Ganze sieht cool aus. Grammy bewahrt die Comics aus dem *Boston Globe* auf, damit wir sie als Geschenkpapier verwenden können. Selbst wenn man den *Globe* nur aus diesem Grund kaufen würde, könne man einen Haufen Geld sparen, behauptet sie. Ich habe das immer für ziemlich clever gehalten.

Brandys Geschenk war wegen seiner Form ganz schön schwierig zu verpacken – es ist nämlich eine Clownin. Ich finde Clowns ja gruselig, aber Brandy liebt sie und erzählt mir ständig von ihrer Sammlung zu Hause. Als ich auf einem Flohmarkt einen aus Keramik entdeckte, wusste ich, dass ich das perfekte Geschenk gefunden hatte. Und ich habe die Clownin Edwina genannt nach einer, die wir letzten Sommer auf dem Jahrmarkt gesehen haben. Sie hat jongliert und bescheuerte Witze gemacht. Damals konnten wir noch über bescheuerte Sachen lachen.

Ich überreiche Brandy das Päckchen.

»Pfft«, macht Tressa. »Hübsches Geschenkpapier.«

Sie meint es ganz offensichtlich sarkastisch, aber ich versuche, mich auf Brandy zu konzentrieren, und beobachte, wie sie ihr Geschenk auspackt. Wie ich gehofft habe, strahlt sie.

»Gefällt es dir?«, frage ich.

»Und ob, Dels! Sie ist super. *Vielen* Dank!«

»Bitte, bitte. Ich habe mich so gefreut, als ich sie auf dem Flohmarkt entdeckt habe. Erinnert sie dich nicht auch an die Clownin, die wir letzten Sommer gesehen haben?«

»Moment mal«, unterbricht Tressa. »Du hast ihr ein gebrauchtes Geburtstagsgeschenk gekauft?«

»Für sie ist es neu«, erwidere ich.

Sie beugt sich zu mir. »Pass auf. Entweder, es ist neu, oder gebraucht. Auf einem Flohmarkt gibt es keine neuen Sachen.«

Brandy wird rot.

Ich versuche zu strahlen. »Sie heißt Edwina, wie die Clownin, die wir in Hyannis gesehen haben.«

Tressa seufzt. »Natürlich heißt sie so.« Dann schiebt sie eine Schachtel in Brandys Richtung. »Hier. Mach mal mein Geschenk auf. Mein neues Geschenk.«

Brandy öffnet es.

Eine Sonnenbrille, genau wie Tressa eine hat. »Oh!«, ruft Brandy. »Genau so eine habe ich gebraucht!«

Ein knallhartes Leben

Ich liege den ganzen Morgen mit Tressa und Brandy am Strand und versuche so zu tun, als gefiele mir das. Wir haben unsere Handtücher ausgebreitet und liegen da wie Grillwürste. Ich hasse es. Wenn ich am Strand bin, sammle ich lieber Sachen, laufe oder bin im Wasser. So lang an einer Stelle liegt man nur nachts oder wenn man eine Erkältung auskuriert. Wahrscheinlich nicke ich deshalb ein. Und ich wache auf, weil mir jemand gegen das Bein tritt. Nicht besonders fest, aber immerhin.

»Hör auf, Brandy«, sage ich. Als ich die Augen öffne, den Kopf drehe und über die Schulter schaue, sehe ich Ronan da stehen. »Was willst du?«

»Ich schätze mal, du willst nicht das Wort *Trantüte* in weißen Buchstaben auf deinem Rücken stehen haben.«

»Wovon redest du?« Ich springe auf und höre Tressa lachen. Brandy boxt sie leicht, wie eine Freundin es beim Herumalbern tut. So hat sie mich früher geboxt.

Ich bin immer noch verwirrt. Etwas steht in weißen

Buchstaben auf meinem Rücken? Der Typ hat sie doch nicht mehr alle. »Pass auf«, beginne ich, »ich habe keine Ahnung, wovon du …«

»Sie haben es mit Sonnencreme auf deinen Rücken geschrieben«, unterbricht er mich. »›Trantüte‹ in riesigen Buchstaben. Ich weiß ja nicht, wie lang du schon da liegst, aber falls du einen Sonnenbrand hast … oder braun geworden bist … oder was auch immer …« Er tritt einen Schritt zurück und wendet sich zum Gehen. »Ich hab dir in jedem Fall einen Gefallen getan, indem ich dich aufgeweckt habe.«

Tressa lacht, aber es klingt unecht. Wie jemand in einem Theaterstück, der nicht besonders gut schauspielern kann. Brandy und ich schauen uns kurz an, doch sie wendet sich gleich wieder ab. Dann hat sie also mitgemacht. Mir ist, als hätte man mich geschlagen.

Der Junge ist inzwischen ein gutes Stück weitergegangen und wirft Steine ins Wasser.

Ich befühle meinen Rücken und spüre Sonnencremekleckse. Ich bücke mich nach meinem T-Shirt, schüttle es kräftig aus und ziehe es über. »Herzlichen Dank«, sage ich und stapfe davon.

Ich schaue auf die Uhr. Es ist viel Zeit vergangen. Ich befürchte, dass ich die *Trantüte* auf meinem Rücken habe. Und sie nicht abwaschen kann. Super. Einfach *super*.

Während ich über den Rasen gehe, überlege ich, ob ich Grammy suchen soll, aber sie bräuchte mich nur anzusehen und wüsste, dass mit mir etwas nicht stimmt. Und ich bin viel zu gedemütigt, um es zu erklären.

Einsamkeit hüllt mich von allen Seiten ein wie Morgennebel. Und mir wird bewusst, wie sehr ich Freunde vermisse, die mir kein Magengrimmen verursachen.

Ich weiß, dass Aimee und Michael heute Probe haben, und beschließe, zum Theater zu gehen.

Das wird mich daran erinnern, dass ich immer noch echte Freunde auf dieser Welt habe.

Außerdem wüsste ich gern, wie ein Stück über ein Waisenmädchen umgesetzt wird.

Das Kap-Theater sieht aus wie eine mit vielen Bankreihen gefüllte Scheune. Es ist dunkel und es riecht wie auf einem heißen Dachboden. Ich zähle sieben sich drehende Ventilatoren an der Decke.

Die Probe spielt sich so ab, wie ich es erwartet habe – ein Haufen Kids singen »It's a hard-knock life«.

Ein knallhartes Leben? Hallo? Für die ganzen Schauspielerinnen und Schauspieler, deren Mütter draußen im Wagen auf sie warten? Nach der Probe gehen sie alle an den Strand oder in einem der schicken Lokale essen, Lokale, in die man barfuß nicht reinkommt, im Gegensatz zu meinem Lieblingsrestaurant, dem Saucepan Lynn's.

Am schlimmsten ist leider Aimee. Sie kann singen, keine Frage, aber sie ist laut und fröhlich, während sie davon singt, dass sie niemandem etwas bedeutet. Gefühle, die man meiner Meinung nach zaghaft herauspresst und nicht mit ausgebreiteten Armen singt und dabei alle Zähne zeigt.

All das macht mir das Herz schwer, bis ein Schrei mich aus meinen Gedanken reißt.

Eine große, eckige Frau tritt ins Rampenlicht. »Wie oft habe ich das schon gesagt?«, blafft sie einen Schauspieler ungefähr in meinem Alter an. »Du redest mich mit Madam an. Mit Madam Schofield. Wenn ich ausnahmsweise viel Geduld habe, kannst du mich Madam Katrinka nennen. Aber du wirst *niemals* mit einem Pronomen Bezug auf mich nehmen. Ich bin keine *sie* und kein *ihr* wie jede andere *sie* oder *ihr*. Haben wir uns verstanden?«

»Ja, Madam Schofield«, antwortet er, und es klingt, als hätte er es gründlich satt, das zu sagen.

Die Frau würde in einem Disney-Film den perfekten Bösewicht abgeben. Ich muss lachen.

Sie wirbelt herum und kneift die Augen zusammen, als sie ins Publikum blinzelt. Dann bellt sie: »Schaltet das Saallicht ein!« Und als hätte der liebe Gott einen Schalter umgelegt, stehe ich unter einer heißen Sonne. So fühlt es sich zumindest an.

»Was gibt es da zu lachen?«, fragt sie, als sie mit schweren Schritten die Treppe herunterkommt.

»Hey, ich habe nur ...«

»Hast du mich nicht gehört?«, fragt sie so laut, als sei

ich eine halbe Meile weit weg. »Es heißt Madam. Ich bin keine Hey.«

Ich sehe Überraschung auf den Gesichtern von Aimee und Michael. Vielleicht auch ein wenig Angst.

»Warum hast du gelacht?«, will sie wissen.

»Oh … *Madam* … Mir ist nur ein Witz eingefallen und …«

Sie unterbricht mich. »Dann erzähle ihn uns bitte.«

Oh nein. Ich überlege fieberhaft, doch mir fällt nur ein Rätsel ein. »Also. Was würden Sie tun, wenn Sie aus einem Raum ohne Fenster und Türen entkommen müssten und nur ein Plastikmesser und ein Sandwich mit Erdnussbutter und Marmelade hätten?«

Sie drückt die Handfläche in meine Richtung, als würde sie eine unsichtbare Tür schließen. »Vergiss es«, bellt sie und stapft die Treppe wieder hinauf. Sie wedelt mit dem Arm und sämtliche Kids auf der Bühne stellen sich rasch in einer Reihe auf. Muss schön sein, so viel Macht zu haben.

Ich setze mich auf eine Bank weit hinten und bemühe mich, leise zu sein.

Es gibt vieles in dem Stück, das ich aus dem Film wiedererkenne.

Überrascht stelle ich fest, dass Rooster, Miss Hannigans gemeiner Bruder, von Michael gespielt wird.

Er singt »Easy Street« und macht es ganz gut, aber ich kann ihn kaum hören.

Madam Schofield stellt sich in die Mitte der Bühne. »MISTER Poole«, bellt sie. »Dein Auftritt ist flach. Ich … glaube dir ganz einfach nicht.«

»Sie glauben mir nicht?«

»Nein. Ich meine, ich glaube deiner Rolle nicht. Ich glaube nicht, dass du er bist – und das ist dein *Job* als Schauspieler. Uns *glauben* zu machen.«

»Na ja, es ist nicht leicht, diesen Rooster zu spielen. Ich bin ganz anders als er.«

»Unsinn!«, blafft sie.

»Was?« Michael reißt die Augen auf. »Er ist so ein Fiesling. Ich würde nie tun, was er tut.«

Sie zeigt mit dem Finger auf ihn. »Wir sind innendrin alle Fieslinge. Und freundlich. Und clever. Wir sind alle fürsorglich *und* rücksichtslos. Wir sind alle höflich *und* unverschämt. Wir sind alle alles. Und ich muss den Fiesling in dir sehen, um zu glauben, dass du Rooster bist.«

Michaels Gesicht leuchtet wie eine Christbaumkerze.

Sie macht einen Schritt auf ihn zu. »Willst du etwa behaupten, dass du nie etwas Unfreundliches getan hast? Nie schlimme Gedanken hattest? Nie etwas gesagt hast, das andere verletzt hat?«

»Nein, wahrscheinlich habe ich das schon.«

»Als Schauspieler musst du jemand anders werden. Nimm die winzigen Anteile von dir, die Zugang zu deiner Rolle haben, und lass sie glaubwürdig werden. Übernimm seine Persönlichkeit. Übernimm seine Gedanken,

Gefühle und Einstellungen, selbst wenn es nicht deine sind. Falls du das nicht kannst, Mr Poole, solltest du diesen Sommer Eis verkaufen und nicht Theater spielen.«

Michael schweigt.

Sie tritt noch einen Schritt vor und bückt sich etwas, um auf Augenhöhe mit ihm zu sein. »Bist du wütend auf mich, Mr Poole? Würdest du jetzt nicht gern etwas Unfreundliches sagen?«

Er nickt.

»Gut.« Sie dreht sich um und geht davon. »Nutze diese Gefühle.«

Auf Schatzsuche

Am Sonntagmorgen checke ich meinen sonnenverbrannten Rücken. Die TRANTÜTE ist immer noch da, aber nicht mehr so deutlich erkennbar wie am Abend zuvor. Trotzdem werde ich noch ein paar Tage ein T-Shirt über meinem Badeanzug tragen müssen.

Ich sage Grammy nichts. Sie würde hochgehen wie eine Rakete. Sie hasst es, wenn Leute gemein zueinander sind.

Ich rufe Aimee an. »Wie stehen die Chancen, dass du und Michael ein paar Flohmärkte mit mir abklappert? Ich suche etwas Bestimmtes.«

»Warum nicht. Wann gehst du?«

»Sobald ihr hier seid. Glaubst du, Michael kommt mit?«

»Machst du Witze? Michael tut alles, um von dem Campingplatz runterzukommen, auf dem er wohnen muss. Seine Familie muss den Sommer über wieder ihr Haus verlassen, damit der Eigentümer es für mehr Geld an Touristen vermieten kann. Genau wie letztes Jahr. Er ist ziemlich unglücklich.«

»Okay. Ruf ihn an und sag ihm, dass wir ihn aufmuntern und er so schnell wie möglich rüberkommen soll.«

»Deine Grammy wäre stolz auf dich, wenn sie wüsste, wie sehr du dich für Flohmärkte begeisterst.«

Ich rieche Michael, bevor ich ihn sehe.

»Es gibt Schlimmeres, als nach S'Mores zu riechen«, scherze ich.

»Vielleicht. Der Rauch vom Lagerfeuer hält wenigstens die Mücken ab, deshalb bin ich die ganze Nacht dort sitzen geblieben. Außerdem ist es eng im Zelt, deshalb ist draußen zu bleiben die bessere der schrecklichen Alternativen.«

»Ich dachte, Jungs mögen Lagerfeuer.«

Sein Gesicht zeigt keine Regung. »Ich dachte, Mädchen mögen Schuhe.«

Ich blicke auf meine Füße. »Okay, du hast mich ertappt.«

Aimee ist aufgetaucht und hat die letzten Sätze unserer Unterhaltung mitbekommen. »Eins zu null«, sagt sie.

»Los, kommt«, rufe ich und gehe voraus. »Zeit, auf Schatzsuche zu gehen.«

»Was suchst du überhaupt?«, will Aimee wissen.

Ich zögere. »Einen neuen Rahmen für ... ein Bild.«

»Was für ein Bild?«, fragt Michael.

Ich schlucke. »Von meiner Mutter.«

»Ich dachte, du kennst deine Mutter nicht.«

Als ich nichts darauf erwidere, dreht sich Aimee zu ihm um und tippt ihm auf den Arm. »Hey, vielleicht will sie nicht darüber reden.«

»Aber es stimmt doch, oder? Sie kennt sie nicht.«

»Michael, das geht nur sie etwas an, und vielleicht beschäftigt es sie stark, und sie will nicht, dass alle Welt darüber spricht.«

»Also, wir sind nicht alle Welt«, widerspricht er. Er kommt herüber und legt mir den Arm um die Schultern. »Wir lieben Delsie. Sie gehört zu uns. Wir sind ihre Nebendarsteller im richtigen Leben.«

Ich remple ihn mit der Schulter an. »Danke, Michael, aber es macht mich traurig, darüber zu reden. Vielleicht ein andermal …«

Ein Teil von mir würde gern mit ihnen darüber sprechen, aber vielleicht hat Grammy ja recht – vielleicht macht es einfach nur traurig, über gewisse Dinge zu reden.

Doch ich bin Aimee dankbar, dass sie eingeschritten ist. Ich habe mich schon gefragt, ob sie sich Gedanken macht, weshalb ich so still war an dem Tag, als sie mich um Hilfe bei ihrer Rolle gebeten hat, aber sie scheint mich zu verstehen. Ich habe Glück. Wenn die See rau wird, sind meine Freunde die Wellenbrecher.

Bei den ersten beiden Flohmärkten gibt es hauptsächlich Glas und Dinge, die ich nicht will.

Aber ich habe ein gutes Gefühl, als wir zum dritten kommen und ich eines von diesen Gläsern mit dickem Rand entdecke, aus denen wir zu Hause Eistee trinken.

»Delsie, ich habe einen Rahmen gefunden!«, ruft Aimee.

Ich gehe zu ihr. Auf dem Rahmen steht CAPE COD und ein Seehund ist darauf abgebildet. Schon wieder so ein merkwürdiger Zufall. »Welcher Kap-Bewohner, der etwas auf sich hält, will einen Rahmen, auf dem *Cape Cod* steht?«, frage ich, da ich nicht will, dass das Teil Erinnerungen wachhält.

»Genau deshalb verkaufe ich ihn!«, ruft ein alter Herr. Er sitzt in einem Sessel und lacht, als hielte er sich für den witzigsten Typen östlich der Bourne Bridge.

»Ich finde, er passt perfekt zu dir«, meint Michael. »Ich weiß nämlich zufällig, dass du Strandgut bist.«

»Das stimmt nicht ganz«, erwidere ich. »Ich war zwei Tage alt, als ich hierhergekommen bin.«

»Wenn du deinen ersten Atemzug nicht auf dieser Seite der Brücke gemacht hast, bist du kein echter Kap-Bewohner. Dann bist du Strandgut.«

Aimee gibt ihm einen Klaps auf den Arm. »Was ist bloß los mit dir? Mach dich locker!«

»Warum? Ich rieche wie eine Brandruine«, jammert er. »Ich habe schlechte Laune.«

»Kann ich verstehen«, meint Aimee, »aber auf dem Campingplatz zu wohnen kann doch nicht nur schlimm sein. Irgendetwas muss doch auch Spaß machen.«

»Okay, man könnte es als Spaß sehen. Andererseits …« Er beugt sich vor und bringt sein Gesicht dicht an ihres. »Ich bin kein Waschbär. Ein weiterer Grund, weshalb ich so lecker rieche, ist, dass ich die Duschen hasse. Klar, es gibt Dinge, die für alle da sein sollten. Duschen gehören nicht dazu.«

»Sie haben Wände, richtig?«, frage ich.

»So was Ähnliches. Aber *du* musst dir nicht die Füße anderer Leute ansehen, wenn du duschst, stimmt's? Ich brauche das wirklich nicht. Es macht mir nichts aus, Dinge zu teilen, bestimmt nicht. Ich kann meinen Nachttisch mit jemandem teilen. Eine Bank. Ehrlich. Aber ich würde lieber eine Kopfgrippe teilen als eine Dusche.«

»Ich weiß, was dir wirklich zu schaffen macht«, meldet sich Aimee. »Du bist wütend, weil Madam Schofield dich bei der letzten Probe rundgemacht hat.«

»Bei der *letzten*?«

»O-kay, dann hat sie dich bei siebenundvierzig Proben rundgemacht. Aber es ist das Kap-Theater. Es hat einen Ruf zu verlieren.«

»Ich will einfach nur auf die Bühne«, erwidert er. »Es ist mir egal, ob es einen Ruf zu verlieren hat.«

Sie verdreht die Augen und lässt es gut sein.

Michael legt den Kopf in den Nacken und stöhnt. »Aber

das Schlimmste am Leben auf dem Campingplatz ist, dass man von Leuten umgeben ist, die glauben, alle machten Urlaub wie sie. Ich bin nicht im *Ur-laub*. Ich werde nur jeden Sommer aus unserem Haus gejagt, damit der Vermieter mit den Sommerurlaubern mehr Geld machen kann.«

»Tut mir leid, Michael. Das ist echt ätzend«, sage ich, aber das genügt ihm offenbar nicht. Vielleicht ist es das Beste, ich lasse ihn eine Weile allein und schaue mich weiter um. »Hey, ich bin bald wieder da.«

Ich gehe zu einem Tisch und entdecke eine Digitalkamera. Ich denke an all die Familienbilder bei den Laskos und dass wir kaum welche haben. Vielleicht wäre es gut, eine Kamera zu besitzen.

Die Kamera ist mit 20 Dollar ausgezeichnet, was mir für eine funktionierende Digitalkamera nicht zu viel erscheint. Aber Grammy würde mir eine Woche lang nur Thunfisch auf Toast servieren, wenn ich nicht handeln würde, also gehe ich zu der Frau.

»Entschuldigung, Ma'am?«

»Pass auf, ich lasse dir sofort einen Dollar nach, wenn du mich nicht mehr Ma'am nennst.«

»Geben Sie mir die Kamera für dreizehn Dollar, wenn ich Sie Eure Hoheit nenne?«

Sie lacht so laut, dass ich mitlachen muss.

»Na ja …« Sie kommt näher. »Es ist eine gute Kamera, aber mein Enkel hat einen Schraubenzieher in den Schlitz hier gerammt.« Sie zeigt auf die Stelle. »Jetzt kann man sie nicht mehr an einen Computer anschließen. Aber man kann den Stick in die Automaten im Laden stecken und die Fotos dort ausdrucken.«

Ich kann mein Glück kaum fassen, achte aber darauf, es nicht zu zeigen. Deshalb senke ich die Stimme und lass ein wenig Enttäuschung einfließen. Ganz wichtig beim Verhandeln. »Geben Sie sie mir dann für dreizehn Dollar?«

»Erscheint dir das nicht auch ein bisschen wenig?«

Ich höre jemanden hinter mir Xylofon spielen und weiß, es muss Aimee sein. Ich drehe mich um und sehe, dass ich recht habe. Und Michael spielt Luftgitarre.

Ich greife in meine Tasche und ziehe fünfzehn zusammengerollte Ein-Dollar-Scheine heraus. »Was sagen Sie zu fünfzehn Dollar, plus dieses alte Glas?« Ich zeige auf das Glas mit dem dicken Rand. Ich habe mich gegen den Bilderrahmen entschieden, da ich nicht weiß, ob ich das Foto meiner Mom in einen Seehundrahmen stecken kann. »Das ist mein letztes Angebot. Hauptsächlich, weil ich nicht mehr habe.«

Sie schaut mich an, lächelt ein wenig.

Das Xylofon ist lauter und Michael singt jetzt.

»Und … ich verschwinde rasch und nehme meine beiden lauten Freunde mit. Falls Ihnen das hilft.«

Sie lacht. »Du bist nicht auf den Mund gefallen, was?« Sie schaut an mir vorbei. »Er singt nicht schlecht, das muss man ihm lassen.«

»Ja, sie singen beide gut. Sie spielen in *Annie* im Theater mit. Sie ist die Annie und er Rooster.«

»Tatsächlich? Cool! Wir haben Karten.« Sie blickt auf die Kamera in meiner Hand und sagt: »Abgemacht.«

Ich gebe ihr die Kamera und meine zusammengerollten Ein-Dollar-Scheine und sie kommt mit einer kleinen Papiertüte mit der Kamera und dem in Zeitungspapier eingewickelten Glas zurück. »Möglich, dass ich noch etwas extra dazugegeben habe«, sagt sie und zwinkert mir zu.

Dann nimmt sie einen Stift und einen Block und geht hinüber zu Aimee und Michael. »Ich habe gehört, dass ihr beide hiesige Stars seid. Ich hätte liebend gern Autogramme von euch.«

Aimee versucht gar nicht erst zu verbergen, wie glücklich sie ist. Michael gibt sich cool und wirft seinen Namen schnell aufs Papier, doch Aimees Zungenspitze schaut aus ihrem Mundwinkel beim Schreiben. Das macht sie schon immer so, wenn sie sich konzentriert. Es dauert so lang, dass man schwören könnte, sie schreibt einen halben Roman. Doch als wir gehen, schwebt sie praktisch.

Ich blicke im Gehen in die Tüte und sehe, dass die Dreingabe der Seehundrahmen ist. Mein Magen zieht sich zusammen. Das Erinnerungsstück, das ich nicht wollte, gehört jetzt mir.

Doch ich bedanke mich noch einmal bei der Dame und winke ihr zu. Sie wollte ja nur nett sein. Während ich die Auffahrt hinuntergehe und den Rahmen betrachte, denke ich an meine Mom und hoffe, dass sie ein genauso netter Mensch ist. Wo immer sie ist.

Gezonkt

Es klopft an der Tür, und ich hoffe, Aimee und Michael zu sehen, stattdessen stehen Brandy und Tressa draußen.

»Hey!«, begrüßt mich Tressa, »wir dachten, wir kommen kurz vorbei und sagen Hallo.«

Sie lächeln, doch die leise Stimme warnt mich.

Ich öffne ihnen die Tür, und Tressa verzieht ihr kleines, blasses Gesicht, als sie eintritt. Brandy folgt ihr.

Grammy sitzt vor dem Fernseher, schaut *Geh aufs Ganze*, eine unserer Lieblings-Spielshows, und knabbert Käselocken dabei.

»Hi, Mädels.« Sie lächelt und winkt mit orangen Fingerspitzen. »Ihr kommt gerade rechtzeitig für den Big Deal.« Ein als Ketchup-Flasche verkleideter Mann ringt mit sich, ob er seinen goldenen Umschlag behalten oder ihn gegen Vorhang Nummer drei eintauschen soll. Ich trete näher.

Tressa beugt sich vor. »Warum ist dieser Typ als Ketchup verkleidet?«

Grammy schaut sie an, als sei sie soeben aus einem Raumschiff gestiegen. »*Geh aufs Ganze!*«

Tressa wirkt leicht panisch. »Auf welches Ganze?«

Grammy lacht und Tressas Miene verdüstert sich.

»*Geh aufs Ganze* ist eine Spielshow«, erkläre ich ihr.

Der Ketchupflaschentyp wird GEZONKT! Danach kommt Werbung. Grammy wendet sich uns zu. »Heiliger Strohsack! Ich habe dem Mann zigmal gesagt, er soll bei seinem goldenen Umschlag bleiben. Aber er hat ihn drangegeben. Manche Leute hören einfach nie auf das, was man ihnen sagt.« Sie wirft genervt die Hände in die Luft, lächelt aber dabei. »Hallo, Brandy, Liebes. Wie geht es dir?«

»Mir geht es gut, Mrs McHill. Und Ihnen?«

»Super, Liebes. Rundum super.« Dann blickt sie Tressa an. »Wer ist deine neue Freundin?«

»Ich bin Tressa Bohlen. Freut mich, Sie kennenzulernen.«

»Gleichfalls«, erwidert Grammy. »Ich habe dich unten in Seaside gesehen. Wohnt ihr in einem der Cottages?«

»Nein, meine Familie hat ein Haus in der Seestraße gemietet.«

Grammy steckt noch eine Käselocke in den Mund und hält uns dann die Tüte hin. »Wollt ihr auch was knabbern?«

»Nein danke.« Tressa lehnt ab, als sei ihr gerade der Gestank von verdorbenem Fleisch in die Nase gestiegen.

»Dann lauft mal, Mädels. Ich schaue mir die Endrunde hier an und will sehen, ob diese Pralinenschachtel Geld mit nach Hause nehmen kann.« Lachend greift sie nach der Fernbedienung. »Sei so gut und bring mir noch ein Rootbeer, Kleines, ja?«

Brandy und Tressa kommen mit in die Küche. »Was meint sie mit Pralinenschachtel?«, fragte Tressa.

»Sie will damit sagen, dass er gut aussieht, aber nicht besonders clever ist.«

Sie lacht, aber nicht so, als hielte sie es für lustig.

Ich gehe voraus in mein Zimmer. Tressa streicht mit dem Finger über die Wand. Es hinterlässt eine grau-weiße Linie. Ihre Fingerspitze ist kohlschwarz. Sie starrt darauf.

»Das ist nur der Ruß vom Winter«, erkläre ich.

»Ruß?« Sie bekommt große Augen.

»Ja. Es hat was mit dem Ofen zu tun. Das Zeug steigt mit der Wärme auf oder so.«

Ihre Lippen bewegen sich kaum merklich, als versuchten sie zu entscheiden, was sie sagen sollten.

Tressa wischt den Ruß an meinem Bettüberwurf ab.

Es zirpt hinter uns.

»Birdie!«, rufe ich und laufe zu dem Käfig, in dem mein Sittich hin und her tänzelt.

»Hey, Birdie, wie geht es dir?«, fragt Brandy. Sie beugt sich zu ihm. »Warum ist sein Schnabel so schwarz?«

Ich zögere. »Wahrscheinlich vom Ruß.«

Während ich Birdie betrachte, fällt mir der Ruß zum ersten Mal bewusst auf. Wir atmen ihn alle ein und das kann nicht gesund sein. Tressa fragt nach der Uhrzeit – eine höfliche Art zu sagen, dass sie gehen muss.

»Brandy? Bleibst du noch eine Weile?«, frage ich.

Ihr Blick huscht rasch zu Tressa und zurück zu mir. »Nö. Ich glaube, ich gehe auch.«

Ihr ganzer Besuch hat weniger als eine Viertelstunde gedauert.

Die Zeiten haben sich geändert. Zumindest Brandy hat sich geändert.

Grammys Lachen über einen dicken Gewinn lockt mich nach unten. Ich lasse mich neben sie aufs Sofa fallen und lehne meine Wange an ihren kissenweichen Arm.

Sie tätschelt mir ein paarmal die Wange, bevor sie die Hand in die Käselockentüte steckt. »Was hat mein Mädchen?«

Ich seufze. »Nichts.«

»Wenn du nichts sagst, ist immer irgendetwas. Spuck's schon aus für deine olle Grammy.«

Es liegt mir auf der Zunge zu sagen, dass ich eine Felsenkrabbe bin und Tressa eine Möwe, aber ich weiß, dass Grammy dann behaupten würde, ich würde dramatisieren.

»Ich bin einfach nur traurig, glaube ich.«

»Lass ja nicht zu, dass du zu lang in deiner Trauerecke

bleibst. Manche Leute lassen sich mitten hineinfallen und richten sich dort gemütlich ein.«

»Es ist ja nicht so, als hätte ich eine Wahl.«

»Natürlich hast du eine Wahl. Du musst einen Deal mit dir selbst machen, dass du das nicht tust. Du musst das Glück umarmen und es hereinbitten.« Grammy hält inne und blickt mich an. »Aber ich vermute, die beiden Mädchen machen dir das Leben schwer, hm?«

Ich nicke.

»Dann schiebst du die beiden einfach aus deinem Kopf. Sie verdienen keine weitere Sekunde deiner Aufmerksamkeit.«

Doch ich will unbedingt, dass es mit Brandy wieder so wird, wie es früher war.

»Und vielleicht«, fährt Grammy fort, »nur vielleicht, ist es nicht so schlimm, wie du glaubst. Ihr seid schon lang Freundinnen, du und Brandy. Wenn du ihr vielleicht zeigst, wie viel eure Freundschaft dir bedeutet …«

»Das könnte in eine Katastrophe ausarten.« Und ich bin traurig, weil ich mich bisher nie fragen musste, was Brandy denkt.

»Nun ja, entweder du hast Erfolg, oder du lernst etwas daraus«, meint Grammy. »Wenn es nicht hinhaut, kannst du damit umgehen. Du wirst traurig sein, aber du kannst damit umgehen. Diese Brandy Fiester wird mein Mädchen nicht kaputtmachen.«

Ich bekomme ein Lächeln zustande, kann aber nur an

Tressa denken. Es ist komisch – ich mag sie nicht einmal, und trotzdem wünsche ich mir, dass sie mich mag.

»Heiliger Strohsack!« Grammy konzentriert sich wieder auf den Bildschirm. »Wie ist der Kerl überhaupt in die Show gekommen? Ich habe schon Kakerlaken gesehen, die mehr wussten als er!«

»Galvaston, Texas«, sage ich, weil es die Antwort auf die letzte Frage ist. Grammy stößt mich mit dem Ellenbogen an und kichert.

Sie ist so stolz auf mich, dass ich hinzufüge: »Und es war nicht nur ein Sturm, es war ein Hurrikan der Stärke vier, mit andauernden Windgeschwindigkeiten von 145 Meilen pro Stunde.«

»Delsie, du bist zweifellos das cleverste Ding auf zwei Beinen. Du könntest Champion einer Spielshow werden.«

»Ja, ich und diese Tüte Käselocken. Ich bin genauso vollgepackt mit Vitamin A und D.«

Grammy lacht so laut, dass man fürchten muss, die Wände stürzen ein. *So* witzig war es jetzt auch wieder nicht. Wahrscheinlich lacht sie hauptsächlich, weil sie meine Großmutter ist.

Der Riss

Ich laufe hinunter zum Wasser, nachdem Mrs Fiester mir gesagt hat, dass Brandy am Strand ist. Ich höre beide, noch bevor ich sie sehe. Ihr Lachen steigt über dem Sand auf, zusammen mit dem Geräusch von Steinen, die in unsere Metalleimer fallen. Brandy und Tressa sammeln in unseren alten Eimern Steine und Muscheln. Meine Hand schmerzt, so fest umklammere ich das Geländer.

Ich höre ein *Umpf* von rechts und beuge mich vor, damit ich um das hohe Kapgras herumschauen kann.

Ronan, der Junge in Schwarz, ist am Strand, doch heute trägt er keine Schuhe, und seine Jeans ist nass bis zu den Knien. »Umpf!«, macht er erneut, als er einen Stein sehr viel weiter wirft als ich es mir von einer Person seiner Größe hätte vorstellen können.

Wieder höre ich lautes Lachen. Brandy und Tressa haben mich gesehen, doch als ich in ihre Richtung blicke, berührt Tressa Brandy am Arm, und sie wenden sich beide dem Wasser zu. Ihre Schultern beben. Sie lachen weiter.

Tressa dreht sich zu mir um, beugt sich zu Brandy und sagt etwas zu ihr. Doch bis ich bei ihnen bin, sind sie still.

»Umpf!« *Platsch* macht der nächste Stein des Jungen.

»Hey!« Ich bemühe mich um einen unbeschwerten Ton, dabei könnte ich ihnen über die Füße kotzen. »Was macht ihr?«

»Wir bauen ein Haus«, antwortet Tressa.

»Aus Steinen?« Ausgeschlossen, dass sie ein Feenhaus zusammen bauen – oder?

»Oh … war nur Spaß«, antwortet Tressa halb lachend. »Wir sammeln Zeug. Zum Zeitvertreib.«

»Kann ich helfen?«

Brandy reicht mir stumm ihren Eimer, was mich überrascht.

Wir sammeln alles Mögliche, reden aber nicht miteinander.

Langsam füllt sich der Strand. Ein paar Kids kommen in unsere Richtung. Sie lachen und schleppen Surfbretter an. Das erinnert mich an bessere Zeiten.

Und dann ist da der Junge, der Steine in die Wellen wirft. »Umpf!« *Platsch*.

»Hey, Delsie«, sagt Tressa, »ich glaube, da unten sind ein paar Gute. Willst du nicht mal nachsehen?«

»Okay.« Ich fühle mich ein wenig besser.

Nach ungefähr zehn Schritten bücke ich mich und hebe die perfekte Schale einer Jakobsmuschel auf. »Brandy! Die hier ist perfekt!«

»Cool.« Brandy lächelt.

Tressa beobachtet sie. »Nein, weiter unten«, sagt sie zu mir.

Ich gehe noch einmal fünf Schritte.

»Weiter«, fordert sie mich auf. Mit den Händen schützt sie ihr Gesicht vor der Sonne.

Ich gehe noch ein Stück weiter, weiß aber, dass es nie genug sein wird. Sie will, dass ich bis nach China gehe.

»Gut. Weiter!«, ruft sie.

Doch ich laufe stattdessen zu Brandy zurück, greife in meine Tasche und ziehe den Stein heraus, den ich für sie dekoriert habe. »Hier, den habe ich für dich gemacht. Eigentlich ist er perfekt, um ihn übers Wasser hüpfen zu lassen, aber ich habe ihn dann doch mit Glitter beklebt, wie wir es früher getan haben.«

»Danke.« Brandy liest das Zitat, das ich daraufgeschrieben habe, laut vor: »Auf einer Skala von eins bis zehn bist du als Freundin zehneinhalb.« Sie lächelt wieder, doch bevor sie etwas sagen kann, schlägt Tressa ihr so auf den Handrücken, dass der Kiesel in die Luft fliegt. Sie fängt ihn und wirft ihn in den Ozean. Das alles passiert innerhalb einer halben Sekunde.

»Hey!«, ruft Brandy.

»Du hast sie doch gehört«, meint Tressa. »Sie hat gesagt, es sei ein super Hüpfstein.«

Nicht weinen, sage ich mir. *Nicht weinen.*

Doch ich kann die Tränen nicht zurückhalten. Zuerst

die Sonnencreme und jetzt das. Und Brandy steht einfach nur da wie ein Haufen Seetang. Es ist, als sei sie eine Fremde. Der Gedanke, sie nicht mehr zur Freundin zu haben, gibt mir den Rest. Also wende ich mich zum Gehen. Ich mache zwei Schritte.

»Warte! Komm zurück!«, ruft Tressa.

»Umpf!« *Platsch*, macht der nächste Stein des Jungen.

Ich weiß nicht, warum ich mich umdrehe. Vielleicht glaubt ein echt bescheuerter Teil von mir, dass sie freundlich zu mir sind, wenn sie mich weinen sehen, dass es ihnen leidtut und wir alle drei Freundinnen sein können.

Doch als ich mich umdrehe, lacht Tressa. »Wow. *Weinst du etwa?*«

Brandy macht einen Schritt auf mich zu, bleibt dann aber stehen, und ich begreife, falls sie sich entscheiden muss, wird sie sich nicht für mich entscheiden.

Ich weine noch mehr. Richtig laut und ich hasse es. Doch Tressas gespieltes Weinen hinter meinem echten ist noch schlimmer. Ich fühle mich gedemütigt.

»Hey!«, eine laute, tiefe Stimme übertönt mein Schluchzen. Ich blicke auf.

Es ist Ronan. Er umklammert fest einen großen Kiesel.

»Lasst – sie – in – Ruhe.«

Die beiden stehen schweigend da. Keiner von uns rührt sich.

Dann sagt er etwas, das ich nie erwartet hätte. »Ich weine auch manchmal. Ihr nicht?«

Als ich nach Hause komme, läuft bereits *Glücksrad*. Grammy isst Salzcracker. Die Krümel auf ihrem Busen erinnern mich an den Sand, von dem ich gerade komme.

»Hallo! Wie geht es meinem Mädchen?«

»Okay.«

»Schönen Tag gehabt?«

»Hm-hm.« Wir sitzen schweigend da, bis Grammy sich vorbeugt und zu Spencer aus Topeka sagt: »Menschenskind! Wie viele Buchstaben brauchst du denn noch? Es ist doch direkt vor deiner Nase!«

Spencer gibt prompt die richtige Antwort und Grammy lehnt sich zufrieden zurück. Schließlich hat sie ihm geholfen, zwei Riesen zu gewinnen.

Als Werbung eingeblendet wird, wendet Grammy sich mir zu. »Ist heute etwas passiert, das dir wehgetan hat, Kleines?«

Es wundert mich nicht wirklich, dass sie Bescheid weiß. Grammy scheint mich am deutlichsten zu hören, wenn ich gar nichts sage.

Ich möchte mich an ihre weiche Schulter lehnen, aber ich weiß, dass ich nur Zeit habe, bis Spencer nach der Werbepause zurückkommt. »Brandy und Tressa wollen mich nicht mehr dabeihaben.«

»Oh, das tut mir leid. Das muss fürchterlich wehtun.«

»Ja. Ich habe Brandy ein Geschenk gegeben und … ich habe schließlich geweint, und sie haben sich über mich lustig gemacht.«

Sie nimmt mich in ihre kissenweichen Arme und küsst mich auf den Scheitel. »Weinen ist nicht schlimm, wenn du ein Mensch bist. Eidechsen und Ameisen und Büffel weinen nicht, soviel ich weiß. Aber was ist falsch an ein paar Tränen, wenn jemand auch laut lachen kann?«

Ich schaue zu ihr auf und zucke mit den Schultern.

»Nichts. Absolut gar nichts. Aber etwas darfst du nie vergessen, wenn es um solche Gefühle tief in dir drin geht: Sie kommen aus deiner Seele und sind kostbar. Sie sollten für diejenigen vorbehalten werden, die sie hüten wie ein Neugeborenes. Du gibst sie nicht jedem x-Beliebigen. Die Menschen, die dich lieb haben, passen auf deine Gefühle auf, weil sie ein Stück von dir bekommen haben. Andere spielen aus demselben Grund damit Ball.«

Die *Glücksrad*-Musik beginnt. Grammy greift nach einem Salzcracker, und ich weiß, dass sie nichts mehr zu sagen hat. Ich rühre mich nicht. Ich verfolge die Spielshow auf dem Bildschirm, aber ich kann nicht sagen, ob der Typ aus Topeka verliert, gewinnt oder stirbt. Ich weiß nur, dass ich nie vergessen werde, was sie zu mir gesagt hat, und schwöre mir, dass mir derselbe Fehler nicht noch einmal passiert.

Rückkehr
der Madre

Wenn ich dort laufe, wo die Wellen den Strand berühren, habe ich das Gefühl, schneller zu laufen, als es tatsächlich der Fall ist. Mein ganzer Körper schmerzt, aber ich werde nicht langsamer. Es ist wie der Versuch, ein Handtuch auszuwringen, das schon so trocken ist, dass kein Tropfen mehr herauskommt, und trotzdem drückt und knetet man es noch, in der Hoffnung, dass ein paar Tropfen fallen.

Ich schaue in den leuchtend blauen Himmel und dahin, wo er den Ozean berührt, und höre eine Stimme, die mir sagt, dass ich nirgendwo hingehöre. Zu niemandem.

Ich gehe von einem Sprint zum Laufen über.

Zum Joggen.

Zum Gehen.

Und bleibe schließlich auf dem Strand stehen und lasse das Wasser über meine Füße rollen.

Ich überlege, was ich als Nächstes tun soll. Da fällt mir ein, dass Grammy einmal gesagt hat, man solle immer seinem Herzen folgen. Aber es scheint mir nicht klug, etwas Gebrochenem zu folgen.

Plötzlich kommt der Junge in Schwarz keuchend und schnaufend angelaufen. »Endlich«, sagt er.

Hm?

»Wir sind von derselben Stelle aus losgelaufen, aber da hinten beim Steg hast du mich abgehängt. Als hättest du einen Turboknopf gedrückt oder so. Du läufst wie eine Maschine. Verrückt.«

»Danke.« Ich wende mich zum Gehen.

»Kann ich eine Revanche haben?«

»Wir sind nicht um die Wette gelaufen.«

»Du vielleicht nicht. Ich schon, bis ich einen Krampf bekommen habe und stehen bleiben musste.«

»Klingt nach einer Ausrede.«

»Nö. Ist lediglich eine Tatsache. Also: Revanche?«

»Ja, aber nicht jetzt. Ich muss nach Hause. Heute Abend gibt's eine Grillparty.«

»Glückspilz … ich wünschte, bei uns gäbe es auch eine Grillparty.«

Und ohne nachzudenken, wende ich mich ihm wieder zu und sage: »Du kannst kommen, wenn du willst.« Weshalb ich das tue? Vielleicht wegen der Sache am Strand – das war ziemlich cool. Ich möchte ihn fragen, weshalb er weint, tue es aber nicht.

»Im Ernst? Du lädst mich zu eurer Grillparty ein?«

Ich zucke mit den Schultern. »Klar. Warum nicht? Du isst doch schließlich, oder?«

»Wann immer ich was kriegen kann«, erwidert er lächelnd. »Und ein Burger? Klar komme ich. Deine Eltern haben nichts dagegen?«

Ich ziehe scharf die Luft ein. »Nein, nicht im Geringsten.«

Wir erreichen die Straße in dem Moment, als Henry seine alte Kapitänsglocke läutet und damit signalisiert, dass er bereit ist, mit dem Abendessen zu beginnen. Henry steht neben Olives gewaltiger Kiefer und strahlt, als er mich sieht.

»Hey, Delsie!« Er winkt. »Deine Grammy hat gerade angerufen, dass sie etwas später kommt.«

Auf dem Weg zu Henry müssen wir an Ruby vorbei, die eine Angelschnur in die Bäume wirft.

»Oh-oh«, warne ich Ronan. »Vorsicht. Möglich, dass ein Köder oder ein Haken an dem Ding ist.«

Sie holt wieder aus und Ronan macht einen Satz ins Gebüsch.

»Ruby!«, brülle ich. »Ist ein Haken an dem Ding?«

»Nein. Tut mir leid, wenn ich euch Angst eingejagt habe«, entschuldigt sie sich. »Ich übe, damit ich bald auf Daddys Boot arbeiten kann!«

»Und du machst das wunderbar nur mit dem Senkblei

an der Leine.« Henry kommt herüber. »Wie heißt denn dein Freund?«, fragt er.

Ronan kommt aus dem Gebüsch und streckt ihm die Hand hin. »Ronan Gale, Sir. Freut mich, Sie kennenzulernen.«

Henry schüttelt ihm die Hand. »Guter Händedruck, Ronan. Ich habe vor jedem Respekt, der einen guten, kräftigen Händedruck hat. Prima, dass noch ein Mann dabei ist. Ich bin nämlich zahlenmäßig unterlegen.« Er zwinkert mir zu. »Aber anders wollte ich es gar nicht haben.«

Henry geht hinüber zu dem Fassgrill und zündet ihn an.

»Ob Olive wohl dazukommt?«, frage ich.

»Wer ist Olive?«

»Die Lady aus dem grünen Haus. Beim letzten Mal hat sie gedroht, nie mehr zu einem Nachbarschaftsgrillen zu kommen, nachdem Henry verkündete, dass er an der Zufahrt zu unserer Straße ein Schild aufstellen will mit der Aufschrift WILLKOMMEN BEI DEN HOTDOG-HÄUSERN, weil unsere drei Häuser in den Farben der drei Dinge gestrichen sind, die man meist auf Hotdogs tut: Rot, Gelb und Grün. Olive ist davongestürmt und meinte, sie wolle nicht, dass ihr Haus mit grüner Würzsoße verglichen wird, die nichts weiter ist als vermanschte Essiggurken. Grammy meint, dass es Leute gibt, die sich einfach über alles und nichts aufregen wollen.«

Er grinst. »Dann wohnt eine Frau namens Olive in

einem grünen Haus? Wie heißen dann die Bewohner der anderen Häuser? Apfel und Banane?«

Ich muss lachen. »Gute Frage.«

»Und in welchem Haus wohnst du?«

»In Senf. Aber ich würde lieber in Ketchup wohnen.«

»Ich auch. Ich habe versucht, meine Mom davon zu überzeugen, dass Ketchup ein Gemüse ist, aber sie behauptete steif und fest, Tomaten seien eine Frucht und deshalb sei es eher eine Art Marmelade.« Er zeigt auf das leer stehende Haus. »Wer wohnt in dem alten weißen dort? Ist das das Hotdog-Brötchen?«

»Der ist gut – den musst du Henry erzählen. Aber dieses Brötchen steht seit Langem leer.«

»So sieht es auch aus.«

Ich spüre Olives Gegenwart, noch bevor ich sie sehe. So wie ein Tier ein Unwetter spürt und Schutz sucht.

»Hallo, Olive!«, begrüßt Henry sie. »Schön, dass du es geschafft hast.«

Olive erwidert den Gruß nicht. »Ich bin rausgekommen, weil jemand etwas dagegen unternehmen muss, dass dieses Kind hier mit Sachen um sich wirft. Du weißt, dass ich diesen Baum liebe, Henry. Der Himmel weiß, was sie ihm antut.«

»Da wir gerade vom Wetter sprechen …«, beginnt er und lacht über Olives Gesichtsausdruck.

»Du wechselst nicht schon wieder das Thema, wenn ich etwas zu dir sage, Henry Isaac Lasko.«

Henry legt Olive den Arm um die Schultern. »Das Kind kann diesem gewaltigen Baum nicht das Geringste tun und das weißt du.«

»Hmpf.« Dann schaut sie Ronan an. »Falls du vorhast, mein Haus auszurauben, kannst du dir die Mühe sparen. Ich kann dir gleich sagen, dass ich nichts besitze, das zu stehlen sich lohnt.«

»Was?«, entfährt es mir. »Weshalb sagst du denn so was? Du kennst ihn doch nicht mal!« Olive schafft es zuweilen, dass ich mich wie ein Orkan der Kategorie fünf fühle.

»Du brauchst ihn doch nur anzuschauen – er ist angezogen wie ein Hooligan«, sagt sie.

Henry schüttelt den Kopf und gibt Ronan durch Zeichen zu verstehen, dass er sie ignorieren soll.

Olive strafft die Schultern und zeigt auf Ruby. »Und sie hat einen Stein auf mein Haus geworfen.«

»Das hat sie nicht«, widerspricht Henry, aber an Rubys Reaktion sehe ich, dass sie es doch getan hat. Sie zieht den Kopf ein. Und als Henry sie anschaut, weiß er es auch.

»*Ruby Loren*«, sagt er.

»Ich wollte den Baum treffen. Hab ihn aber verfehlt. Zählt es denn, wenn es ein Versehen war?«

»Natürlich zählt das!«, blafft Olive. »Du liebe Güte, Kind, du könntest nicht mal einen Eimer Wasser auf der Treppe umtreten.«

»Olive *Tinselly*!«, warnt Henry. Er geht zu seiner Tochter und drückt sie an sich. »Ruby ist ein braves Mädchen. Untersteh dich, etwas anderes zu behaupten.«

»Warum ist sie denn so fies?« Ronan versucht zu flüstern, doch es kommt so laut heraus, dass alle es hören können.

Olive steht da, als versuchte sie, die Frage für sich selbst zu beantworten. Sie sieht aus, als täte tief drinnen etwas sehr weh, und ich könnte schwören, dass sie ›Es tut mir leid‹ murmelt. Ich kann es kaum glauben.

Beim Geräusch eines Wagens, der die Straße heraufkommt, drehen wir uns alle um. Er ist leuchtend gelb. Ein Taxi.

Soweit ich mich erinnern kann, ist in meinem ganzen Leben noch kein Taxi zu uns gekommen.

Ich laufe ihm entgegen. Etwas tief in mir drin sagt mir, dass dies etwas Gutes zu bedeuten hat. Als ich näher komme, hält das Taxi. Ein hochhackiger lila Wildlederschuh erscheint, und ich weiß, dass meine Ahnung richtig war. Es hat tatsächlich etwas Gutes zu bedeuten.

»Esme!«, brülle ich. »Du bist wieder da!«

»Zuckerpuppe!«, ruft sie.

Henry und Ruby sind blitzschnell bei ihr.

Henry hebt Esme hoch und wirbelt sie herum, während Ruby auf und ab hüpft. Es dauert nur eine Sekunde, bevor Esme die Hand nach ihr ausstreckt, als wollte sie sie auf eine Rettungsinsel ziehen. Und so muss es sich für Ruby auch anfühlen, so wie sie zu ihr hinläuft, dann still steht und ganz rührselig wird und sich an die beiden presst.

Esme dreht sich um und streckt die andere Hand nach mir aus. »Delsie! Worauf wartest du? Komm her!« Sie ergreift meine Hand und ich stelle mich zu ihnen. Ich fühle mich wieder ganz. Die Nachbarschaft ist wieder komplett.

Dieser nahrhafte Tee

Am nächsten Tag lädt Esme mich zu sich nach Hause ein. »Soll ich Tee machen?«, fragt sie, als wir in die Küche gehen. Ich betrachte das MÖGEN DIE FISCHE MIT DIR SEIN-Schild über der Spüle, das ich für Henry gemacht habe, nachdem wir *Star Wars* gesehen hatten.

Es ist heiß draußen, deshalb macht Esme Eistee. Sie greift in den Schrank und holt die Gläser mit dem dicken Rand heraus. Sie lächelt mir zu, und mir wird innendrin ganz warm, weil ich Esme einfach so sehr liebe.

Ruby stolpert über einen Hocker, als sie in die Küche stürmt. Sie will sich auf einen Stuhl setzen, verfehlt ihn aber beim ersten Versuch. Manchmal gleicht dieses Mädchen einer wandelnden Abrissbirne.

Die Haustür geht auf und Henry kommt herein. Ruby geht gleich auf ihn los. »Daddy! Hast du heute einen Fisch für mich gefangen?«

»Ruby! Ich habe eine ganze Schachtel Fischstäbchen für dich gefangen! Was sagst du dazu?«

»Oh, Daddy ...!«

»Sie waren plötzlich da. Eine ganze Schachtel voll ist im Wasser geschwommen.« Er lacht und küsst sie auf den Scheitel, dann holt er sich ein Glas aus dem Schrank.

Esme geht zu ihm und küsst ihn auf die Wange. »Schlechte Witze bedeuten einen schlechten Fang?«

»Ja ... Die anderen Mannschaften haben über Funk berichtet, dass die Fische bei allem angebissen haben, von Muffins bis Gürtelschnallen, nur nicht bei uns.«

»Daddy! Fische fressen doch keine Gürtelschnallen!«

Er lacht. »Ach nein? Dann ist es ja kein Wunder, dass ich heute nicht viel gefangen habe.«

»Wie schlimm war es?«, will Esme wissen.

»Nicht besonders gut, aber in letzter Zeit hatten wir richtig Glück, insofern ...« Er wendet sich an mich. »Hey, Delsie. Wann fährst du mal mit mir raus und verbreitest etwas von diesem McHill-Anglerglück?«

Ich setze mich aufrechter hin. »Ich komme mit, wenn du mich darum bittest.«

Er beugt sich vor. »Ich bitte dich jetzt darum.« Er lacht, aber ich sehe die Sorge, die in ihm hin und her schwappt. Ein Blick auf die Massachusetts-Schiffsplaketten auf dem Kaminsims – eine von 1928 und eine von 1929 – erinnert mich daran, wie abergläubisch die hiesigen Fischer sind. Als es 1928 keine Fische gab, haben sie das neue Design der Plaketten dafür verantwortlich gemacht. Sie haben verlangt, dass im nächsten Jahr wieder das alte Design verwendet wurde – und der Fisch kam zurück. Wahrscheinlich haben alle Fischer Angst, dass einem schlechten Tag gleich viele weitere folgen.

Er öffnet den Kühlschrank und holt ein paar Trauben heraus. »Ich wette mit dir, Delsie McHill, dass du eine Fischflüsterin bist, genau wie Opa Joseph und Mellie, deine Mom.«

Ich hebe so schnell den Kopf, dass ich fast meinen Tee verschütte. »Meine Mom hat gern gefischt?«

»Oh ja. Und sie war gut darin. Viele Leute glauben, fischen hätte etwas mit Glück zu tun. Stimmt aber nicht. Es hat mit Instinkt zu tun und deine Mom hatte gute Instinkte. Es gibt ein Einmaleins des Fischens, musst du wissen. Fische lieben Rückströmungen der Brandung. Oder den Gezeitenwechsel. Wenn Möwen über einem bestimmten Gebiet kreisen oder im Sturzflug herunterschießen, gibt's dort Fische. Fahr hinaus, bevor die Sonne zu hoch am Himmel steht, denn sobald die Sonne da ist, tauchen die Barsche ab; sie ziehen kühleres Wasser vor. Aber es war, als könnte Mellie die Fische riechen. Dein Großvater hat im Spaß gesagt, dass er in der Hälfte der Zeit fertig wäre, wenn sie im Bug des Schiffs sitzen würde.«

Ich bin schockiert. Wie ist es möglich, dass ich das nicht wusste?

Er tippt mir auf die Nase. »Ich dachte, ich erzähle dir das, da deine Grammy mir gesagt hast, dass du dir Gedanken über deine Mom machst.«

Henry dreht sich rasch um und nimmt Ruby hoch. »Wie geht es meinem Mädchen? Willst du rausgehen und vor dem Abendessen mit deinem alten Herrn Wiffleball spielen?« Und sie sind draußen, noch bevor sie überhaupt antworten kann. Die Antwort ist natürlich »Ja«. Ruby drischt mit Begeisterung auf Bälle ein, auch wenn sie sie oft verfehlt.

Ich blicke auf mein Glas hinunter. Ich vermisse Brandy. Und ich sehne mich nach meiner Mutter. Wie kann man sich nach jemandem sehnen, den man gar nicht kennt?

»Uuund?«, fragt Esme und zieht das Wort in die Länge. Ihre Stimme klingt weich. Wahrscheinlich sehe ich aus, als würde ich gleich anfangen zu weinen.

»Kann ich dich etwas fragen?«, beginne ich.

Sie stützt sich auf einen Ellenbogen und beugt sich vor. »Natürlich. Alles.«

Und urplötzlich verlässt mich die Frage. Oder der Mut, sie zu stellen. Ich nippe an meinem Tee und überlege mir eine andere Frage, die nichts mit den Gründen zu tun hat, aus denen eine Mutter geht. Oder nicht bleiben will.

»Du nennst deinen Tee immer ›nahrhaft‹, dabei besteht er aus nichts weiter als Wasser und einer Handvoll getrockneter Blätter. In meinen Augen ist das nichts Nahrhaftes.«

Esme wirft den Kopf zurück und lacht. »Das ist eine sehr gute Frage, und ich komme mir dumm vor, weil ich es dir noch nie erklärt habe, Zuckerpuppe.«

»Was erklärt?«

»›Dieser nahrhafte Tee‹ war ein Ausspruch meiner Mutter. Ich habe ihr eine ähnliche Frage gestellt, als ich ungefähr in deinem Alter war, und sie hat mir etwas gesagt, das ich nie vergessen habe. Wenn Menschen traurig wegen etwas sind oder einsam oder wütend oder verwirrt oder wenn Gefühle sie plagen, die sie lieber nicht hätten, versuchen sie manchmal, diese Gefühle mit den falschen Dingen zu vertreiben. Aber eine gute Tasse Tee kann bewirken, dass es uns gleich viel besser geht.«

»Wow. Deine Mom hat Tee wohl wirklich geliebt.«

Sie lacht leise. »Es liegt nicht am Tee, Delsie. Es liegt daran, dass man Tee oft in Gesellschaft trinkt. Beim Teetrinken wenden Freunde sich einander zu und blicken sich in die Augen. Sie lachen zusammen. Sie hören einander zu. Sie stellen eine Beziehung her, und bei allem, was auf dieser ganzen … weiten … Welt zählt, geht es um Beziehungen. Sie machen all das Schwere, von dem ich rede, erträglich.«

Ich nicke.

Sie beugt sich vor und legt mir die Hand auf den Arm. »Der Besuch von guten Freunden wie dir, Delsie.«

Ich weiß, dass mich das glücklich machen und ich ihr zustimmen sollte, aber ich werde das, was in meiner Kehle steckt, nicht los.

Ich stehe auf. »Ich muss los. Grammy fragt sich wahrscheinlich schon, wo ich bleibe.«

Sie blickt mich fragend an.

Es gibt so vieles, das ich nicht sagen kann. Ich kann ihr nicht sagen, dass ich mich nachts im Bett ganz klein mache und die Decke bis unters Kinn ziehe, weil die Seehundmutter zurückgekommen ist. Ich kann ihr nicht sagen, dass eine meiner besten Freundinnen jetzt eine neue beste Freundin hat. Und ich kann Esme auch nicht sagen, dass ich sie nicht als Freundin haben will. Sondern dass sie und Henry meine Mom und mein Dad sind. Ich freue mich, dass sie mich lieben, aber es fühlt sich an, als hätte ich das Licht der Sonne, aber nicht ihre Wärme.

Es war den ganzen Tag über bewölkt. Als ich jetzt vor die Tür trete, prasseln Regentropfen wie Geschosse auf den Boden. Doch nichts hält mich davon ab, für den Fünf-Kilometer-Lauf zu trainieren.

Ich mache ein paar Dehnübungen zum Aufwärmen und philosophiere über die Wolken. Wie sie immer dunkler werden, während sie immer mehr Wassermoleküle ansammeln. Und wenn es dann zu viele werden und die Wolken zu schwer, fallen die Moleküle als Regen auf die Erde. So fühle ich mich in letzter Zeit. Schwer. Als balle sich alles zusammen, um dann bald in einer Art Unwetter zu enden.

Ich betrachte das leer stehende Haus gegenüber von unserem. Weshalb sind die Leute wohl ausgezogen? Haben sie gemerkt, dass ihnen das Haus nicht gefällt? Haben sie ein besseres gefunden? Denken sie noch manchmal an dieses hier?

Ich beginne zu laufen. Hoffe, dass ich der Einsamkeit davonlaufen kann.

Der Regen fällt in solchen Mengen, dass die Erde ihn nicht aufnehmen kann. Ganze Regenbäche rauschen den Rinnstein entlang. Dachrinnen werden zu Wasserfällen. Als ich in Pfützen trete, spritzt das Wasser an meinen Beinen hoch. Regen lässt sich nicht aufhalten. Er muss sich Wege bahnen. Unser Keller hat dicke Wände aus Beton, aber ich weiß, dass nach einem solchen Unwetter dennoch Wasser darin steht.

Und wenn das Unwetter schließlich vorbei ist und die Sonne herauskommt, verdunstet das Wasser und alles ist wieder trocken. Aber man weiß, dass der Regen irgendwann wiederkommt. Das hat Regen so an sich.

Die Dinge, über die ich lieber nicht nachdenken würde, erinnern mich an den Regen. Die Gedanken dringen in alles ein. Sie schwellen an und fließen über. Mag sein, dass sie sich für eine Weile zurückziehen, aber sie kommen immer wieder.

Fleischwurstschüsselchen

Ich komme mit einem Stapel Fotos, die ich mit meiner neuen Kamera geschossen habe, nach Hause und beginne in meinem Zimmer mit der »Wand der Zurückgelassenen«. Ich hänge das Foto von dem leer stehenden Haus gegenüber auf. Dann Fotos von Handtüchern auf Bänken, abgestellten Autowracks und verlorenen Jacken. Ein Turnschuh, ein Kinderwagen und ein T-Shirt. Ich bin überrascht, wie viele Sachen Menschen irgendwo zurücklassen. Ob sie sie später vermissen?

Die Wohnung ist voller Rauch, als ich nach unten komme. Das bedeutet, dass Grammy fürs Abendessen Fleischwurst anbrät. Wenn man eine Scheibe Fleischwurst in Butter anbrät, nimmt das flache Stück Wurst die Form einer kleinen Schüssel an. Grammy staunt immer wieder darüber. Sie hält es für eine Art Wunder. Dann füllt sie ihr Schüsselchen mit Senf. Jede Menge leuchtend gelber Senf.

Ronan kommt zum Abendessen. Was er wohl davon hält?

Er erscheint auf die Minute pünktlich und bringt eine Tarte mit Eiercreme von der Lieblingsbäckerei seines Vaters mit. Grammy freut sich, als hätte sie den Jackpot im Lotto gewonnen.

Wir setzen uns sofort an den Tisch. Grammy beugt sich vor und tätschelt Ronans Schulter. »Danke, Ronan, dass du gekommen bist und mit uns essen möchtest. Es ist nichts Ausgefallenes, aber wir mögen es.«

»Das ist okay«, erwidert er. »Ich bin auch nicht besonders ausgefallen, falls Sie das noch nicht bemerkt haben.«

Grammy lacht laut, während sie einen gehäuften Löffel gelben Senf in ihr Fleischwurstschüsselchen füllt. Dann noch einen. Und noch einen.

Ronan beobachtet sie mit unbewegter Miene. Dann schaufelt er einen Berg Senf aus dem Glas. Und noch einen. Und noch einen. Danach schraubt er den Pfefferstreuer auf und streut etwas davon obendrauf. Es ist fast, als wetteiferten sie miteinander, wessen Mund zuerst Feuer fängt. Haben wir eigentlich einen Feuerlöscher?

Ronan isst mehr gebratene Fleischwurst, als normal ist. Er verschlingt sie, als hätte er nie etwas Besseres gegessen, und ich frage mich, was sein Vater wohl so zum Abendessen kocht.

Nachdem Grammy und Ronan das Senfglas geleert haben, erhebe ich mich, um den Tisch abzuräumen. Ronan steht ebenfalls auf, um mir zu helfen.

»Gäste, die helfen, haben wir gern, Ronan«, sagt Grammy. »Deine Eltern haben dich gut erzogen.«

Ich glaube, er würde sich gern bedanken, doch es scheint fast, als wüsste er nicht, wie.

Als Ronan um ein Geschirrtuch zum Abtrocknen bittet, lacht Grammy. »Nicht nötig. Wir hier lassen den lieben Gott das Geschirr abtrocknen.« Sie watschelt zum Fernseher. »So, Zeit für ein *Familien-Duell*.«

»Ist es nicht ein bisschen merkwürdig, sich auf so etwas zu freuen?«, fragt Ronan.

»Du bist ein Komiker, weißt du das?« Sie macht es sich auf dem Sofa bequem und wendet sich dann wieder Ronan zu. »Dein Dad wartet sicher auf dich. Musst du bald nach Hause?«

»Nö.« Er dreht sich zu mir um. »Willst du Monopoly spielen?«

»Unser erstes Spiel hat fast vier Stunden gedauert.«

»Und? Du hast doch gewonnen, oder? Zwar nur knapp, aber du hast gewonnen.«

»Nur knapp? Ich habe dich vom Brett gefegt.«

Er grinst. »Ja, meinetwegen. Willst du spielen oder nicht?«

Wir stellen das selbst gemachte Monopolyspiel auf, das meine Mutter aus Papier gebastelt hat, als sie so alt war wie ich jetzt. Das Spielbrett ist original. Sie hat es mit Grammy auf einem Flohmarkt entdeckt, es für fünf Cent gekauft und beschlossen den Rest selbst zu machen – die

Karten, die Geldscheine und Besitzrechte. Alles, bis auf die Spielfiguren. Dafür nehmen wir alte Münzen, die Opa mit seinem Metalldetektor am Strand gefunden hat. Ich nehme den Buffalo Nickel, Ronan wählt den Silberdollar, der zur Zweihundertjahrfeier herausgegeben wurde.

Bei diesem Spiel muss ich immer daran denken, wie es wohl gewesen wäre, es mit meiner Mutter zu spielen. Wir wären bestimmt Freundinnen geworden, wären wir gleich alt gewesen.

Ronan hat Glück, er bekommt ziemlich schnell alle gelben und grünen Straßen. Aber ich ergattere schließlich jede Menge billigere Grundstücke, sodass das Geld hin und her wandert. Das Spiel dauert ewig. Als wir endlich fertig sind, ist Grammy auf dem Sofa eingeschlafen.

Ich rüttle sie leicht an der Schulter. »Grammy? Grammy, wach auf.«

Sie stöhnt, öffnet die Augen, schaut sich um und orientiert sich. »Oh, ich bin eingeschlafen. Wie spät ist es?«

»Mitternacht. Kannst du Ronan nach Hause fahren? Oder soll er laufen?«

»Oh nein! Ich bin eingeschlafen! Sein Vater macht sich sicher schreckliche Sorgen. Hast du ihn angerufen?«

»Ja«, lügt Ronan. »Er sagt, es ist okay.«

Ich schaue ihn an, doch er erwidert meinen Blick nicht.

Grammy erhebt sich. »Ich mache mich ein bisschen frisch, dann fahren wir. Ihr zwei wartet draußen, aber dass ihr mir nicht abhaut.«

Wir gehen nach draußen. »Warum hast du Grammy gesagt, du hättest deinen Dad angerufen?«, will ich wissen.

Er vergräbt die Hände in den Taschen und geht im Kreis herum. »Keine Ahnung.«

Ich weiß, dass es nicht stimmt.

»Ich wollte nicht, dass deine Grammy sich Sorgen macht oder sauer auf mich ist. Und es ist egal, ob ich meinen Vater anrufe oder nicht. Ich kann jederzeit nach Hause kommen.«

Nicht zu einer bestimmten Zeit zu Hause sein zu müssen klingt gut.

Doch dann überlege ich, ob das wirklich so gut ist.

Kein Ende als Krabbenpuffer

Ich habe Ronan gerade hereingelassen, als Grammy aus der Küche ruft: »Delsie, Liebes, ich habe Hähnchenschenkel bekommen, die über dem Verfallsdatum liegen. Willst du sie haben?«

»Echt? Super!«

Ronan schaut mich an, als hätte ich den Verstand verloren. »Warum zum Teufel will jemand vergammelte Hähnchen haben?«

Ich schüttle den Kopf. »Du musst noch viel über das Leben auf dem Kap lernen.«

»Wenn es mit vergammelten Hähnchenschenkeln zu tun hat, verzichte ich gern.«

»Du wirst begeistert sein, glaub mir.«

»Klar doch. Nichts Besseres als verdorbenes Fleisch, um den Tag zu retten.«

An Gray's Beach öffne ich meine Tasche und hole die Hähnchenteile heraus, etwas Schnur und eine Schere. »Hier.« Ich gebe ihm die Schere. »Wir brauchen lange Schnurstücke.«

Er zerschneidet die Schnur und blickt immer wieder zu mir auf. Als ich ein Stück Schnur fest um einen Hähnchenschenkel knote, blickt Ronan über den Rand des Stegs ins Wasser. »Dann sind wir also hier, um etwas zu fangen?«

»Blaukrabben.«

»Ich sehe eine!« Er zeigt mit dem Finger. »Und noch eine.« Strahlend blickt er mich an. »Sie sind überall!«

Ich reiche ihm einen Hähnchenschenkel und nehme selbst einen. Wir lassen sie über den Stegrand ins Wasser gleiten. Meiner liegt auf dem Grund, doch der von Ronan hängt an einer Stelle, wo das Wasser tiefer ist.

Ich beuge mich zu ihm hinüber. »Er muss auf dem Grund liegen, damit die Krabben an ihn herankommen.«

Er betrachtet meinen und lächelt. Die Krabben kommen von allen Seiten angelaufen und klettern auf meinen Hähnchenschenkel.

Ronen beugt sich übers Geländer. »Zieh ihn hoch!«

»Okay. Und so geht's: Sobald sie fressen, musst du sie, ohne zu ruckeln, aber möglichst schnell heraufziehen, bevor sie herunterfallen. Sie lassen nämlich los. Fertig?«

»Ja!« Er stellt sich auf die nächsthöhere Querstange des Geländers.

Hand über Hand, als würde ich Netze einholen, ziehe ich meine Schnur herauf. Einen halben Meter über dem Wasser lässt eine Krabbe los. Dann noch eine. Bis das Hähnchen auf Höhe der obersten Geländerstange ist, hängen noch vier Krabben dran. Ich hebe die Schnur übers Geländer und lasse das Hähnchen in den Eimer fallen. Ich streife die Krabben mit der Hand ab und ziehe den Hähnchenschenkel für die nächste Runde wieder heraus.

Ich beuge mich über den Eimer. »Wow, eine von ihnen ist *riesig*. Normalerweise lassen sie sich nicht fangen. Henry meint, das sei so eine Darwin-Sache. Sie werden deshalb so groß, weil sie dahintergekommen sind, wie sie überleben. Wenn du beispielsweise plötzlich in die Luft gehoben wirst, *lass los*.«

Ronan greift in den Eimer und holt die große heraus. »Wir sollten ihn Zeus nennen.«

»Du kannst Dingen, die wir nach Hause nehmen und essen, keinen Namen geben.«

»Essen? Wer will *den* denn essen? Er sieht aus wie ein Mini-Alien.« Die Krabbe zwickt ihn in den Finger.

»Autsch!«, brüllt er und lässt sie auf den Steg fallen.

»Sie hat dich wohl gehört.«

Die Krabbe läuft seitwärts Richtung Stegkante und stößt dabei an Ronans Fuß. Er macht einen Satz und landet platt auf dem Bauch.

Ich fasse die Krabbe am Rücken, damit sie mit ihren

Zangen meine Hand nicht erreicht. Sie klammert sich an der Stegkante fest, doch ich ziehe sie weg.

»Wie hast du das gemacht?«, fragt er.

Ich drehe meine Hand um und zeige es ihm. »Sie kommen nicht an dich ran … Also, meistens zumindest. Manchmal kommt eine große, clevere dahinter, greift hinter sich und hat dich.«

In dem Moment werde ich gezwickt und lasse die Krabbe fallen, die einen neuen Fluchtversuch unternimmt.

Ronan lacht. Laut.

»Echt jetzt?« Ich packe die Krabbe von Neuem. »Du lachst *mich* aus? Und liegst selbst immer noch auf dem Steg, nachdem dich etwas von der Größe eines Pfannkuchens umgelegt hat?«

Roman steht auf. »Ich wurde nicht umgelegt. Ich hab mich nur ausgeruht.«

Dann nimmt er mir die Krabbe aus der Hand. Er hält sie sich vors Gesicht, schaut ihr in die Augen und lächelt. »Er blubbert.«

»Ja, das tun sie, damit weiter Sauerstoff durch ihre Kiemen kommt«, erkläre ich ihm. »Und jetzt leg sie wieder in den Eimer. Grammy macht super Krabbenpuffer daraus. Und dazu Sauce Tartar. Du wirst dir alle zehn Finger danach ablecken.«

Er schaut mich an. »Im Ernst? Sie macht *Krabbenpuffer?*«

»Klar.«

Er betrachtet die Krabbe. Dann hebt er sie hoch und hält sie so, dass sie ungefähr 15 Zentimeter von seinem Gesicht entfernt ist. »Er sieht nicht so aus, als würde er schmecken.«

»Warte, bis du ihn mit in Butter gerösteten Semmelbröseln siehst.«

Sein Mund verzieht sich ein wenig zur Seite. Dann schaut er der blubbernden Krabbe in die Augen und sagt: »Ich taufe dich auf den Namen Darwin. Und jetzt habe ich etwas gut bei dir, Darwin.«

Er holt aus und wirft die Krabbe weit außerhalb der Reichweite eines Hähnchenschenkels an einer Schnur. Sie landet mit einem Platsch im Wasser.

Er versucht, sich sein Lächeln zu verkneifen, schafft es aber nicht.

»He! Was soll das? Warum hast du das getan?«

Er zuckt mit den Schultern und lächelt breiter. »Sorry. Er war wunderschön und so ein zäher Kämpfer. Ich musste ihn gehen lassen.«

»Ist schon okay. Das war in jedem Fall besser als Krabbenpuffer essen«, erwidere ich und muss daran denken, wie sehr Opa Joseph ihn gemocht hätte. Er hätte Ronan eine gute Seele genannt und ich hätte ihm zugestimmt.

Wer beobachtet dich beim Sandwichessen?

Ich bin so glücklich, als Brandy mich anruft und fragt, ob ich mit ihnen zu Mittag essen will, dass ich an mich halten muss, um nicht Rad zu schlagen und in einer Wand zu landen. Doch bei jeder Glücksblase, die in mir aufsteigt, meldet sich die leise Stimme.

In Seaside treffe ich zufällig auf Ronan. »Hey«, grüßt er.

Ich sehe Brandy und Tressa schon in der Nähe des Wassers an einem Picknicktisch sitzen.

»Hey«, erwidere ich. »Wie geht's?«

Er blickt über seine Schulter zurück. »Besser als dir, vermute ich mal.«

»Was soll das denn heißen?«

Er zuckt mit den Schultern. »Nichts.« Dann zieht er eine Packung Kaugummi aus der Tasche. »Willst du?«

»Nein danke. Ich esse gleich mit Brandy und Tressa zu Mittag.«

»Warum?«

»Weil sie mich gefragt haben. Und weil sie meine Freundinnen sind.«

»Sind sie das?«

Ich blicke noch einmal an ihm vorbei. Tressa schaut in meine Richtung. Sie lächelt. »Ja, das sind sie.«

»Hey, ich würde auch liebend gern mit zwei Bullenhaien essen. Oder vielleicht gleichen sie doch eher Weißflossenhaien. Ich hab mich noch nicht festgelegt.« Er blickt nachdenklich auf. »Ich weiß nicht. Brandy wäre wohl ein Bullenhai. Die können zwischen Salzwasser und Frischwasser wechseln.«

»So schlimm sind sie auch wieder nicht«, erwidere ich ärgerlich.

»*Nicht so schlimm* ist keine Eigenschaft, die man in einem Handbuch für Freunde finden würde.« Er steckt ein Kaugummi in den Mund. »Mach, was du willst. Ich finde einfach, dass Freundschaft mehr ist, als mit Leuten an einem Tisch zu sitzen und sie zuschauen zu lassen, wie man ein Sandwich isst.«

Ich öffne den Mund, um ihm Kontra zu geben, doch nichts kommt heraus.

Er steckt das Kaugummipapier in seine Tasche. »Ich mein ja nur.« Er zuckt mit den Schultern. »Man sieht sich.«

Ich schaue Ronan länger nach, als ich sollte. Die Freude aufs Mittagessen ist nicht mehr ganz so groß.

»Hey«, grüße ich, als ich mich dem Picknicktisch nähere. Ich merke, dass meine Füße sich anfühlen wie Backsteine.

»Hey.« Brandy rückt ein Stück zur Seite, um mir Platz zu machen.

Tressa lächelt wie eine Katze, die beobachtet, wie eine Maus sich aus ihrem Loch wagt.

»Danke für die Einladung.«

»Ihre Mutter hat darauf bestanden«, verrät Tressa. Brandy wird rot.

Beide holen ihr Mittagessen aus einer Kühltasche mit einer Meeresschildkröte darauf. Ich blicke auf meine braune Papiertüte hinunter, ziehe mein Rootbeer heraus und schnippe den Verschluss auf. Als ich ihre üppig bestückten Hähnchen-Wraps sehe, beschließe ich, mein Fleischwurst-Sandwich lieber nicht vor diesen beiden zu essen.

»Das war der Knaller gestern Abend«, beginnt Tressa. »Wir haben uns vom Strand aus das Feuerwerk angeschaut. Der Wahnsinn.«

»Ja, es war ziemlich cool«, stimmt Brandy zu. »Jeder Ort veranstaltet sein eigenes, immer an unterschiedlichen Abenden, den ganzen Sommer über. Man kann also immer irgendwo eines sehen.«

Tressa wendet sich mir zu. »Habt ihr auch zugesehen?«

»Oh … klar … natürlich.« Bei der Antwort auf Tressas Frage fühle ich mich wie damals in der ersten Klasse, als die Schulkrankenschwester in meinem Haar nach Läusen suchte.

Brandy bekommt große Augen. Sie weiß, dass wir so etwas nicht tun.

»Und dann«, fährt Tressa fort«, sind wir zu dieser Firepit Pizzeria am Strand gegangen. Echt cool. Warst du da schon mal?«

Ich hasse Pizza. Wahrscheinlich als einziges Kind auf der ganzen Welt. Aber ich habe Pizza noch nie gemocht. Brandy weiß das, doch ich kann nicht anders. Ich schaue Tressa an. »Klar. Wem gefällt es nicht dort? Wir sind oft da.«

Jetzt neigt Brandy den Kopf zur Seite und blickt mich merkwürdig an.

»Aber das Allerbeste war die Pyjamaparty«, fügt Tressa hinzu. »Ich kann's nicht glauben, dass wir bis vier Uhr morgens auf waren und uns diesen Film angeschaut haben. Deine Mom ist echt cool, Brandy.«

»Welchen Film?«, frage ich.

Brandy will antworten, doch Tressa unterbricht sie, als sei meine Frage unpassend. »*Big*. Ein alter Film, bei dem es um einen Jungen geht, der erwachsen sein möchte. Eine Wunschmaschine erfüllt ihm den Wunsch. Er war ziemlich gut.«

»Ich habe einen guten Film im Fernsehen gesehen. Er handelte von diesem Mädchen, das ...«

Tressa hebt die Hand wie ein Polizist, der den Verkehr

regelt. »Kannst du noch ein paar Servietten holen? Im Haus. *Bitte*...«

Ich erwische Brandy dabei, wie sie ein Lachen unterdrückt.

Ich hole die Servietten nicht wie befohlen, da das demütigend wäre. Andererseits ist es auch demütigend, als ich bleibe. Sie reden über andere Dinge, die sie gemacht haben. Ohne mich. Ich versuche mich noch einmal an dem Gespräch zu beteiligen, aber Tressa redet immer wieder dazwischen, bis ich aufgebe.

Als ich aufstehe und sage, dass ich gehen muss, sind sie schließlich still.

Beim Weggehen habe ich schreckliches Magendrücken, was komisch ist, da ich überhaupt nichts gegessen habe.

Die Glücksblase, die ich wegen dieses Picknicks hatte, platzt, wie Blasen das so tun. Mit einem Schlag und unwiederbringlich.

Bist du das?

»Lass uns heute mal Touristen spielen«, sage ich zu Ronan. »Warst du schon in Holiday Hill?«

»Die Anlage mit dem Minigolf und so?«

Ich nicke.

»Ich wollte hin, aber mein Dad ist abends immer zu müde. Wieso? Hast du Geld?«

»Ja. Wenn ich Grammy helfe, die Zimmer sauber zu machen, teilt sie das Trinkgeld mit mir. Außerdem hab ich ein paar Gutscheine, die wir in einem Zimmer gefunden haben, nachdem die Leute abgereist waren. Damit können wir ein paar Runden kostenlos spielen. Für uns beide sollte es reichen.«

»Ich hab nämlich kein Geld.«

»Ist schon okay. Die Sache ist es wert, denn ich werde dich beim Minigolf haushoch besiegen.«

»Das glaubst du, ja? Wovon träumst du sonst so, Delsie?«

Wir laufen über die Route 28 und direkt zum Kassenhäuschen der Minigolfanlage. Ich nehme den blauen Golfball, Ronan den grünen.

An der dritten Bahn loche ich mit einem Schlag ein und brüste mich mehr, als ich sollte. Ich freue mich, dass ich gut bin, aber noch mehr freue ich mich, dass ich in Ronans Gesellschaft nicht nervös bin. Ich muss nicht jedes Wort auf die Goldwaage legen und dann noch Angst haben, dass er es in den falschen Hals bekommt. Ich kann so sein, wie ich bin, und muss mich nicht verstellen.

An der fünften Bahn hüpft Ronan herum und singt ein Lied, dass er der Champion sei. Es muss auf seinem Mist gewachsen sein, denn es ist fürchterlich.

»Wir sind erst bei der fünften Bahn. Du hast noch nicht gewonnen. Im Gegenteil, ich bin vorn.«

»Ich stelle mir vor, wie ich den Pokal entgegennehme. Es wird …«

Er macht weiter, doch ich höre nicht mehr zu. Ich konzentriere mich ganz auf eine Frau mit zwei Kindern, die viel jünger sind als ich. Sie hat krauses Haar, das in der Sonne rötlich schimmert – genau wie meines. Und sie hat ein Grübchen am Kinn und blaue Augen, genau wie ich.

Sie sieht aus wie die Frau in meinem alten Bonbonrahmen – als habe sie ihn verlassen und sei in die Welt getreten. Sie sieht genauso aus wie sie. Haargenau so.

Ich stecke meine Hände in die Taschen und straffe die Schultern.

Ronan steht vor mir. »Es tut mir leid, dass ich so an-gegeben habe. Vergiss es, Delsie. Ich gebe dir ein paar Punkte Vorsprung.«

Ich schüttle den Kopf.

»Doch, ich meine es ernst.«

»Ich würde nie sauer werden wegen Minigolf.« Ich schaue an ihm vorbei. »Es ist wegen der Frau.« Ich schlu-cke. »Ich glaube, sie ist meine Mom.«

Ronan dreht sich zu ihr um. »Echt? Sind das ihre Kin-der?«

»Ich … ich weiß es nicht. Wir haben schon ewig nichts mehr von ihr gehört. Ich meine … *wahrscheinlich* könn-ten es ihre Kinder sein.«

»Aber du kannst nicht mit Sicherheit sagen, dass sie deine Mom ist, richtig? Es ist nur eine Vermutung?«

»Ich habe so ein Gefühl, dass sie es ist. Sie sieht ge-nauso aus wie das Foto. Und …« Die Worte bleiben mir fast im Hals stecken. »Sie sieht aus wie ich.« Ich schlucke noch einmal. »Sollte ich sie ansprechen?«

»Klar. Denn wenn du es nicht tust, wirst du es bedau-ern.«

Ronan ist gut darin, schnell auf den Punkt zu kommen.

Als ich auf meinen Golfball hinunterschaue, kommt mir eine Idee. Ich schlage den Ball ins Gebüsch in ihrer Nähe und laufe hinüber.

Mein Magen krampft sich zusammen, als ich vor ihr stehe. Ich halte ihren Blick fest und will sehen, ob sie mich erkennt. Wie könnte jemand sein eigenes Kind nicht erkennen?

»Hallo«, sagt sie.

»Hi. Oh. Sorry. Ich wollte nur meinen Ball holen.« Ich bücke mich und hole ihn aus dem Gebüsch, und als ich mich wieder aufrichte, schaue ich ihr erneut in die Augen. Und hoffe, in ihrer Miene eine Antwort ablesen zu können.

»Kann ich dir helfen? Brauchst du etwas?« Ihre Stimme klingt genau wie die von Esme – total lieb und lass-mich-dir-helfen. Ich betrachte ihre Kinder. Habe ich zwei Schwestern?

»Sind Sie meine Momma?«, frage ich.

Ein Auge zuckt. »Bitte?«

»Sind Sie meine Momma? Sind Sie es?« Ich kiekse wie ein kleines Kind.

Sie presst die Lippen zusammen, ihre Augen blicken traurig, und sie schüttelt leicht den Kopf. »Ach, Liebes, es tut mir leid. Ich bin nicht deine Momma. Ich habe diese beiden Mädchen, aber außer ihnen habe ich keine weiteren Kinder.« Inzwischen schauen ihre beiden Mädchen mich an, als versuchte ich, ihnen ihr Lieblingsspielzeug wegzunehmen.

»Sind Sie sicher?« Ich beginne zu weinen. »Sie sehen nämlich genauso aus wie das Foto und Sie sehen genauso aus wie ich. Oder ich sehe aus wie Sie … Deshalb dachte ich, dass Sie vielleicht … Ich dachte, Sie könnten …«

»Ich bin es nicht. Wirklich nicht. Es tut mir leid. Aber wer immer deine Mom ist, sie kann sich sehr glücklich schätzen.«

»Sehr glücklich«, murmle ich. »Sehr *glücklich*.« Ich lasse meinen Golfschläger fallen und renne los. Ich renne so schnell, dass Ronan keine Chance hat, mich einzuholen.

Irgendwann stehe ich vor Aimees Haus. Es ist Samstag, deshalb bin ich sicher, dass sie keine Probe hat. Ich klopfe an die Tür.

Aimee öffnet mit Schwung. »Hey, Dels.« Dann wird sie ernst. »Wow. Du siehst aus, als bräuchtest du Wasser. Möchtest du ein Glas Wasser?«

Ich nicke heftig.

»Komm rein.«

»Nein. Ich muss mit dir reden. Hier draußen.«

Sie wirkt besorgt. »Okay.«

Als sie mit meinem Wasser zurückkommt, höre ich auf zu überlegen, wie ich es sagen soll, und rede einfach drauflos. »Du weißt doch, wie es ist, wenn der Lehrer am Tag der offenen Tür in der Schule deine Mom trifft und er zu ihr sagt: ›Oh, Ihre Tochter sieht genauso aus wie Sie. Sie ist Ihnen wie aus dem Gesicht geschnitten.‹ Und du lächelst, weil deine Mom echt super ist?«

»Ja …«

»Und du weißt doch, wie du dich jedes Frühjahr beklagst, weil du ein Kleid tragen und zum Vater-Tochter-Tanzen gehen musst? Aber immer viel Spaß hast?«

»Ja …«

»Du weißt noch, dass du wissen wolltest, wie es ist, Waise zu sein? Wie es *wirklich* ist?«

»Es tut mir leid, Dels. Ich hätte dich das nicht fragen dürfen. Ich war einfach so aufgeregt …«

»Alles gut, Aims. Ich bin nicht sauer auf dich. Ich wusste einfach nicht, was ich darauf antworten soll, das ist alles. Aber das ist die Antwort: Ich werde nie in meinem Leben zu einem Vater-Tochter-Ball gehen. Niemand wird mich je seine oder ihre Tochter nennen und ich werde nie jemanden meine Mom nennen können. So ist es.«

Ich balle meine Hände zu Fäusten, und meine Stimme bricht, als ich spüre, wie die Wut mich packt wie eine Riesenwelle. Ich versuche mich zusammenzureißen, fürchte aber, dass es mir nicht gelingt.

Trotzdem steht Aimee dicht neben mir. Unsere Schultern berühren sich. »Du liebe Güte, Dels. Dieser ›Schon Morgen‹-Song trifft es wahrscheinlich nicht, was? ›Morgen scheint die Sonne wieder‹ und ›darauf kannst du wetten‹ und all das Zeug. Das ist ja ein furchtbarer Song, oder? Ich meine, echt furchtbar.«

Und wir lachen und ich fühle mich so viel besser.

Samen, die aufgehen, und Samen, die nicht aufgehen

Ich rufe Ronan an und sage ihm, dass ich okay bin. Er schlägt vor, auf eine Runde Monopoly rüberzukommen. »Vielleicht morgen«, antworte ich. Stattdessen setze ich mich zu Grammy auf die Couch. Wir teilen uns das Popcorn und schauen uns eine Spielshow an. Wir mögen es, wenn glückliche Leute Sachen gewinnen.

Am nächsten Morgen regnet es, und als ich aufwache, bleibe ich noch liegen und versuche, einen Traum über Opa Joseph festzuhalten. Ich habe geträumt, dass wir mit seinem Metalldetektor am Strand nach alten Münzen suchen.

Eine unserer Lieblingsbeschäftigungen nach einem Unwetter war es, am Strand auf Schatzsuche zu gehen. Nach einem starken Regen kann der Metalldetektor leichter Signale empfangen. Wir sahen gewöhnlich noch andere »Detektoren« da unten, doch Opa wusste, dass man nach einem Unwetter am besten entlang der Mauern suchen sollte. Wir fanden jede Menge Münzen – meist neue, aber auch einige Buffalo Nickels und einen Silberdollar von der Zweihundertjahrfeier.

Opa ging auch gern in die Wälder um Concord und Lexington. Wir haben dort Metallteile, die Musketenkugeln aus dem Unabhängigkeitskrieg sein könnten, gefunden. Er war ganz aus dem Häuschen, wollte sie aber nicht zu einem Händler bringen. Ich glaube, er fürchtete, sie könnten sich als wertlos herausstellen, und so behielt er sie lieber und konnte weiter hoffen.

Auf den Feldern dort redete er jedoch davon, den Jackpot zu finden: ein Schraubglas voll altem Geld. Bevor man den Banken vertrauen konnte, haben die Leute ihre Wertsachen in Schraubgläser gestopft und im Garten vergraben, damit kein Fremder sie fand.

In der Küche schütte ich Cheerios in eine Schüssel, und mir fällt wieder ein, wie Opa mir erzählt hat, die kleinen Haferringe seien Donut-Samen. Was für ein dummes Kind muss ich gewesen sein, dass ich Stunden damit zubrachte, sie in unserem Garten zu vergraben, und gewartet habe, dass sie aufgehen.

Grammy schlurft in die Küche. »Morgen, mein Mädchen. Wie wäre es mit Musper Knuffins?«

Ich lache. »Gern.« Auf der Schachtel steht zwar Knusper-Muffins, aber Musper Knuffins gehört zu unseren Lieblingsscherzen.

Ich erzähle ihr von meinem Traum. Sie schüttelt den Kopf.

»Ach, dieser doofe Metalldetektor. Er hat ihn Homer genannt und sich mit ihm unterhalten, als sei er ein Familienmitglied. ›Sollen wir Homer mitnehmen zum Strand? Vielleicht würde Homer gern einen Ausflug machen.‹«

»Du nennst ihn doof? Sprichst du deinen Wagen nicht jeden Morgen mit *Darling* an?«

Sie lacht. »Kann schon sein. Darling und Homer gäben ein reizendes Paar ab, meinst du nicht auch?«

»Homer könnte behaupten, er hätte sein Leben lang nach Darling gesucht.«

Ich warte darauf, dass sie über meinen Witz lacht, aber sie wirkt traurig. Kopfschüttelnd beginnt sie Tee zuzubereiten. »Oh, wie ich diesen Mann vermisse. Weißt du noch, wie glücklich er immer an Sonntagabenden im Sommer war, wenn es gestürmt hat?«

»Ja! Die Montage darauf hat er doch Schatzfinder-Montage genannt, weil die Touristen das ganze Wochenende über Sachen am Strand liegen gelassen hatten. Weißt du noch, wie er den Diamantring gefunden hat? Er hat auf der Corporation Beach getanzt!«

»Das hat er. Und dann entdeckte er die Suchanzeige nach dem Ring. Dieses Mädchen war so glücklich, als sie ihn zurückbekam.«

Ich hatte ihn zu dem Treffen mit dem Mädchen begleitet und lächle bei der Erinnerung daran. Wie eine vollkommen Fremde die Arme um Opa Joseph schlang. Es war auch das erste Mal, dass ich jemanden weinen sah – richtig weinen vor lauter Glück.

»Ich habe über Opas Schätze nachgedacht«, sagt Grammy. »Diese Halbe-Cent-Münzen, die er in Concord gefunden hat, müssen etwas wert sein, und seine Taschenuhr ist ganz sicher eine Menge wert. Vielleicht wird es Zeit, mal wieder bei dem Händler vorbeizuschauen.« Sie seufzt.

»*Grammy*, wir können doch Opas Sachen nicht verkaufen!«

»Ich weiß, Delsie. Ich weiß es. Aber allein die Uhr wäre die Lösung für alle Probleme mit diesem Auto. Und dem alten Heizkessel. Heute ist es zwar warm, aber ehe wir uns versehen, heult der Wind übers Kap. Dann brauchen wir eine Heizung. *Ohne* Ruß.«

»Ich würde lieber frieren.«

Sie lässt die Schultern hängen. »Um ehrlich zu sein, Delsie, seine Sachen immer noch hier zu haben, erinnert mich ständig daran, was ich verloren habe.« Dann kommt sie herüber und legt mir ihre Hand auf die Wange. »Gott sei Dank habe ich dich.«

»Aber Grammy …«

»Kleines, wir *brauchen* das Geld. Vor Kurzem hat Henry mir gesagt, dass auch das Dach repariert werden muss.«

Sie wirkt müde.

Ich weiß, dass sie recht hat. Was das Geld betrifft. Aber ich sehe die Dinge anders.

Während ich zurückdenke an unsere Zeit mit dem Metalldetektor, kommt mir eine Idee, wie ich Opas Sachen retten kann. Ich weiß zwar, dass es falsch ist, aber das Bedürfnis, an den kleinen Dingen festzuhalten, die mir von den Menschen, die ich liebe, geblieben sind, ist einfach zu groß.

Sobald Grammy zur Arbeit geht, laufe ich die Treppe hinauf und hole das Glas, das ich auf dem Flohmarkt entdeckt habe, und schraube den Deckel ab. Ich lege ein paar Lagen Toilettenpapier als Polster hinein.

Dann greife ich in Opas Schublade und ziehe die Schachtel heraus, in der er seine Schätze aufbewahrt hat. Er nannte sie »Erinnerungswecker« – Dinge, die ihn an schöne Zeiten erinnerten.

Ich stöbere in der Schachtel, finde Opas Uhr aus Sterlingsilber und streiche über die eingravierte Gestalt eines Fischers in einem Ruderboot. Er trägt genauso eine flache Mütze, wie Opa eine trug. Die an der Uhr befestigte Kette schwingt vor und zurück. Ich drücke auf den Knopf und der Deckel springt auf. Sie geht noch. Ich muss schlucken. Millionen Mal hat er die Uhr geöffnet, um die Gezeiten zu checken. Vorsichtig lege ich die Uhr in das Glas.

Ich suche nach weiteren Schätzen in der Kiste und finde die runden Teile aus weißem Metall, die Opa für

Musketenkugeln hielt, und zwei englische Halbe-Cent-Münzen aus Concord.

Ich entdecke auch eine Piratenmünze aus Pirate's Cove, der großen Minigolfanlage an der 28. Ich bin mir ziemlich sicher, dass sie mir gehört, und stecke sie in meine Tasche. Ich lächle bei dem Gedanken, dass es bei diesem Erinnerungswecker um mich gegangen sein muss.

Es gibt ein paar Anstecknadeln von *General Electric*, weil Opas Vater dort zusammen mit Olives Vater gearbeitet hat. Sie waren befreundet, Opa kannte Olive also sein ganzes Leben.

Ich entdecke auch ein Schraubglas, doch es ist nur etwa acht Zentimeter hoch. Zum Teetrinken eignet es sich kaum. Vielleicht für Marmelade? Im Deckel ist allerdings ein Schlitz. Ich vermute, es hat einmal als Spardose gedient.

Ein Schlüsselanhänger mit der Aufschrift DATSUN. Was das wohl ist? Ich überlege, ob ich schon mal etwas von einem Ort namens Datsun in Massachusetts gehört habe.

Dann sind da noch zwei kleine Scheiben in der Größe von Damesteinen. Auf einer steht DER WAL, auf der anderen DAS SCHIFF. Sie gefallen mir sehr. Der Rand ist geriffelt wie bei einem Vierteldollar.

Außerdem ein aus einem Walrosszahn geschnitztes Messer mit einem eingravierten Weißhai mit einer Flaschenpost im Bauch. Wo Opa das wohl herhatte? Ich wünschte, ich könnte ihn fragen.

Ich finde die Köder, die Opa aus alten Löffeln und Holzstückchen gemacht hat. Ich erkenne den bunten Fisch mit dem schiefen Auge wieder. Es war sein erster Köder, und er sagte immer: »Damit hat mein Erwerb großen Reichtums begonnen.« Dann lehnte er sich lachend zurück, zog mich an sich, küsste mich auf den Scheitel und sagte: »Ich habe keine großen Summen auf meinem Bankkonto und trotzdem bin ich ein reicher Mann. Jawohl.«

Grammy hat recht. Wenn ich seine Sachen in der Hand halte, vermisse ich ihn so sehr, dass es schmerzt – und ich verstehe, was sie damit meinte, als sie sagte, dass es sie traurig macht, wenn sie sie sieht. Aber ich empfinde *mehr* als das. Die Erinnerungen machen mich auch glücklich. Ich denke gern an ihn, und ich bin froh, dass er mein Opa war. Glück und Trauer sind wie zwei ineinander verschränkte Hände. Ich wünschte, ich könnte diese Empfindungen mit Grammy teilen.

Ich stecke auch Opas Messer und die Münzen in das Glas, und als ich die Schachtel in die Schublade zurücklege, entdecke ich noch eine zweite Schachtel. Neugierig ziehe ich sie heraus. Auf dem Deckel steht in Grammys schnörkeliger Handschrift *Meine Mellie*. Ich keuche leise und hebe langsam den Deckel hoch. Ich habe das Gefühl, sie könnte heraustreten.

In der Schachtel ist eine Kette aus winzigen Steinen in den unterschiedlichsten Farben. Sie ist wunderschön. Weshalb hat sie sie nicht mitgenommen? Andererseits gibt es vieles, das sie mitgenommen haben sollte.

Ich entdecke eine Eintrittskarte zu einem Mariah-Carey-Konzert. Das überrascht mich. Meine Mom hat mit blauer Tinte *Wir gehören zusammen* an den oberen Rand geschrieben. An wen dachte sie wohl, als sie das geschrieben hat?

Dann sind da noch zwei Ringe – ein kleiner mit einem winzigen Stein. Auch er ist wunderschön. Ich stecke ihn mir an den Finger und bewundere ihn. Ich würde ihn gern anbehalten, doch Grammy würde ihn sehen. Es kann kein Diamant sein. Ich wüsste es, wenn wir irgendwo Diamanten hätten.

Der andere Ring hat die Form eines Wals, der sich um den Finger windet. Auch er gefällt mir sehr.

Dann noch eine Sammlung Kronkorken von Rootbeer-flaschen. Sie muss Rootbeer gemocht haben, genau wie Grammy und ich.

Ich lege ihre Sachen ebenfalls in das Glas, stopfe es mit Toilettenpapier aus und schraube den Deckel ganz fest zu. Dann trage ich es hinaus in Opas Schuppen und hole seine Schaufel. Ich entdecke eine Stelle mit ein paar Puste-blumen und steche mit der Schaufel das Gras zusammen mit Erde und Sand vorsichtig ab. Dann beginne ich ein Loch zu graben.

Als ich fertig bin, halte ich das Glas mit den Dingen, die Opa geliebt hat, ein letztes Mal in den Händen, und das Loch, das sein Tod hinterlassen hat, fühlt sich so tief und groß an, dass ich nicht mehr herauskomme. Ich erinnere mich, dass er immer nach Kaffee gerochen und sich vorgebeugt und jedem Wort gelauscht hat, wenn ich ihm eine Geschichte erzählt habe. Der Verlust macht mich traurig … aber wenigstens habe ich auch viele schöne Erinnerungen. Bei meiner Mom ist es etwas anderes. Mich fragen zu müssen, was ich *nicht* mit ihr erlebt habe, hinterlässt eine ganz andere Art von Leere.

Ich versenke das Glas in das Loch und schaufle Erde darum herum. Dann fülle ich das Loch vollends auf und lege das Stück Gras und Löwenzahn wieder darauf. Als ich zum Schuppen zurückgehe, fällt mir Henrys Schneeschippe auf. Sie lehnt wie jeden Sommer an der Vorderseite des Hauses – eine Erinnerung an kältere, unwirtlichere Zeiten. Henry meint, es sei gut, in schönen Zeiten die schweren nicht zu vergessen. Halte nie etwas für selbstverständlich.

Vor Opas Tod hielt ich das für dumm. Jetzt nicht mehr.

Ein nicht ganz perfektes Bild

Ich kehre mit weiteren Ausdrucken für meine Wand der Zurückgelassenen vom Drogeriemarkt zurück.

Ich klebe sie zu den anderen, halte aber irgendwann inne. Weshalb mache ich eigentlich eine Wand der vergessenen Dinge? Soll man verstehen, wie ein Handtuch, das auf einer Bank liegen blieb, sich fühlt? Wahrscheinlich will ich tiefgründig sein, aber vielleicht ist es einfach nur bescheuert. Deshalb wäre es gut, auch ein paar gewöhnliche Familienfotos dazuzukleben.

Ich gehe zu Grammys Schrank und hole das Fotoalbum herunter. Zwischen den Seiten steckt mein Zeugnis vom letzten Jahr, auf dem die Lehrerin vermerkt hat, dass ich Potenzial hätte. Ich bekam Ärger, weil ich zu ihr sagte, dass dies meiner Ansicht nach nur eine nette Art sei, mich eine Versagerin zu nennen. Aber Grammy behauptet, es sei ein Kompliment und dass Potenzial so etwas Ähnliches sei wie Rabatt-Coupons in einer Schublade. Wenn du sie dort liegen lässt, sind sie nichts weiter als Papierschnipsel.

Bei den Fotos auf den ersten paar Seiten muss ich lächeln. Und ich wünschte, Grammy gehörte zu dem Typ Mensch, der Fotos in Rahmen steckt und an die Wand hängt.

Ich nehme das lose im Album liegende Foto von Esme an Halloween heraus. Sie trägt eine Anglerhose und eine Angel und Henry ist als Riesenfisch verkleidet. Das war letztes Jahr, und ich weiß noch, dass er immer wieder sagte, er sei der Fang ihres Lebens. Sie gab ihm recht und schaute ihn zugleich an und verdrehte die Augen.

Es gibt jede Menge Geburtstagsfotos und ich lächle über all die schiefen Kuchen. Wir haben mit Grammy herumgeflachst, dass ihre Kuchen immer krumm und schief werden, wie sehr sie sich auch abmüht. Ihre Antwort darauf: Liebe ist nicht perfekt, weshalb sollte also ein Kuchen voller Liebe perfekt sein? Eines dieser Fotos wird Heiterkeit an meine Wand bringen.

Dann entdecke ich ein älteres Foto – ich schaue an dem Kuchen vorbei und an mir, wie ich dabei bin, die Kerzen auszublasen. Ich lächle immer noch, als ich sie plötzlich entdecke. Die Frau, die auf dem Foto hinter mir steht.

Es ist die Frau aus dem Zuckerperlenrahmen.

Meine Mutter.

Sie war *da*.

Meine Fingerspitzen werden weiß, so fest halte ich das Foto. Ich starre darauf, mir ist übel, und gleichzeitig bin ich glücklich. Ich blinzle. Ist sie es wirklich?

Unten fällt die Tür ins Schloss, und Grammy ruft: »Delsie-Mädchen. Ich bin wieder zu Hause!«

Zu Hause.

Bis ich die Treppe hinuntergelaufen bin, habe ich Brustschmerzen. Ich bekomme die Luft nicht aus meiner Lunge, um sie neu zu füllen.

Grammy ist in der Küche und ich bleibe unter der Tür stehen. »Puh! Was für ein Tag. Ich glaube, ich rieche bis zu dem Tag, an dem ich meinem Schöpfer gegenübertrete, nach Allzweckreiniger.«

Immer wenn ich Grammy eine Frage stellen wollte, eine Herzensfrage –, die Art von Frage, die Esme bei einer Tasse Tee stellen würde – saßen wir aneinandergekuschelt auf der Couch.

Deshalb fühlt es sich merkwürdig an, so weit von ihr wegzustehen. Und zu *warten*. Darauf, dass ich genügend Mut zusammenraffen kann, um die Frage zu stellen – oder die Antwort zu hören.

»Ich muss dich etwas fragen«, sprudelt es aus mir heraus.

»Du kannst mich *alles* fragen, Delsie, das weißt du.«

»Ich muss die Wahrheit hören. Versprichst du mir das?«

Sie wirkt besorgt. »Ich lüge dich nie an. Dazu gibt es keinen Grund.«

»Ist meine Mutter zurückgekommen? Nach Hause? Als ich klein war?«

Sie sieht das Foto in meiner Hand und atmet tief durch. »Ja.« Sie klingt, als sei sie bereit, mich in den Arm zu nehmen wie damals, als ich klein war und mir die Knie aufgeschlagen habe. »An deinem dritten Geburtstag ist sie aufgetaucht. Wir wussten nicht, dass sie kommt.«

»Und dann ist sie wieder gegangen?«

Sie nickt.

Ich versuche, den Kloß in meinem Hals hinunterzuschlucken. »Dann hat sie mich also *zwei* Mal verlassen?«

»Ja, schon … aber …«

»Warum hast du sie nicht dazu gebracht, dass sie bleeeiiibt?«, unterbreche ich. Daran, wie das letzte Wort klingt, wie ich die Vokale langziehe, höre ich, wie sehr ich mir das gewünscht hätte.

»Sie ist gegangen, weil … also … weil …«

»*Sag* es mir einfach, bitte.«

Ich kenne meine Grammy. Sie steht da und überlegt, wie sie es mir möglichst schonend beibringen kann. Dass meine Mutter wieder gehen wollte und sie und Opa sie vergeblich angefleht haben zu bleiben. Ich weiß, dass sie es nur gut meint, aber langsam geht es mir auf die Nerven, und ich blaffe: »*Grammy!*«

»Sie war nicht bereit, deine Momma zu sein.«

»Was soll das heißen? Dachte sie, es sei zu anstrengend? Zu viel Arbeit oder so?«

»Nein.« Grammys Augen füllen sich mit Tränen, was sie blauer erscheinen lässt. »Sie … Delsie. Die Wahrheit … die Wahrheit ist … dass ich sie weggeschickt habe.«

Es ist, als spräche sie eine Fremdsprache. Ich verstehe sie nicht. »W-was? Du hast sie weggeschickt? Sie wollte bleiben?«

Sie nickt. »Das ist jetzt lang her. Und das Problem war, dass sie Dinge getan hat, die man einfach nicht tun sollte, wenn man für ein Kind verantwortlich ist. Ich habe ihr immer wieder versichert, dass sie herzlich gern wiederkommen könnte, wenn sie diese Sachen sein ließe und dir die Mutter sein wollte, die du brauchtest.«

Ich gehe auf und ab und wäre doch am liebsten losgerannt.

Das alles fühlt sich an, als würde die Welt kopfstehen und ich hinge in der Luft und versuchte einfach nur mich festzuhalten. Ich mache ein Geräusch wie ein junger Hund, dem jemand auf die Pfote getreten ist.

»Alles wird gut«, flüstert sie.

»Nichts wird gut!«, rufe ich lauter, als ich es selbst erwartet habe. »Wie konntest du so etwas tun?«

»Ich hatte keine Wahl, Kleines. Wirklich nicht.«

»Was soll das heißen? Natürlich hattest du eine Wahl.«

»Wenn sie die Mutter gewesen wäre, die du dir vorstellst oder die du verdient hättest, wäre es einfach gewesen.« Sie beugt sich vor und ihre Stimme klingt flehentlich. »Ich vermisse sie auch.«

Ich höre auf, hin und her zu tigern, und blicke Grammy an.

»Mellie, deine Momma, hatte viele besondere Gaben. Sie war klug und mitfühlend und witzig – aber diese Seiten an ihr sind verloren gegangen. Und selbst wenn sie jetzt nicht hier ist, hast du diese guten Seiten von ihr in dir.«

»Ich will sie nicht in mir drinhaben. Ich will, dass sie mir die Fußnägel lackiert und mir zeigt, wie man sich schminkt. Ich will einfach eine Mom wie alle anderen auch.«

Das tut ihr weh, das merke ich.

Aber mir tut auch alles weh. Mein Herz und mein Körper schmerzen von der Wut. Ich versuche an Grammy vorbeizugehen, doch sie folgt mir. »Ich habe versucht, für dich einzustehen. Du brauchtest jemanden, der das tat«, sagt sie.

»Das nennst du für mich einstehen?«

»Ja.«

»Wollte sie mich bei sich haben?« Ich bin mir nicht mehr sicher, welche Antwort ich mir wünsche.

»Ja. Sie hat dich geliebt, Delsie. Aber sie war nicht in der Lage, Verantwortung für dich zu übernehmen. Deshalb haben wir alle – Henry und Esme und ich und Opa – beschlossen, dich hierzubehalten, wo du in Sicherheit warst.«

Schon die ganze Zeit bohren sich meine Fingernägel in die Handflächen. Sie beginnen zu brennen.

»Ich weiß, es ist schwer, das zu verstehen. Aber wir haben es getan, weil wir dich lieben. Du bist mein Mädchen. Meine Delsie.«

Alles schmerzt von der Anstrengung, all das Zeug, das mich innerlich traurig macht, wegzuschieben. Ich will sie fertigmachen, aber sie sieht schon fix und fertig aus. Ich will ihr sagen, dass ich nicht ihr Mädchen bin. Ich bin das Mädchen meiner Mutter. Und dass es ihre Schuld ist, dass ich nie jemandes Tochter sein werde. Niemals. Ich will ihr wehtun, dieser Grammy, die ich so sehr liebe.

Aber ich kann es nicht.

Ich stelle mir vor, wie meine Mom unsere Einfahrt hinuntergeht und Dennis Port verlässt. In dem Wissen, dass ich eines Tages alt genug sein werde, dass ihr Weggehen mich wirklich schmerzt. Ich weiß, dass *sie* diejenige ist, der ich nie verzeihen werde.

Optimistische Elefanten

Nach unserer Auseinandersetzung tun Grammy und ich, als sei nichts geschehen, was irgendwie okay ist. Ich weiß ja, dass sich Grammy manchmal schwertut, über gewisse Dinge zu reden, aber ich weiß, dass sie nicht sauer auf mich ist, und ich bin nicht sauer auf sie.

Dennoch bin ich erleichtert, als Esme mich zum Mittagessen einlädt und ich das Haus verlassen kann. Sie sieht wunderschön aus, als sie mich abholt. Sie trägt ihre lila High Heels und ihr Afro ist an der Seite hochgesteckt. Aber etwas fehlt und das überrascht mich.

»Wo ist Ruby?«

»Deine Grammy passt auf sie auf«, antwortet sie und streckt mir die Hand hin. Ich ergreife sie und lächle.

Esme und ich steigen in ihr Auto und fahren die Route 6A hinunter. Grammy nennt sie Kapitänsfiasko wegen der vielen Kapitänshäuser und des Wochenendverkehrs im Sommer.

Wir fahren auf den Parkplatz eines gelben Hauses mit

dem Namen *Optimisten-Café*. Esme schaltet die Zündung aus und hebt dann einen Finger, was so viel heißt wie: Bleib sitzen. Sie läuft um den Wagen herum und öffnet die Tür für mich.

»Das hier ist ein sehr schönes Teehaus, und sie haben verdammt gutes Essen hier, aber es gibt noch etwas, das dir garantiert sehr gefallen wird.«

Man weist uns einen Tisch in der Ecke zu. Esme nimmt sofort ihr Besteck aus der eleganten Stoffserviette und breitet die Serviette auf ihrem Schoß aus. Ich folge ihrem Beispiel.

»Sie haben eine gute Auswahl an Früchtetees, die du bestimmt magst. Und die Crêpes sind köstlich.«

»Was ist eigentlich los?«, will ich wissen. »Stimmt etwas nicht?«

Sie runzelt die Stirn. »Nein. Wie kommst du darauf, dass etwas nicht stimmt?«

»Ich weiß auch nicht … Es ist nur … Ich weiß nicht …« Meine Worte hängen in der Luft wie ein Vogel über der Küste. »Normalerweise bittest du mich nicht, mich fein zu machen, wenn du mich einlädst. Ich trage sogar Schuhe.«

»Dann muss es wohl ein besonderer Tag sein.« Sie lächelt.

»Gibt es einen bestimmten Grund, weshalb du mit mir zum Essen gehst? Hast du schlechte Nachrichten oder was?«

»Du liebe Güte, nein! Früher sind wir öfter zum Essen

gegangen. Als du kleiner warst. Mir ist einfach aufgefallen, dass wir das schon lang nicht mehr getan haben, und es hat mir gefehlt.«

»Oh.«

»Also, wie geht es dir?«

Ich habe so ein Gefühl, dass sie die Antwort kennt.

Sie wartet, bis ich so weit bin. So ist das bei Esme. Sie stellt eine Frage, von der sie weiß, dass sie schwer zu beantworten ist, und in der Stille danach ist nichts als ihr Warten und Lächeln, während man überlegt, was man sagen soll.

»Ganz okay, nehme ich an«, antworte ich schließlich. Zu viel zu erklären.

Und ich finde es gut, dass Esme mich nicht drängt. Sie weiß, dass ich reden werde, wenn ich so weit bin. Mit ihr zusammen zu sein ist eine Erleichterung in einer Welt, in der das Festhalten an Menschen so ist, als versuchte man einen nassen Fisch festzuhalten.

Ich schaue mich um und stutze bei einem seltsamen Bild – bis ich sehe, dass der Raum voll davon ist.

»Huch. Komische Bilder.« Ich betrachte einen albern grinsenden Jungen, der in einem Baum herumturnt. Daneben hängt eines mit einem Ei, das Anzug und Hut trägt und auf einer Mauer sitzt, und ringsherum stehen lauter glückliche Soldaten.

Sie zeigt mit dem Finger darauf. »Kannst du es dir erklären? Vergiss nicht, wir sind im *Optimisten*-Café.«

Ich weiß, was Optimisten sind. Henry und Esme sehen sich als Optimisten und sagen immer zu Olive, sie solle nicht so pessimistisch sein. Das Leben sei zu kurz dafür.

Sie zeigt auf den albern grinsenden Jungen. »Sitzt ein Büblein auf dem Ast, hüpft von Ast zu Ästchen und fällt *nicht* herunter.« Dann zeigt sie auf ein anderes. »Und das da.« Ein kleines Mädchen, das fröhlich an einem Brunnen spielt. »Das Kind, das *nicht* in den Brunnen gefallen ist.«

Die Bilder sind kitschig und altmodisch, aber ich mag sie. Jetzt zeige ich auf eines. »Was ist damit?« Ein Mädchen in einem grünen Kleid spielt mit zwei Katzen.

»Ich nehme mal an, Paulinchen hat das Feuerzeug liegen lassen.« Sie zeigt auf die hintere Wand. »Und der ›Hoppe, hoppe, Reiter‹ fällt *nicht* vom Pferd.«

Ich drehe mich zu ihr um. »Cool. Sehr optimistisch.«

Einige Sekunden später fällt mir Esmes Halskette auf. »Oh, du trägst deine Elefantenkette, mit der ich gespielt habe, als ich klein war. Habe ich ihm nicht irgendeinen bescheuerten Namen gegeben?«

Sie lacht. »Dickie. Aber du warst damals erst ungefähr drei Jahre alt. Du warst sehr weit für dein Alter.«

»Das glaube ich nicht.« Ich lege die Speisekarte auf den Tisch, betrachte den Elefanten und überlege, worüber ich reden könnte. Die Kellnerin rettet mich, indem sie unsere Bestellung aufnimmt. Als sie wieder weg ist, frage ich: »Weshalb magst du Elefanten so sehr? Sie sind schließlich nicht zum Knuddeln wie Bären.«

»Na ja, ich glaube, ich wollte auch keinen Bären knuddeln. Aber ich mag Elefanten, weil sie sehr intelligent und einfühlsam sind. Und …«, sie lässt sich gegen die Rückenlehne ihres Stuhls fallen, »ich habe gehört, dass sie in freier Wildbahn auf Menschen reagieren, wie Menschen auf Welpen reagieren. Sie denken, wir seien süß.«

»Echt jetzt? Aber das sind wir wohl. Ganz winzig und so.«

»Und sie sind ungewöhnlich gefühlvoll. Sie trauern genau wie wir um ihre Toten. Ich habe einen Bericht über Lawrence Anthony gelesen, einen Mann, den sie den Elefantenflüsterer nannten. Er war so gut zu Elefanten und hat vielen das Leben gerettet. Er hatte sogar Elefanten bei sich zu Hause.«

»Bei sich zu *Hause*?«

»Ich nehme jetzt nicht an, dass sie im Gästezimmer geschlafen haben.« Wir lachen. »Jedenfalls, als dieser freundliche Mann starb, sind zwei Tage später um die 25 Elefanten zwölf Stunden lang zu seinem Haus marschiert und dort zwei Tage und zwei Nächte geblieben. Sie blieben, als betrauerten sie seinen Tod.«

»Moment. Woher wussten sie, dass er tot war?«

»Das ist es ja gerade. Niemand weiß, woher sie es wussten. Sie sind einfach bei ihm aufgetaucht.«

Ich denke darüber nach.

Esme stützt die Ellenbogen auf dem Tisch ab. »Aber weißt du, was? Eines liebe ich ganz besonders an Elefanten. Wenn mehrere Elefantenfamilien zusammenleben, werden sie eine einzige große Familie. Die Elternelefanten passen auf sämtliche Babys auf und beschützen sie alle, nicht nur ihre eigenen Kleinen. Die Elefanten sind clever genug, um zu wissen, dass nicht das Blut eine Herde ausmacht. Liebe ist stärker als Blut.«

Sie hält meinen Blick fest, während ich überlege, ob sie mir damit sagen will, dass sie mich liebt. Es fühlt sich so an.

Die Kellnerin bringt Obst und Gebäck und andere Köstlichkeiten. Während ich die Beeren betrachte, nehme ich all meinen Mut zusammen und erzähle Esme, was mich beschäftigt hat. »Kann ich dich mal was fragen?«, beginne ich.

»Alles.«

»Falls mit Grammy etwas passieren würde, würdet ihr …«

Ihre Augen weiten sich. »Delsie! Natürlich würden wir dich zu uns nehmen! Du wärst keine Sekunde allein!«

»Es sieht aber nicht so aus, als gäbe es Platz für mich.«

Sie beugt sich vor und lässt mich nicht aus den Augen. »Zuckerpuppe, für die wichtigen Dinge schaffen wir *immer* Platz.«

Die Eingangstür fällt mit einem Rums zu, und die Frau am Tresen fragt: »Kann ich dir helfen?«

»Nein, danke. Ich suche nur jemanden.«

Ronan? Ist das Ronan?

Er rauscht an der Lady vorbei, die eindeutig gern mehr Informationen gehabt hätte, und setzt sich zu uns. »Hey.«

»Ronan, richtig?«, fragt Esme.

»Was tust du hier?«, will ich wissen.

»Deine Grammy hat gesagt, du seist hier.«

»Hat sie gesagt, du sollst herkommen?«

Er zuckt mit den Schultern. »Nein. Ich hab's einfach getan.«

»Möchtest du etwas essen?«, fragt Esme. »Es geht auf mich. Das heißt, falls du Hunger hast. Hast du? Hunger, meine ich.«

Was ist nur los mit Ronan? Ich mag ihn, aber sein Timing ist beschissen.

»Na ja, ein wenig«, antwortet er.

Esme bittet die Kellnerin, noch ein Gedeck zu bringen. »Nimm dir von dem Gebäck. Es ist genügend da.«

Er greift nach einem Brötchen und Butter und leckt sich die Finger ab.

Esme reicht ihm eine Serviette. Er steckt sie in den Ausschnitt seines T-Shirts, von wo sie wie ein Latz herunterhängt.

»Sag, Ronan, wie lang wohnst du schon hier?«, fragt sie. »Bist du ein Einheimischer oder lediglich Strandgut wie ich?«

»Ich bin erst vor zwei Monaten hergekommen.«

»Mit deinen Eltern?«

Er wirft mir einen Blick zu. »Nö. Nur mit meinem Vater.«

»Wo ist deine Mom?«

Ich straffe die Schultern. Mir wird klar, dass ich die Antwort nicht kenne. Wo ist seine Mom?

Er wendet sich wieder Esme zu und scheint etwas nervös. »Warum wollen Sie das wissen?«

»Oh, tut mir leid. Ich war einfach neugierig. Du brauchst es mir nicht zu sagen. Ich wollte nur eine Unterhaltung in Gang bringen.«

Er greift nach einem weiteren süßen Stückchen. »Sie ist tot. Deshalb bin ich zu meinem Dad gekommen. Ich hab noch nie bei ihm gewohnt, aber er ist in Ordnung. Auch wenn er nicht viel redet. Wir sind wie zwei Weißhaie, die umeinander herumschwimmen. Er hat seinen Job auf einem Schwertfischboot aufgegeben, damit ich bei ihm wohnen kann. Er sagt, es fehlt ihm.« Er wendet sich mir zu und zeigt auf meinen Teller. »Isst du das noch?«

Ich schüttle den Kopf, ohne überhaupt zu wissen, was er gefragt hat. Ich kann's nicht glauben.

»Moment«, sage ich, »deine Mom ist tot?«

»Ja. Es war eine große Sache. Du weißt schon. Aber was anderes ... gibt es hier Kakao?«

Selbst Esme weiß nicht, was sie sagen soll.

»Ich glaube, ja«, antwortet sie schließlich, während sie ihn voller Sorge betrachtet.

»Kann ich welchen haben?« Er blinzelt nicht, schaut ihr in die Augen, als hinge sein Leben davon ab.

»Klar.« Sie stützt sich auf die Ellenbogen und beugt sich vor. »Ronan?«

Er schaut wieder rasch auf.

»Ist alles in Ordnung? Hast du schon mit irgendjemandem darüber gesprochen?«

»Nö.« Er greift nach der Marmelade. »Ich rede nicht gern darüber. Aber mit Delsie rede ich die ganze Zeit. Hat sie dir von Darwin erzählt, der Krabbe, die ich ins Wasser zurückgeworfen habe?«

Ich lache, weil ich nicht weiß, was ich sonst tun soll. Dass Dinge keinen Sinn ergeben, scheint grad in letzter Zeit Sinn zu ergeben.

Der arme Ronan. Und ich habe mir leidgetan.

Eine Schaufel voll Sand

»Delsie!«, ruft Mrs Fiester.

Ich bleibe stehen. »Hi, Mrs Fiester. Wie geht es Ihnen?«

»Gut. Aber dich hab ich schon eine ganze Weile nicht mehr gesehen. Was hast du getrieben?«

»Alles Mögliche. Grammy geholfen. Für den Fünf-Kilometer-Lauf trainiert. Und, Sie wissen schon, der Sommer.«

»Brandy hat dich vermisst. Du solltest zu ihr gehen. Sie ist unten am Strand.«

Hat Brandy ihr das gesagt oder spielt sie nur ihre Mutterrolle? Manchmal haben Erwachsene keine Ahnung, was tatsächlich abgeht.

»Okay, danke«, erwidere ich und mache mich auf zum Strand. Sie hat nicht gesagt, ob Tressa auch dort ist. Ich hoffe nicht.

Es ist ein herrlicher Sommertag und der Strand ist voll. Bunte Sonnenschirme und Strandstühle wie Konfetti. Boogieboarder reiten die Wellen. Sandburgen säumen das Ufer. Ich entdecke Brandy. Allein. Erleichtert gehe ich die Holzstufen zum Strand hinunter, doch als ich halb unten bin, entdecke ich Tressa, die mit einem Boogieboard aus dem Wasser kommt. Sie sieht mich, weshalb ich mir komisch vorkäme, wenn ich mich einfach umdrehen und wieder gehen würde. Vor allem falls Brandy mich tatsächlich vermisst hat.

»Hey«, grüße ich, als ich bei ihnen bin.

»Hey, Dels«, grüßt Brandy zurück. Das macht mich glücklich.

Tressa grinst. »Was tust du hier? Zimmer sauber machen?«

Gleich neben uns wird ein Mädchen im Sand eingebuddelt. Ihre Freundinnen bedecken sie langsam mit Sand und ich höre sie jammern. »Warum kann das nicht jemand anders machen?«

»Was ist denn schon dabei?«, fragt eines der Mädchen.

»Sei kein solcher Jammerlappen«, blafft eine andere. »Du hast gesagt, wir sollen es machen.«

»Hallo?« Tressa lenkt meine Aufmerksamkeit wieder auf sich. »Was tust du hier?«

Die Stimme des Mädchens, das eingebuddelt wird, klingt in mir nach. Ich muss an den Tag denken, als ich mit Brandy und Tressa zu Mittag gegessen habe, beziehungsweise nicht gegessen habe, weil ich dachte, sie könnten sich über mein Sandwich lustig machen. Ich weiß noch, dass ich vorgegeben habe, Dinge zu wissen und zu mögen, obwohl das nicht stimmte, nur weil ich wollte, dass sie mich mögen.

Tressa lacht.

Das Mädchen hinter mir weint.

Ich höre Grammys Stimme, die mir sagt, dass sie mich nicht zerbrechen können.

Ich blicke Tressa in die Augen und straffe die Schultern. »Ich bin hier, weil ich hier wohne. Ich bin auf dem Kap zu Hause. Und ja, ich habe Zimmer geputzt, weil meine Grammy hier arbeitet und meine Hilfe braucht. Sie rackert sich ab und ist ein wunderbarer Mensch. Was du nicht bist.« Ich wende mich an Brandy. »Und du ... du bist einfach nur eine Enttäuschung.«

Brandy hat mich beobachtet. Jetzt starrt sie auf ihre Füße.

Ich drehe mich um und gehe zu dem Mädchen, das sie im Sand einbuddeln. Sie hört auf zu weinen und blickt zu mir auf. Zu dieser Fremden, die vor ihr steht.

»Pass auf«, sage ich, »du kannst entweder liegen bleiben und zulassen, dass sie dich mit Sand zuschaufeln, oder du kannst einfach aufstehen. Deine Entscheidung. Nicht ihre.«

Dann gehe ich, ohne Brandy oder Tressa noch eines Blickes zu würdigen, zur Treppe. Und es ist ein ausgesprochen gutes Gefühl, die Schaufeln voll Sand hinter mir zu lassen, die sie seit Wochen auf mich geworfen haben, und endlich aus dem Loch zu krabbeln.

Sturm

Die Meteorologen im Fernsehen klingen an diesem Morgen gut gelaunt und aufgeregt, was bedeutet, dass uns heute stürmisches Wetter erwartet.

Der Morgen ist schwül, aber sonnig. Die Leute sind am Strand. Also mache ich mich auf den Weg zu Grammy und helfe ihr, ein paar Badewannen zu schrubben. Wegen ihrer Knie bittet sie mich oft, das für sie zu tun. Ich höre Leute über das Unwetter reden und was für eine Enttäuschung es ist, im Urlaub schlechtes Wetter zu haben. Ich bin da ganz anderer Meinung. Obwohl ich noch nie im Urlaub war. Warum sollten wir das Kap verlassen und anderswo hingehen? Olive sagt, sie sei nicht mehr auf der anderen Seite der Brücke gewesen, seit Gott ein kleiner Junge war. Ich vermute mal, dass das lang her ist.

Ich schalte in dem Zimmer, das wir gerade sauber machen, den Fernseher an und zappe zum Wetterkanal. Die Meteorologen überbringen immer noch schlechte Nachrichten wie eine Einladung zu einer Party. Orkan-

artige Winde. Wolkenbruchartiger Regen. Überschwemmungen. Gewitter.

In meinen Ohren klingt das alles ebenfalls super.

»Grammy! Ich bin gleich wieder zurück«, rufe ich und
laufe hinaus auf den Rasen. Der Himmel direkt über mir
ist immer noch blau, doch die Wolken in der Ferne werden dunkler und kommen rasch in unsere Richtung.

Ich laufe zu der Holztreppe und blicke hinunter auf
den Strand. Tressa und Brandy liegen auf ihren Handtüchern. Brandys Anblick macht mich traurig, und mir
kommt der komische Gedanke, dass Freundschaft wie
Windsurfen ist. Man muss lernen, wann man festhalten
und wann man loslassen muss. Jetzt, da ich losgelassen
habe, geht es mir besser.

Ich schaue wieder zum Himmel hinauf und bin fasziniert. Ich sehe etwas, das ich bisher nur aus dem Fernsehen kenne. Eine Ambosswolke steht über dem Ozean.
Die Wolkenränder sind klar definiert. Das bedeutet, dass
uns ein schweres Gewitter bevorsteht, womöglich sogar
Wasserhosen-Tornados, die sich über dem Ozean bilden
und an Land kommen und dort Dinge fallen lassen, die
sie auf ihrem Weg aus dem Meer angesaugt haben.

Ich blicke wieder hinunter zu Brandy und Tressa. Sie
tragen ihre identischen Sonnenbrillen. Ich überlege, ob
ich sie warnen sollte, dass sie sie bald nicht mehr brauchen, aber das ist nicht nötig. Urplötzlich wird es richtig
dunkel und die Leute verlassen rasch den Strand.

Tressa rennt an mir vorbei, doch Brandy bleibt stehen. »Was für ein fieses Wetter, Delsie. Du wirst dich doch nicht an den Strand setzen und alles beobachten, oder?«

»Nein. Ich würde ja gern, aber ich darf nicht. Grammy erlaubt es nicht.«

»Gut«, sagt sie und läuft weiter, um Tressa einzuholen.

Ich bin glücklich und habe etwas Hoffnung, dass ich Brandy doch nicht gleichgültig bin und wir doch wieder Freundinnen sein können. Aber als ich sie zusammen mit Tressa beobachte, muss ich akzeptieren, dass eine Freundin, die sich ändert wie das Wetter, keine Freundin ist.

Ich blicke zurück zum Ozean. Kühle Luft strömt herein und Ronans Vater holt die amerikanische Flagge ein.

Eine Frau schützt ihr Gesicht, als sie mit einem Buch und einem Handtuch übers Gras läuft.

Der Wind treibt einen Volleyball über den Bürgersteig.

Ich renne zur Treppe. Die Ambosswolke ist näher gekommen. Ich kann den Regen sehen, der draußen über dem Ozean niedergeht – ein Vorhang aus Wasser. Wunderschön.

Die Wellen brechen wie schwarze Klauen an Land. Hämmer, die auf den Sand schlagen. Die Brandung dröhnt wie Donner. Ein Sonnenschirm wird aus dem Sand gerissen und kullert den Strand hinunter. Ohne innezuhalten, rollt er genau über die Stelle, an der Tressa und Brandy gelegen haben.

Und dann öffnet sich der Himmel. Der Regen beginnt

nicht langsam. Er kommt mit einem Schlag und in Strömen.

Ich renne los, auf der Suche nach Grammy. Als ich das Cottage sehe, vor dem ihr Wagen parkt, trete ich ein. »Das Wetter ist obercool. Einige Leute würden wahrscheinlich superschlecht sagen.«

»Es klingt nach einem heftigen Unwetter.« Sie hat die Stirn gerunzelt. »Ich habe mir Sorgen um dich gemacht und immer wieder aus dem Fenster geschaut.« Im Eiltempo macht sie das letzte Zimmer für diesen Tag fertig. »Wir müssen nach Hause. Olive ist bestimmt jetzt schon mit den Nerven am Ende.«

»Olive?«

»Gewitter. Schon vergessen? Olive hat entsetzliche Angst vor schlimmen Unwettern wie diesem. Ich habe eben schon Henry angerufen, aber er geht nicht an sein Telefon. Esme und Ruby sind heute nicht auf dem Kap, also müssen *wir* zu Olive gehen.«

»Aber ich will am Strand bleiben und zuschauen.«

Mit einem Ruck dreht sie den Kopf in meine Richtung. »Lieber würde ich mir einen Fahnenmast auf den Rücken binden und in einer Badewanne in den Sturm hinausrudern, als dich hier zurückzulassen, damit du dir so etwas anschauen kannst.«

Ich weiß, dass es keinen Zweck hat, sie überreden zu wollen, und so laufen wir über den Rasen. Doch dann höre ich, wie Leute von einem Kind reden, das im Wasser war und um Hilfe gerufen hat. Und dass kein vernünftiger Mensch an einem solchen Tag ins Wasser gehen würde.

»Wahrscheinlich war es wieder der Junge des Hausmeisters«, sagt eine Frau. »Wie heißt er gleich wieder? Er macht immer irgendwelche Dummheiten.«

Ich bleibe stehen und blicke auf den Ozean.

»Ich glaube, es war der Hausmeister, der ihm nachgeschwommen ist«, ergänzt die Frau.

Ich renne. Ich renne übers Gras, während Grammy in einem fort meinen Namen ruft. Ich muss an den Tag denken, als ich Ronan zum ersten Mal sah. Er stand während eines Gewitters am Ufer. Ist er dieses Mal hinausgeschwommen?

Eine solche Brandung habe ich noch nie gesehen. Sie trifft mit so einer Wucht auf die Stege, dass das Wasser hoch aufspritzt und riesige Wasserwände bildet, die aufsteigen und dann auf die Felsen herunterkrachen. Ein Strandstuhl rollt über den Sand, als wollte er abheben wie ein Flugzeug. Die Wellen brüllen.

Ich sehe niemanden im Wasser. Es ist niemand da. Was ist passiert? Das Wasser ist jetzt mehr weiß als dunkel. Es erinnert mich an Zähne.

Grammy kommt angeschnauft und zerrt an meinem Ärmel. »Komm, Delsie. Wir müssen gehen. Olive verliert wahrscheinlich den Verstand.«

Ich will nicht gehen, aber Grammy sieht aus, als sei sie

einer Panik nah, und ich frage mich, in welcher Gefahr Olive schwebt. Ich suche noch einmal das Wasser ab. Kein Ronan. Kein Gusty.

Grammy zerrt noch einmal an meinem Ärmel. Ich laufe mit ihr zurück und wir springen in den Wagen.

»Aber Ronan. Ich kann doch Ronan nicht einfach da unten lassen.«

»Wir werden darauf vertrauen müssen, dass er so viel Verstand hatte, aus dem Wasser zu bleiben, und dass er okay ist. Olive braucht uns.«

Ich schalte das Radio sofort auf AM, stelle aber keinen bestimmten Sender ein. Es rauscht, aber es knallt auch. Das Knallen kommt von Blitzeinschlägen ganz in der Nähe. Und es knallt oft. Gefährlich.

Über uns knistern Blitze und Grammy zuckt zusammen. »Ich wäre während eines Gewitters lieber nicht in einem Auto«, sagt sie.

»In einem Auto ist man mit am sichersten. Du darfst nur nicht unter einen umstürzenden Baum geraten.«

Sie blickt mich vielsagend an. »Ich werde die Bäume meiden. Ich hoffe nur, dass sie auch mich meiden.«

Ich komme mir vor wie in der Autowaschanlage. Der Regen prasselt von allen Seiten auf uns ein. Der Sturm reißt an den Ästen der Bäume. Dünnere Stämme biegt er um.

Bald hagelt es, und es hört sich an, als würden wir mit Kieselsteinen beworfen.

Wir fahren in unseren Wendehammer. Ein kleiner Ast blockiert unsere Zufahrt. Ich blicke zu Olives Baum hinauf und bete, dass er standhält. Er würde eines unserer kleinen Häuschen platt machen, falls er umfiele.

Wir fahren direkt vor Olives Haus und rennen zur Tür. Sie ist nicht verschlossen. Grammy reißt sie auf.

Olive sitzt unter ihrem Küchentisch, die Knie unterm Kinn. »Oh, Bridget. Du bist da. Ich habe Henry angerufen, aber er ging nicht dran, und ...«

Der Wind heult nicht, er brüllt.

Das Holzhaus knarrt. Der Wind scheint wütend zu sein. Es hört sich an, als wollten die Wände auseinanderbrechen.

Wie hoch wohl der atmosphärische Druck ist? Ist es ein Hurrikan? »Ich checke rasch meine Wetterstation.«

Grammy fährt herum. »Oh *nein*, das tust du *nicht*. Du hast direkt hier eine Wetterstation.« Sie zeigt aufs Fenster.

Grammy streckt Olive die Hand hin. »Komm, Olive ... bitte.«

Ich habe bereits die Kellertür geöffnet.

Olive will nicht unter dem Tisch hervorkommen. Sie schüttelt den Kopf.

»Beruhige dich, Olive. Komm mit uns. Im Keller ist es sicherer.«

Wir zucken alle zusammen, als etwas gegen die Hauswand kracht.

Endlich steht Olive auf und wir gehen hintereinander die Kellertreppe hinunter.

Wir setzen uns unter die Treppe, weil es dort am sichersten ist. Wir blicken nach oben und bitten vermutlich alle um dasselbe: Dass dieses Haus irgendwie stehen bleibt. Ich muss nicht in den Arm genommen werden, aber Olive schon. Grammy hält sie fest an sich gedrückt. Das überrascht mich. Dass Olive eine solche Umarmung zulässt.

Der Wind brüllt. Wir schweigen. Ich mache mir Sorgen und bete und denke an Ronan und hoffe, dass dieser Junge während eines Gewitters nicht ins Wasser gegangen ist.

Die Reel of Misfortune

Die Welt riecht anders nach einem Unwetter.

Am nächsten Morgen funktioniert das Telefon nicht. Wir haben keinen Strom, und Grammy fürchtet, dass sie ihren Spielshow-Sender tagelang nicht sehen kann.

Ich kann es kaum erwarten rauszukommen und nach Ronan zu schauen, aber Grammy will mich nicht gehen lassen. Sie hat Angst, dass Stromleitungen auf der Erde liegen.

»Aber ich muss wissen, ob Ronan okay ist.«

Grammy lächelt breit und ich bin sauer. Bis sie an mir vorbeischaut und winkt und Ronan hereinspaziert.

Ohne zu überlegen, nehme ich ihn kurz in den Arm. Er weiß nicht, dass ich es tue, weil ich froh bin, dass er lebt.

Er strafft die Schultern und schaut mich an, als hätte ich gerade eine Venusmuschel ausgehustet. »Hey, Delsie.« Er ist rot geworden.

»Sorry. Ich bin nur … ich freue mich einfach nur, dass du okay bist.«

»Warum sollte ich *nicht* okay sein?«

»Ich habe gehört, dass du während des Sturms im Wasser warst und dein Vater dich retten musste. Stimmt das?«

»Nein, verdammt. Aber mein Vater hat ein anderes Kind gerettet, das mit seinem Schwimmring hinausgetrieben wurde und es nicht mehr zurück an Land geschafft hat. Ich war nicht dabei, aber ich vermute mal, dass es eine ziemlich haarige Angelegenheit war. Die Mutter des Jungen hat geheult wie ein Schlosshund, als sie meinem Vater gedankt hat. Er sei ein Held, sagte sie immer wieder. Er hasst so was. Und ich meine wirklich hassen.«

Ich sehe Ronan an, wie er dazu steht. »Cool. Du musst stolz sein, was?«

»Ja. Ja, bin ich auch.« Er lacht. »Aber sag ihm nicht, dass ich es dir erzählt habe. Man könnte meinen, er hat eine Bank überfallen, so sehr ist er darauf bedacht, dass es niemand erfährt.«

Auch ich muss lachen. »Okay, kein Wort darüber.«

»Mann, das war vielleicht ein Sturm, was? Richtig gespenstisch.«

»Ja. Ich fand es toll!«

»Die meisten Leute würden einen Sonnentag nehmen, wenn sie die Wahl hätten. Du dürftest so ziemlich allein dastehen.«

»Ich habe stürmisches Wetter schon immer geliebt. Als ich klein war, habe ich gern durchs Fenster beobachtet, wie der Wind Dinge im Hof herumgetrieben hat. Es ist mir vorgekommen wie Zauberei, wenn die Sachen von ganz allein herumgewirbelt sind. Und mein Opa war auch ein Wetternarr. Wir hatten eine eigene Wetterstation und sind jeden Morgen rausgegangen und haben nachgeschaut, was sie anzeigt. Er hat mir auch viele Bücher übers Wetter geschenkt, damit ich nachlesen konnte, wie Wind entsteht und solche Sachen.«

»Okay, und wie entsteht Wind?«

»Wenn Luft zwischen verschiedenen Druckstärken hin und her wechselt. Gleichzeitig dreht sich die Erde darunter und der Wind wird herumgestoßen. Ich habe mich immer gefragt, ob sich der Wind darüber ärgert.«

»Ja, der Wind wird wütend. Dann entsteht ein Hurrikan.«

»Sehr witzig, Ronan, aber das stimmt nicht. Dazu braucht es einen sehr niedrigen atmosphärischen Druck.«

Er verdreht die Augen. »*Natürlich* braucht es den.« Dann schüttelt der den Kopf. »Aber es ist ziemlich cool, wie clever du bist, Delsie.«

»Danke, dass es dir aufgefallen ist.«

»Warst du schon am anderen Ende vom Strand? Da ist etwas ziemlich Cooles. Willst du es sehen?«

Ich nicke.

Nachdem Ronan Grammy versichert hat, dass in der näheren Umgebung keine Strommasten umgefallen sind, joggen wir in Richtung Seagull Beach. Während wir durch Pfützen laufen, spritzt das Wasser an uns hoch, als würde es von unten heraufregnen. Bis auf unsere Köpfe ist alles an uns klatschnass, als wir ankommen. Ein paar Leute sind da. Und ein Boot.

»Siehst du das?«, fragt Ronan. »Ein vergessenes Boot. Dich interessieren doch solche Sachen.«

»Wie meinst du das?«

»Machst du nicht überall Fotos von liegen gebliebenen Dingen? Handtücher und so?«

Das ist ihm aufgefallen? Ich bin verlegen. Aber nur so lange, bis ich das Boot erkenne. Es ist das einzige mehrfarbige Fischerboot, das je am Chatham Pier angelegt hat.

»Oh nein!«, brülle ich. »Das ist Henrys Boot!«

»Was?« Ronan blickt noch einmal zu dem Boot. Und er wirkt besorgt.

»Henry?«, schreie ich. »Was ist mit Henry?«

»Im Boot kann er nicht sein, so wie es da liegt, auf der Seite.«

Wir schauen beide auf den Ozean. Er ist gestern nicht ans Telefon gegangen. Und ich habe ihn heute noch nicht gesehen.

Ich renne los. Nicht zum Boot, sondern zu Henrys Haus. Und Ronan ist mir dicht auf den Fersen.

Mit einem Satz bin ich auf Henrys Veranda und hämmere mehrmals gegen die Tür, warte und hämmere noch ein paarmal. Schließlich brülle ich: »Henry! Bist du zu Hause? HEN-RY!«

Keine Antwort. Ich lehne meine Stirn an die Tür.

»Wir sollten die Polizei rufen«, sagt Ronan. »Oder die Küstenwache.«

»Das haben die am Strand sicher schon getan. Aber ich kenne einen Platz, an dem er vielleicht sein könnte.«

»Wo?«, fragt Ronan, doch ich bin bereits losgerannt.

»Saucepan Lynn's«, rufe ich. »Dort frühstückt er am liebsten.«

Mit Ronan auf den Fersen flitze ich durch mehrere Hinterhöfe und die Old Wharf Road hinunter zu einem winzigen Café hinter der Post, in dem die Einheimischen essen.

Die knarrende Tür schlägt gegen die Wand, als wir hineinstürmen, und die Stammgäste am Tresen drehen sich alle nach uns um.

»Henry!«, brülle ich. »Du lebst!«

Er lacht. »War ich tot? Der Speck hat mich noch nicht allegemacht.«

»Ich konnte dich nicht finden, und ich weiß, dass Esme und Ruby nicht zu Hause sind.«

»Ja, Ruby und ihre Mom sind ein paar Tage weg. Und mir war nicht klar, dass ich mich irgendwo versteckt habe.« Lächelnd schiebt er sich noch eine Gabel voll Rührei in den Mund.

Ich würde ihn am liebsten in den Arm nehmen, aber ich muss wohl aufhören, Leute zu umarmen und ihnen zu sagen, wie froh ich bin, dass sie nicht tot sind.

»Setzt euch und frühstückt mit mir.«

»Henry! Wir können nicht. Die *Reel of Fortune* ist gestrandet.«

»*Was?*«

»Sie liegt unten an der Seagull Beach.«

Er hat große Augen bekommen und hört auf zu kauen, um zu fragen: »Bist du sicher?«

»*Henry!* Es war Opa Josephs Boot. Ich *weiß*, wie es aussieht!«

Henry erhebt sich, fischt in seinem Geldbeutel herum und wirft ein paar Münzen auf den Tresen. »Gehen wir.« Er macht einen großen Schritt über einen der Hunde und geht zur Tür.

Henrys Truck schlingert auf dem Sand, als er in die Parklücke fährt und auf die Bremse tritt. Er ist draußen und rennt, bevor wir ausgestiegen sind. Als er das Boot sieht, bleibt er stehen und fasst sich mit beiden Händen an den Kopf.

»Kapitän Ahab!«, brüllt er. »Hierher, Kapitän Ahab! Komm her, Junge!«

Ronan beugt sich zu mir. »Du hast mir nicht gesagt, dass er nicht alle Tassen im Schrank hat.«

Ich remple Ronan mit der Schulter an und deute auf Henry, der eine Katze mit drei weißen Beinen und einem schwarzen hochnimmt.

Kapitän Ahab muss der einzige Kater auf der Welt

sein, der Wasser liebt. Er ist einer der Gründe, weshalb ich stundenlang versucht habe, Grammy zu überreden, dass ich ein Kätzchen bekomme. An langen Arbeitstagen ist Kapitän Ahab jemand, mit dem man reden kann. Henry hat ihn einmal mit nach Hause genommen, aber der Kater hat die ganze Nacht über gejault. Henry vermutet, dass er einfach nicht weiß, dass der Ozean ihn eigentlich in Panik versetzen sollte, und vielleicht einfach den Geruch von Felsenbarsch liebt.

»Aye, Kamerad.« Henry klingt wie ein Pirat, als er mit dem Kapitän spricht. »Haste auf der Suche nach deinem Lieblingsfisch unser Boot auf Grund laufen lassen?« Dann stellt er die Katze auf den Boden, und während sie in Achten um seine Knöchel streicht, gibt Henry ein Geräusch von sich wie ein Riese mit Zahnschmerzen. Er fährt sich mit den Fingern durchs Haas und blickt zum Himmel hinauf. »Boote sind nicht für den Strand gemacht. Versuchen wir, sie zurück ins Wasser zu bekommen.«

»Wir könnten doch warten, bis die Flut einsetzt, und sie dann ins Wasser schieben«, schlägt Ronan vor.

»Die Idee ist gut, Ronan, aber wir bräuchten jede Menge Helfer. Würden wir es allein versuchen, könnte jemand als unfreiwilliger Teil meines Boots enden, wenn plötzlich eine Welle kommt«, erwidert Henry glucksend. Auch in den schwierigsten Situationen findet er noch einen Grund zu lachen. Er zieht sein Handy heraus und geht ein paar Schritte zur Seite, während er redet.

»Das war also das Boot deines Großvaters?«, hakt Ronan nach.

»Ja. Die *Reel of Fortune*, die Glückssträhne, weil man sie als Fischer braucht und weil Grammy Spielshows liebt.«

»Hm. Merkwürdig. Warum ist sie so bunt angemalt?«

»Opa Joseph hat sie jedes Jahr in einer anderen Farbe gestrichen, wobei er genau wusste, dass die Farbe irgendwann abblättert und dann die darunter wieder zum Vorschein kommen. Er meinte, es sei gut, daran erinnert zu werden, dass jeder eine Menge Dinge aus der Vergangenheit mit sich herumträgt. Er war der Meinung, Kratzer und Dellen würden einen Menschen interessanter machen.«

Ich warte nur darauf, dass Ronan etwas Neunmalkluges darauf erwidert. Stattdessen hält er meinen Blick fest und sagt: »Ich wünschte, ich hätte deinen Großvater kennengelernt.«

Henry kommt zurück. »Ich habe ein paar Kumpels mit Booten organisiert. Wir bekommen die *Reel* wieder ins Wasser.« Er legt Ronan eine Hand auf die Schulter. »Aber wie Ronan gesagt hat, müssen wir warten, bis die Flut kommt.«

Ronan strafft die Schultern.

»Jep«, meint Henry, »wir warten einfach auf die Natur. Sie hat uns in diese missliche Lage versetzt und wird uns auch wieder heraushelfen. Den Regen anzuschreien, bringt nichts. Es wurde niemand verletzt.« Er streckt die Hand aus und reibt mir den Rücken. »Die *Reel* liegt hier am Strand auf der Seite, aber soviel ich sehe, ist sie nicht beschädigt. Und Kapitän Ahab kann von den acht Leben, die er noch hat, einen weiteren Tag genießen.«

Ein mittleres Drama

Ronan und ich unterhalten uns über unsere Strategien bei Monopoly. Wir glauben beide an *Kaufe alles, was du kriegen kannst.* Doch die Bahnhöfe, das Elektrizitäts- und das Wasserwerk interessieren mich nicht, weil man darauf keine Häuser und Hotels bauen kann, und ich baue gern Häuser und Hotels. Jede Menge.

»Delsie!« Ich höre eine vertraute Stimme, die ich vermisst habe. Aimee. Michael ist bei ihr. Sie kommen die Zufahrt herauf.

»Wer sind sie noch mal?«, erkundigt sich Ronan.

»Aimee und Michael. Meine Freunde, die diesen Sommer bei der Aufführung im Theater mitspielen.«

»Oh.« Er knabbert an einem Fingernagel herum.

Ich springe auf, laufe ihnen entgegen und umarme beide. Es ist ein gutes Gefühl, meine alten Freunde zurückzuhaben. »Was macht ihr hier?«

Aimee blickt zuerst Ronan an, dann mich. Ich kenne sie gut genug, um zu wissen, dass sie sich fragt, weshalb er hier ist. Nach diesem Tag, an dem wir ihn im Sundae School beobachtet haben.

»Bist du der Typ vom Sundae School?«, fragt Michael.

»Vom Sundae School? Ich wohne nicht dort, wenn du das meinst.«

»Nein, natürlich nicht. Wir waren an dem Tag dort.«

Ronan kneift nervös die Augen zusammen. »An welchem Tag?«

Ich unterbreche. »Wir waren alle in der Eisdiele, als du auch da warst, aber damals kannten wir dich noch nicht. Wir wussten nur, dass du mit deinem Dad vor Kurzem hierhergezogen bist.«

»Oh.«

»Und was macht ihr zwei hier?«, fragt Aimee.

»Monopoly spielen.«

»Das echte oder deine hausgemachte Version?«

»Weshalb sollte ich ein neues Spiel kaufen, wenn ich eines habe?«

»Oh nein! Verstehe. Mit zu wenig Geld und mit Häusern und Hotels, die umkippen. Einfach perfekt, wenn du mich fragst!« Und sie rempelt mich an und bedenkt mich mit einem Blick, mit dem nur eine Freundin, die man seit Ewigkeiten kennt, einen ansehen kann. Sie weiß, dass meine Mom das Spiel gebastelt hat und ich mich nie davon trennen würde.

»Wie sieht es aus«, fährt Aimee fort, »wollt ihr mit ins Cape Bowl? Wir haben vom Theater Münzen für die

Automaten bekommen und Gutscheine fürs Bowling. Wahrscheinlich damit die Kids, die nicht hier wohnen, sich alles mal ansehen können. Aber wir haben auch welche bekommen.«

»Wir haben aber kein Geld«, wende ich ein.

Aimee rempelt mich wieder an. »Ich weiß. Ich hab doch eben gesagt, dass wir jede Menge Zeug bekommen haben.«

Und so machen wir uns alle auf den Weg ins Cape Bowl. Dort gibt es Spielautomaten, eine Bowlingbahn und einen Imbiss.

Michael stößt die Tür für uns auf und lässt uns alle eintreten.

Wir einigen uns darauf, mit Bowling anzufangen. Als wir zum Tresen gehen, um Schuhe zu holen, bleibt Ronan zurück. »Ich brauche keine Schuhe. Ich behalte meine an.«

»Das geht nicht«, erkläre ich ihm. »Du musst dir Schuhe holen.«

Er blickt auf meine Füße. »Lässt du dir auch Schuhe geben?«

Ich greife in meine Tasche und ziehe ein Paar Söckchen heraus. »Fürs Bowling ja. Man braucht spezielle Schuhe.«

»Spezielle Schuhe, will heißen, hässliche Schuhe? Warum kann ich nicht einfach meine anbehalten?«

»Du stolperst mit deinen. Bowlingschuhe gleiten.«

Ronan sieht gleich viel fröhlicher aus. »Gleiten? Cool.«

Wir ziehen alle unsere Schuhe an, und Ronan betrachtet seine Füße, als sei ihm eine extra Zehe gewachsen. Doch dann nimmt er Anlauf und schlittert etwa zwei Meter die Bahn hinunter.

Ich beginne und Ronan beobachtet mich ganz genau. Ich räume sieben Pins ab, doch Aimee klatscht, als wären es elf.

Während Michael sich eine Kugel holt, ruft Aimee plötzlich: »Brandy! Hier sind wir!« Dann dreht sie sich zu mir um. »Schau, Dels, Brandy ist da.«

Langsam drehe ich mich um. Ich freue mich nicht auf das, was ich sehen werde. Ich hatte noch keine Möglichkeit, mit Aimee über die Situation mit Brandy und Tressa zu reden. Und jetzt kommen sie in unsere Richtung. Es stellt sich heraus, dass sie die Bahn neben unserer haben. Weshalb habe ich nur so ein Pech?

»Hey«, grüße ich.

Brandy scheint auch nicht glücklich darüber, direkt neben uns zu sein, doch sie grüßt zurück. Sie ziehen ihre Schuhe an.

»Okay«, meint Ronan, »so schwer kann es ja wohl nicht sein. Man steckt die Finger in die drei Löcher und wirft den Ball auf die Kegel.«

»Du wirfst ihn nicht, du rollst ihn«, korrigiere ich ihn.

Tressa lacht, und ich bin froh, sie nicht mehr so oft sehen zu müssen.

Ronan nimmt Anlauf und schwingt den Arm mit dem Bowlingball nach vorn, lässt den Ball aber nicht los. Er wird nach oben gerissen und landet mit einem satten Plumps auf der Bahn. Alle drehen sich zu uns um. Brandy und Tressa lachen. Michael und Aimee auch. Und ich muss zugeben, dass es schwerfällt, nicht zu lachen, nachdem ich festgestellt habe, dass er sich nichts getan hat. Ich habe noch nie erlebt, dass sich jemand selbst auf die Bahn katapultiert hat.

»Bist du okay, Ronan?«

»Hältst du dich für einen menschlichen Bowlingball oder was?«, höhnt Tressa.

»Sei still«, sage ich. Ob Ronan wütend wird?

Michael streckt Ronan die Hand hin, um ihm aufzuhelfen.

Aimee kommt herüber und flüstert mir zu: »Was ist los mit Brandy?«

»Sie ist auf die dunkle Seite übergewechselt. Ist dieser anderen gefolgt.«

»Schade.«

»Du sagst es.«

Ich wende mich an Ronan. »Möchtest du Videospiele spielen?«

»Nein. Wie kommst du denn darauf? Ich spiele mich hier doch gerade erst richtig warm.«

»Oh … klar. Ich dachte nur, es könnte dir … peinlich sein?«

»Mein erster Versuch hat dir nicht gefallen? Was war falsch daran?« Er hebt die Augenbrauen. Versucht unschuldig auszusehen.

»Er war super. Noch ein paar Meter, und du hättest die Pins abgeräumt ... mit dem *Kopf*.«

Wir lachen alle vier.

Ronan braucht noch drei Versuche, bis zwei Pins umfallen. Er hüpft herum, als hätte er einen perfekten Durchlauf geschafft. Reckt die Faust in die Luft. Dreht sich um seine eigene Achse.

»Der Typ ist ein echter Komiker. Aber er wächst dir langsam ans Herz«, meint Michael.

»Wie Schimmel, der auf altem Brot wächst«, meldet sich Tressa.

Ich blicke sie finster an. »Wer hat dich gefragt?«

»Oh, haben wir seine Gefühle verletzt?«

Ich wende mich an Brandy, die so tut, als schenkte sie uns keinerlei Beachtung. »Machst du gar nicht mehr den Mund auf? Oder darfst du das nicht?«

»Sei still, Delsie.«

»Wow, clever«, bemerke ich.

Ronan tritt dichter an Tressa und Brandy heran. »Ich habe diesen Sommer viel gelernt. Wenn man verletzt ist, heißt das zum Beispiel, dass einem diejenigen, die einen verletzt haben, nicht egal sind. Und jetzt habe ich eine Frage für dich: Was bedeutet es, wenn ich nicht verletzt bin?«

»Komm«, sagt Tressa zu Brandy, »wir holen uns etwas zu essen.«

Ich weiß, dass Brandys Weggehen mir noch lang in Erinnerung bleiben wird.

Die Freundin, die sie war – und hätte sein können –, wird mir fehlen. Doch als Ronan Michael und Aimee hinter mir zum Lachen bringt, wird mir bewusst, wie loyal diese drei sind. Manche Freunde sind offenbar nur Glitzer. Andere sind wie Kleber.

Wettervorhersage

Es klopft an der Tür, und daran, wie sehr die Fliegentür klappert, höre ich, dass es Henry ist.

»Hey, Delsie, alles gut?«

»Alles gut. Ich hole Grammy.«

»Nein. Eigentlich wollte ich mit dir reden.«

»Ach ja?«

»Ja.« Er verschränkt die Arme vor der Brust. »Wie wird das Wetter morgen?«

»28 Grad. Moderate Feuchtigkeit. Ordentlicher atmosphärischer Druck. Wind von Osten mit lediglich sechs Meilen pro Stunde. Ein ruhiger Tag«, antworte ich. »Aber das wusstest du doch alles schon. Also, was gibt's?«

»Na ja, *so* genau wusste ich es nicht.« Er lacht. »Ich wollte nur, dass du es mir sagst. Ich wusste, dass du alles parat hast.« Er steckt die Hände in die Taschen. »Klingt nach einem ziemlich perfekten Tag zum Fischen. Kein Wind. Kein Unwetter. Keine Überraschungen, was dir, wie ich weiß, gefallen wird.«

Ich werde ganz aufgeregt, denn ich weiß, was gleich kommt.

»Deshalb wollte ich dich fragen, ob du vielleicht morgen mit mir rausfahren willst. Du bist jetzt älter, und ich denke, es wäre an der Zeit. Bist du bereit?«

Ich mache einen Luftsprung. »Das wäre super!« Ich lege die Handflächen aneinander, als wollte ich beten. »Aber ich habe Ronan gesagt, dass wir den Tag zusammen verbringen. Darf er mitkommen? Bitte, bitte, bitte?«

»Von mir aus gern. Vorausgesetzt, sein Vater ist einverstanden.«

Ich umarme Henry und er lacht wieder. Dann beugt er sich vor und ruft durch die Tür: »Bridget! Hast du das gehört? Kann ich dein Mädchen morgen zum Fischen mitnehmen?«

Grammy kommt aus der Küche. »Wie wird das Wetter, Henry?«

»Es wird so ruhig wie ein Seehund auf Monomoy Island.«

»Okay, Henry. Aber du passt auf mein Mädchen auf, ja?«

»Du weißt, dass ich auf sie aufpasse, als sei sie meine Tochter.«

Ich lächle Henry zu und mache mich auf den Weg nach Seaside Heaven.

Ronan trinkt Orangenlimo, als er die Tür öffnet. »Hey«, grüßt er zwischen zwei Schlucken.

»Henry Lasko will uns beide morgen zum Fischen mitnehmen, wenn dein Dad einverstanden ist.«

Bevor er irgendetwas erwidern kann, ruft sein Dad: »Ronan? Wer ist an der Tür?«

»Nur Delsie.«

»Nur Delsie? Das ist keine Art, jemanden zu begrüßen, Ronan.«

Sein Vater kommt zu mir. Seine Haare stehen nach allen Seiten ab, sein Gesicht ist zerknautscht, und er ist unrasiert. Er riecht nach Bacon.

Er winkt mich herein.

Im Haus ist es dunkel und über sämtlichen Stuhllehnen liegen Kleider. An der Wand baumeln ein paar Holzfische und über der Couch hängt ein Poster mit einer Landkarte von Portugal.

Ronan scheint sich unbehaglich zu fühlen.

»Was verschafft uns die Ehre, Delsie?«, fragt sein Dad.

»Mein Nachbar Henry möchte mich und Ronan morgen auf seinem Boot mit hinausnehmen zum Fischen, aber Sie müssen es erlauben.«

»Wer ist dieser Henry? Wie groß ist sein Boot? Hat er Erfahrung auf dem Wasser?«

»Er stammt aus Chatham und ist Barschfischer und so etwas wie mein Dad. Ich weiß nicht genau, wie groß sein Boot ist, aber es passen wahrscheinlich fünf Sofas rein.«

Er lacht. »Ein praktisches Mädchen. Gefällt mir.« Er wendet sich an Ronan. »Ist es das Boot, das du vor ein paar Tagen am Strand entdeckt hast?«

Ronan nickt.

»Gut. Gib mir die Nummer von diesem Henry. Ich rufe ihn an.«

»Im Ernst?«, fragt Ronan. »Du musst *anrufen*?«

»Hey, ich kenne den Typen nicht. Ich will ihm auf den Zahn fühlen. Ich würde keinem Fremden meinen Wagen leihen. Glaubst du wirklich, ich würde meinen Sohn einfach so mitfahren lassen? Und auch noch auf den Ozean?«

»Ich bin froh, dass er schon so gut wie Ja gesagt hat«, meint Ronan, doch dann wirkt er plötzlich unsicher.

»Was ist los?«, frage ich.

»Ich hab nicht die nötige Ausrüstung zum Fischen. Keine Angel und auch nicht die richtigen Klamotten. Ich habe nicht mal eine Badehose.«

»Ich glaube nicht, dass das etwas ausmacht. Wenn du auf dem Boot Jeans und etwas Langärmeliges trägst, siehst du aus wie Henry und die meisten anderen Fischer – und wie ich. Ich stehe in Flammen, wenn ich den ganzen Tag in der Sonne bin. Wir nennen es irische Bräune und bringen Feuerlöscher mit an den Strand.«

Er verdreht die Augen. »Okay, ich hab schon verstanden.«

Ich remple ihn leicht an. »Und Henry hat Angeln für uns dabei. Komm schon, es macht bestimmt Spaß. Wenn du nicht Ja sagst, muss ich Brandy und Tressa einladen.«

»Okay, okay. Ich kann schließlich nicht zulassen, dass du zwei Haie zum Fischen mitnimmst!«

Haifutter

Als Henry und ich vor Ronans Haus halten, um ihn abzuholen, ist es noch dunkel. »Hallo, Ronan. Schön, dich an Bord zu haben! Tut mir leid wegen der Zeit. Ich muss raus, wenn die Gezeiten ganz genau stimmen.«

»Danke, dass ich mitkommen darf.«

Lange fahren wir schweigend über leere, dunkle Straßen. Dann meint Henry: »Du hast gesagt, dein Dad hätte viel Erfahrung auf dem Wasser, Ronan. Vielleicht gefällt es dir ja auch.«

»Er hat Schwertfische gefangen, bevor ich kam. Er war wochenlang draußen.«

Henry fährt den Hügel hinauf zum Chatham Pier. »Das ist ein hartes Leben. Verlangt eine Menge Mut.«

»Ja.« Ronan seufzt. »Es fehlt ihm. Das sagt er ganz oft. Ich glaube, er würde am liebsten wieder als Fischer arbeiten.«

Henry sieht zu Ronan, als er den Zündschlüssel aus dem Schloss zieht. Er scheint noch etwas sagen zu wollen, doch stattdessen stößt er die Trucktür auf, und wir steigen aus. Dann greift er nach hinten und bringt zwei Schwimmwesten zum Vorschein. »Hier, zieht die an.«

»Brauch ich nicht«, wehre ich ab. »Ich mag die Dinger nicht.«

»Dann musst du sie auch nicht tragen. Du wirst es bestimmt bequemer haben ohne.«

Das war jetzt mal einfach, denke ich.

»Du wirst nämlich«, fährt er fort, »auf der Kaimauer sitzen bleiben und Ronan und mir nachwinken, während wir rausfahren. Aber du wirst es bequemer haben.«

Ich nehme die Weste und ziehe sie an. Ronan lacht.

Als Henry die *Reel* anlässt, spüre ich einen Ruck und ein Grollen durch meine Füße gehen. Ich schaue zum Steuerrad und erwarte fast, Opa Joseph dort stehen zu sehen mit seiner Mütze mit den Klappen seitlich und hinten, die ihn vor der Sonne schützen. Auf seinem T-Shirt war hinten ein verliebter Fischer, und darunter stand: CALL ME JOSEPH.

Nicht lang und wir umfahren die Halbinsel Monomoy. Ronan zeigt mit dem Finger. »Hey! Schaut euch mal die vielen Seehunde an!«

»Ja«, erwidert Henry. »Für Weißhaie ist Monomoy eines der besten Restaurants auf dem Kap. Keine Reservierung erforderlich.«

»Cool.« Ronan strahlt. »Vielleicht sehen wir ja Weißhaie. Ich liebe sie.«

»Du bist ja auch kein Seehund«, entgegne ich und beobachte die Tiere, die auf dem Sand liegen. Ob die Madre und ihr Baby irgendwo darunter sind?

Als wir auf dem offenen Meer sind, schaltet Henry seinen Fishfinder mit integriertem GPS ein. Ich bin überrascht, wie deutlich alles zu sehen ist. Wie auf einem Fernsehbildschirm.

Ronan beugt sich vor und studiert das Display. »Komm her, Delsie! Schau dir die Fische dort an!«

»Nicht unbedingt die, nach denen wir suchen.« Henry seufzt. »Wahrscheinlich ein großer Schwarm Makrelen. Wenn ich heute auf Fischköder aus wäre, wären sie super, aber wir wollen größere Kaliber fangen.«

»Woher erkennen Sie, was für Fische es sind?«

»Äh … an der Größe. Der Tiefe. Und auch an der Tiefe im Verhältnis zum Sonnenstand. Je höher die Sonne am Himmel steht, desto tiefer schwimmen die Barsche. Deshalb sind wir so früh hier draußen.«

Weiter vorne stürzt sich ein Schwarm Möwen aufs Wasser – ein sicheres Zeichen, dass dort Fische sind. Beim Näherkommen sehen wir Kräuselwellen.

Als wir die Stelle erreichen, sind die Möwen stinksauer, aber Henry freut sich. »Wir sind direkt über einem Schwarm. Und ich glaube, auf dem Bildschirm sieht man auch ein paar Barsche. Los geht's! Hoffen wir mal, dass wir sie ins Boot bekommen.«

Henry öffnet eine Plastikbox. Darin sind lebende Aale.

Zum Barschefangen sind ihm das die liebsten Köder, wie ich weiß.

Ronan greift in die Box und zieht einen heraus.

»Prima. Nicht zimperlich. Das fängt schon mal gut an.«

Auch ich greife hinein und packe einen Aal. Einen größeren als der von Ronan.

»Das wird ein guter Tag«, meint Henry. »Ich spüre es. Wollt ihr eure Haken selbst beködern?«

Ich zögere, da mich der Aal anschaut, aber ich denke an meine Momma und will beim Fischen mindestens so gut sein wie sie. Vielleicht besser.

»Ja. Ich kann das. Du musst mir nur zeigen, wie es geht.«

Henry packt einen Aal und steckt den Haken so in ein Auge, dass er aus dem anderen wieder herauskommt. So kann er nicht entkommen. Dann hält er den Aal hoch. Der krümmt sich in Form eines J. Daran sieht Henry, dass er noch lebt. »Super. Der bleibt dran. Ein Barsch greift seine Beute von vorn an. Die Chancen sind also gut, dass er den Haken schluckt.«

Ronan beködert seinen Haken. Ich folge seinem Beispiel. Es ist brutal, aber ich schaffe es.

»Und jetzt werfe ich die Angel aus?«

»Nö. Bei Barschen wird nicht ausgeworfen. Du lässt den Köder einfach vom Boot aus ins Wasser fallen und bewegst die Rute auf und ab.«

»Hier, Fischie, Fischie«, locke ich.

Henry schüttelt den Kopf. »Okay, wenn ihr spürt, dass

einer angebissen hat, zählt auf drei. Langsam. Dann zieht ihr mit einem Ruck an der Leine. Zieht ihr zu früh, zieht ihr dem Fisch den Haken wahrscheinlich wieder aus dem Maul. Ihr müsst Geduld haben.«

Und wie es sich herausstellt, ist Geduld zu haben wichtig, denn wir sitzen über eine Stunde da, ohne dass einer anbeißt. Laut reden können wir auch nicht, da Henry behauptet, dass Lärm die Fische vertreibt.

Doch endlich, endlich beißt bei mir einer an und ich zähle bis drei. Eins – und zwei – und drei – und ruck!

»Super, Delsie! Er hat angebissen!« Henry freut sich wahrscheinlich mehr als ich.

Doch der Fisch freut sich nicht. Er wehrt sich. Mit aller Kraft. Wir sehen ihn, während er kämpft, immer wieder aus dem Wasser auftauchen und sich krümmen.

»Lass mich dir helfen, Delsie«, sagt Henry.

»*Nein*. Ich mach das allein.«

»Junge, Junge.« Er lacht. »Wie oft habe ich gehört, wie deine Mom das zu deinem Großvater gesagt hat.«

Es macht mich glücklich und traurig zugleich, als ich das höre.

Unter Henrys Anleitung ziehe ich die Rute über meinen Kopf zurück, kurble und hole die Leine ein und führe die Rute dabei nach vorn, wobei ich immer aufpassen muss, dass die Leine nicht durchhängt. Rute nach hinten führen, an der Kurbel drehen, die Rute über meinen Kopf nach vorn führen. Zurück und das Ganze von Neuem.

Bis Henry das Netz ins Wasser gleiten lässt, um den Fisch herauszuholen, sind meine Arme so müde, dass ich sie kaum noch heben kann. Aber ich habe es geschafft. Ich habe meinen ersten Fisch gefangen. Wenn nur Grammy und Esme das gesehen hätten!

Wir messen ihn. »Wow! Ein ganzer Meter!«, ruft Henry. »Von klein anfangen hältst du wohl nichts, so viel steht fest. Ich schätze mal, er hat ungefähr elf Kilo. Bei sechs Dollar das Kilo hast du gerade knapp siebzig Dollar verdient.«

»Moment! Was? Ich darf das Geld behalten?«

»Du darfst das behalten, was wir dafür bekommen. Und ich denke, ich liege ganz gut mit meiner Einschätzung.«

Ich springe auf. »Juhu!«

Henry hievt den Fisch in die riesige, mit Eis gefüllte Kühlbox.

Ronan freut sich mit mir, das sehe ich ihm an, aber ich sehe ihm auch an, dass er gern selbst einen fangen würde.

Henry legt ihm die Hand auf die Schulter. »Okay, Junge. Lass uns die schweren Geschütze auffahren. Meine Glücksrute aus St. Croix. Eine der besten, die man hier in der Gegend bekommen kann.«

Ich drehe mich zu ihm um. »St. Croix? Da kommt doch Esme her, oder?«

»Genau. Eine einzigartige, wunderschöne Insel. Und eine clevere, wunderschöne Lady.«

Henry bietet Ronan seine Hilfe an, aber auch Ronan will es allein schaffen.

Beim ersten Anbeißen reißt Ronan zu schnell an der Leine und verliert den Fisch.

»Das passiert den Besten von uns«, tröstet ihn Henry.

Später fange ich noch einen Barsch. Er misst allerdings nur 33 cm, und Henry sagt, dass wir ihn wieder ins Wasser werfen müssen. Er ist zu klein, um ihn zu behalten.

Bei Ronan beißt wieder einer an, er zählt bis drei und reißt dann seine Rute zur Seite, sodass der Haken im Maul des Fischs festsitzt.

Als der Barsch aus dem Wasser auftaucht, sehen wir, dass es ein riesiges Exemplar ist, und Ronan lächelt so breit, wie ich ihn noch nie habe lächeln sehen.

»Wenn du den Kerl hier ins Boot bekommst, gibt das ein super Foto für deinen Dad.«

Ronan wirkt traurig, setzt dann aber ein Strahlen auf und stimmt zu. Ich sehe ihm an, dass es nicht echt ist.

Henry steht hinter ihm mit einem leisen Lächeln. In seiner Brille spiegelt sich der Ozean und ich bin dankbar für ihn. Dankbar, dass er uns mit hierhergenommen hat, und einfach dankbar, dass ich ihn kenne.

Ronan dreht an der Kurbel der St. Croix. Führt die Rute nach hinten. Kurbelt erneut.

»Möglich, dass er so groß ist wie deiner, Delsie. Aber es ist gar nicht so einfach, die Rute festzuhalten. Das Ding ist vielleicht schwer, Mann!«

»Siebzig Dollar sind wohl ein bisschen Mühe wert«, erwidere ich lächelnd. »Wir gehen ins Saucepan Lynn's und essen so viele Pfannkuchen, wie in uns reingehen.«

Ronan lacht und im selben Augenblick wird heftig an seiner Rute gerissen. Ein Weißhai schießt wie eine Rakete von der Abschussrampe aus dem Wasser. Mit weit aufgerissenem Maul steigt er auf, schnappt sich den Fisch und fällt zurück in den Ozean, wo er fast auf der Seite landet. Das alles passiert so schnell, dass ich erst nach ein paar Sekunden merke, dass Ronan Henrys wertvolle St.-Croix-Angelrute losgelassen hat. Sie treibt etwa drei Meter vom Boot entfernt auf dem Wasser und bewegt sich von uns weg.

Ronan läuft zwei Schritte zur seitlichen Planke des Boots. Ich glaube, er will ins Wasser springen. Doch Henry bekommt seine Rettungsweste zu fassen und kann ihn zurückziehen.

Henry blickt ihn mit großen Augen an. »Was *tust* du, Ronan. Es ist doch nur eine Angelrute.«

»Ich kann die Leine kappen!«

»Nur weil du etwas tun kannst, heißt das noch lange nicht, dass du es auch tun solltest.«

»Ich helfe dem Hai und hole die St. Croix für Sie zurück. Er wird sich nicht für mich interessieren. Weißhaie greifen keine Menschen an. Oder nur sehr selten. Die Wahrscheinlichkeit, dass ich von einem Getränkeautomaten getötet werde, ist größer. Oder von einer Kuh.

Kühe greifen Menschen öfter an als Haie und niemand flippt ihretwegen aus.«

»*Was?*« Henry ist verwirrt. »Das ist ein Hai. Ein Weißhai.«

»Im Ernst. Statistisch gesehen ist die Wahrscheinlichkeit, dass ich von einem Getränkeautomaten oder einer Kuh getötet werde, größer als von einem Hai.«

»Hör zu, Junge, du …«

»Bitte?«, unterbricht Ronan. So habe ich ihn noch nie gehört. Wie ein kleines Kind, das um etwas bettelt.

»Das kannst du nicht machen, Junge. Du hast den Hai gesehen, der deinen Fisch geklaut hat. Und er ist immer noch in der Nähe.«

»Ich könnte es ganz schnell machen. Die Leine kappen und die Rute schnappen!«

Als ich aufs Wasser schaue, sehe ich, dass die Rute verschwunden ist. »Ich glaube, es ist ohnehin zu spät, Ronan.« Ronans Gesicht ist wie versteinert. »Es tut mir leid, dass du deinen Fisch verloren hast. Du bekommst die Hälfte von meinem Geld.«

»Aber Ihre Angelrute. Die St.-Croix-Rute bringt Ihnen doch Glück. Es tut mir so leid. Ich möchte sie Ihnen zurückholen«, bettelt er.

»Es ist nur eine Angelrute«, wiederholt Henry und macht einen Schritt auf Ronan zu. »Alles nicht so schlimm.«

Und Ronan macht einen Schritt zurück. »Ich wollte sie nicht loslassen. Wenn ich …«

»Es ist wirklich okay, Ronan. Mach dir keinen Kopf. Und so viel Glück hat sie mir auch wieder nicht gebracht.«

Henry streckt die Hand aus, um sie ihm auf die Schulter zu legen, doch Ronan beugt sich gerade so weit zur Seite, dass er außer Reichweite ist.

»So was passiert«, meint Henry. »Besser, die Rute landet im Wasser als einer von euch.«

»Es tut mir leid«, wiederholt Ronan. Er setzt sich aufs Deck und lehnt den Rücken an die Verschanzung. Er hat die Knie hochgezogen und den Kopf in die Hände gestützt. Dann blickt er auf und sagt noch etwas zu Henry: »Bitte sagen Sie meinem Vater nichts davon. Welcher Fischer wollte mich zum Sohn haben?«

Der beste
Erfolgsanzeiger

Am nächsten Morgen machen Ronan und ich uns auf den Weg zum Saucepan Lynn's. Wir wollen Pfannkuchen essen. Saucepan Lynn ist auch bei der freiwilligen Feuerwehr. Deshalb trägt sie beim Kochen ihre Uniform, falls sie schnell wegmuss.

Ich erinnere mich noch an den Tag, als sie eine Handvoll Schlüssel auf den Tresen knallte und ihren Stammgästen sagte, jeder solle sich einen nehmen. Dass sie sich endlich auch mal nützlich machen und beim Frühstück mit anpacken könnten. Henry liebt es, das Haus vor Sonnenaufgang zu verlassen und bei ihr auf dem Grill Speck zu brutzeln.

Vor der Tür müssen wir über zwei Golden Retriever steigen. Als sich ein paar Leute einmal ihretwegen beklagt haben, hängte Saucepan ein Schild ins Fenster, auf dem stand: FALLS SIE EIN PROBLEM MIT UNSEREN

HUNDEN HABEN, EMPFEHLEN WIR IHNEN GERN EIN ANDERES LOKAL.

Wir setzen uns an den Tresen und Ronan beobachtet Saucepan fasziniert. »Mann, hat die Muskeln an den Armen!« Er beugt sich zu mir und flüstert: »Was hat sie da für ein Tattoo?«

»Ein Schiffsanker, an dem unten eine Pfanne hängt. Wenn sie ihre Muskeln spielen lässt, schwingt die Pfanne ein wenig hin und her.«

Er lacht. »Cool.«

»Und am Handgelenk hat sie das Emblem der Feuerwehr von Yarmouth. Die meisten Feuerwehrleute in der Stadt haben so eines.«

Saucepan streckt die Hand aus und drückt ein paarmal auf ein Gummihuhn, das quiekt. Das Zeichen für die Kellnerinnen, dass die Mahlzeiten fertig sind. Dann diskutiert sie weiter mit den Stammgästen über ein altes Thema: »Es gibt Schlimmeres, als einen Tag auf einem Boot zu verbringen. Ich hänge über einem heißen Ofen.«

»Was du nicht sagst. Das soll wohl ein Witz sein, was?«, kontert einer der Männer. »Im Januar bringt der Wind unsere Knochen zum Knacken. Ich würde meine Zähne dafür geben, wenn ich an einem heißen Ofen stehen könnte. Außerdem ist noch niemand beim Soßenmachen gestorben.«

»Du kannst gern weiterjammern über knackende Knochen, aber sobald ein paar Tropfen fallen, sitzt du doch bei einer heißen Tasse Kaffee *hier*. Und dann gibst du mit deiner Geduld an, die du beim Angeln an den Tag legst. Soll ich dir was zum Thema Geduld sagen? Versuch mal, eine gute Soße zu machen.«

»Was hat eine Soße mit Geduld zu tun?«, fragt ein anderer Stammgast.

»Alles!«, blafft sie und zeigt mit ihrem Rührbesen auf ihn. »Ein guter Koch weiß, dass er die Hitze nicht heraufschalten darf, weil er ungeduldig ist. Du musst sie köcheln lassen. Ihr Zeit lassen. Damit alle Aromen sich voll entfalten können. Denn wenn du schnell, schnell machst, schmeckt sie nicht. Aber …« Sie beugt sich vor. »Wenn sie genau richtig wird, denken die Leute immer wieder daran und wollen den Geschmack noch einmal auf der Zunge haben. *Das* bringt sie zurück.«

»Du willst mir sagen«, mischt sich ein Fischer ein, »du glaubst, es braucht mehr Geduld, eine Soße zu machen, als auf dem Ozean zu fischen, wenn du ringsherum kein Land siehst und stundenlang bei jedem Wetter da draußen bist? Mit Seekrankheit, Motorproblemen und jeder Menge anderer Dinge zu kämpfen hast, die eben so passieren?«

»Ja. Weil du zum Soßenkochen Zeit und Liebe brauchst. Wenn du deinen Fisch gefangen hast, ist der Job erledigt. Gott hat die ganze Arbeit für dich getan.«

Während des Gemurres einiger Fischer wendet sie sich mit einem Ruck uns zu. »Hey!« Sie zeigt auf Ronan. »Heißt du Ronan?«

»Äh … ja.« Er reckt das Kinn vor.

»Hast du schon mal eine Crêpe gewendet?«

»Eine Crêpe?«

»Ja, eine Crêpe. Eine Art sehr dünner Pfannkuchen, und wir füllen sie mit Obst und anderen Dingen.«

»Warum?«

»Antworte mir einfach. Hast du schon mal eine Crêpe gewendet oder nicht?«

Ronan dreht sich um, vermutlich um zu sehen, ob jemand hinter ihm steht und sie in Wirklichkeit diesen anderen meint.

Als er sich wieder zurückdreht, zeigt sie erneut auf ihn. »Ja, ich rede mit dir, du halbe Portion.«

Er stellt die Füße breitbeinig auf. »Nennen Sie mich nicht so!«

Sie kneift ein Auge zusammen. »Okay. Tut mir leid. Aber mach dir keine Gedanken darüber, wie groß du bist. Ich habe jede Menge kräftige Männer gekannt, die kein bisschen Mut besaßen. Die wirklich wichtigen Arten des Starkseins haben nichts mit Muskeln zu tun. Sie haben etwas mit der Größe des Herzens und der Seele eines Menschen zu tun, nicht mit seiner Hemdgröße.«

Mir fällt wieder ein, wie Grammy von Opas breiten Schultern gesprochen hat, und merke, dass ich nicht wirklich verstanden hatte, was sie meinte.

Sie kommt um den Tresen herum, lässt Ronan dabei aber nicht aus den Augen. »Heute Morgen war Henry

Lasko hier und hat erzählt, wie mutig du bist, dass du hinter einem Hai ins Wasser springen wolltest – wobei ich übrigens hoffe, dass dir schon mal jemand gesagt hat, dass das nicht mutig ist, sondern Dummheit. Aber was ich wissen will, ist: Bist du mutig genug ... eine gute Crêpe zu wenden?«

Mich irritiert, dass die Worte *mutig* und *Crêpe* in ein und demselben Satz vorkommen. Ich schaue Ronan an. Er wird diese Herausforderung nicht ablehnen können. Ich könnte wetten, dass es genauso sinnlos ist, Ronan zu sagen, dass er sich nicht zu einer Mutprobe provozieren lassen soll, wie einer Möwe, dass sie keine Fritten aufpicken soll.

Er geht um den Tresen herum zum Ofen. »Was soll ich tun?«

Sie zieht ihm einen Topfhandschuh über. »Zwei Crêpes sind fertig zum Wenden. Ich wende die erste, du die zweite.«

Einer der Fischer brüllt: »Was soll denn das? Lass den Jungen in Frieden!«

»Kümmere du dich um deinen eigenen Kram«, blafft sie zurück. Sie wendet sich Ronan zu. »Willst du, dass ich dich in Ruhe lasse?«

Ronan räuspert sich. »Nein.«

»Gut. Ich glaube, die Art und Weise, wie eine Person eine Crêpe wendet, sagt etwas über sie und ihre Zukunft aus.«

Er schaut sie an, als sei gerade ein Barsch aus ihrem Mund geschwommen.

»Genau«, sagt sie und beugt sich zu ihm. »So schauen mich die Leute oft an. Und um ehrlich zu sein, ist es mir ziemlich egal. Aber was die Crêpes betrifft, habe ich recht, glaub mir.«

Sie packt den Stiel der ersten Pfanne und tritt vom Ofen zurück. »Man muss Muskeln einsetzen. Die Kontrolle übernehmen. Der Crêpe zeigen, wer der Boss ist.«

»Ich wünschte, ich hätte jedes Mal einen Penny bekommen, wenn ich das gehört habe«, meint Ronan.

»Hey, keine dummen Sprüche hier.«

Er grinst.

Sie schüttelt die Pfanne, um die Crêpe vom Boden zu lösen, kippt sie dann nach unten und beschreibt einen Kreis damit. Die Crêpe fliegt in die Luft, dreht sich und landet wieder in der Pfanne. »Ganz einfach.« Sie nickt einmal kurz. »Jetzt bist du dran.«

Ronan kneift die Augen zusammen. Er tut mir leid.

»Komm schon, das Ding verbrennt nur, wenn du die Sache hinauszögerst.«

»Ich zögere nichts hinaus, ich bereite mich vor.«

»Dann bereite dich schneller vor.«

Ich halte den Atem an. Ronan scheint die Ruhe selbst zu sein, doch er ächzt, als er die Crêpe in die Luft fliegen lässt.

Der ganze Imbiss bebt vom Gelächter der Fischer.

Saucepan Lynn blickt zur Decke. »Du hast ihn tatsächlich da oben angetackert, Junge. Stark bist du, das muss man dir lassen.« Und ins Hinterzimmer ruft sie: »Bring mir mal jemand den Besen!« Dann dreht sie sich wieder zu Ronan um. »Vielleicht brauchst du noch ein bisschen Finesse, Junge, aber ich glaube, du wirst noch Großes vollbringen.«

War meine Momma stark?

Als ich in die Küche komme, ist Grammy beim Putzen. Der Herd wurde von der Wand gerückt. Grammy versucht, ihn zurückzuschieben. »Ich bin ein Ochse, ich sag's dir.«

Ich lache. »Nichts für ungut, aber ich weiß nicht, ob du das auch anderen Leuten sagen solltest.«

»Ich sage ja nur, dass ich stark bin. Daran ist nichts Schlimmes. Du bist auch stark, Delsie. Wir McHill-Frauen sind alle stark.«

»Ich weiß nicht, ob ich wirklich so stark bin«, murmle ich.

Sie wirbelt herum. »So etwas will ich nicht hören! Was habe ich dir gesagt?«

Ich straffe die Schultern. »Dass ich besser meine Krone richten und daran denken soll, wer meine Grammy ist.«

»Ganz genau, Kleine. Mach dir mal keine Gedanken.

Es liegt bei uns im Blut. Wir sind wie Ochsen mit unseren starken Schultern.«

Ich weiß, wie sehr Grammy ihre Metaphern liebt, und ich weiß noch, wie sie sagte: »Joseph ist mein Fels.« Ich fand es immer seltsam, so etwas von einem Menschen zu sagen. Bis jetzt wusste ich nicht wirklich, was es bedeutet. Bei Opas breiten Schultern ging es nicht nur darum, dass er in der Lage war, nasse Seile in sein Boot zu ziehen. Es hatte etwas damit zu tun, dass er für uns alle wie ein Fels in der Brandung war. Dass er immer da war. Seine Versprechen hielt. Uns beschützte.

Und unwillkürlich frage ich mich, ob meine Momma schwach war.

»Grammy?«

»Ja, Kleine?« Sie klingt, als würde sie singen.

»War meine Momma schwach?«

Grammy schaut eine Weile aus dem Fenster, bevor sie sich mir zuwendet. Ihre Augen glänzen, und es tut mir leid, dass ich das gefragt habe. Aber ich muss es einfach wissen.

»Deine Momma war mächtig stark.«

»Ich meine ... ich meine nicht, ob sie schwache Arme hatte. Ich meine es so, wie du sagst, dass Opa stark war. Dass er uns geliebt hat. Uns beschützt. Ich weiß auch nicht. Wahrscheinlich ...« Ich muss schlucken. »Ich weiß, dass sie nicht lang hier war, aber solang sie hier war ... hat sie mich ... du weißt schon ...« Ich will *geliebt* sagen, traue mich aber nicht. »Auch nur ein kleines bisschen beschützt?«

»Deine Mutter hat dich geliebt«, antwortet sie. Klar. Grammy weiß immer, was ich nicht ausspreche.

»Aber Grammy, du hast immer gesagt, starke Menschen können sich dazu bringen, alles zu tun. Warum hat sie mich dann im Stich gelassen?«

»Weißt du, Stärke zeigt sich auf die unterschiedlichsten Arten. Ich glaube, die Stärke deiner Momma hat sich darin gezeigt, dass sie gegangen ist – nicht im Bleiben.«

Ich verstehe das nicht.

»Deine Momma …« Sie spricht langsam, als bereiteten die Worte ihr Schmerzen. »Sie hing an der Flasche, doch an dem Tag« – sie zeigt auf meine Nasenspitze und beugt sich zu mir – »am selben Tag, als sie erfuhr, dass du unterwegs warst, hat sie aufgehört. Sie hatte Schweißausbrüche, Muskelzittern und Magenkrämpfe. Sie hat sich auf dem Boden gekrümmt und Gott und den Teufel angerufen, aber sie hat geschworen, solange du in ihr wächst, keinen Tropfen anzurühren. Lieber wollte sie sterben. So viel Stärke habe ich bei keinem anderen Menschen je gesehen.«

Ich weiche einen Schritt zurück.

Und Grammy macht einen Schritt nach vorn.

»An dem Tag, als du in diese Welt kamst, hat sie mich mit einem Leuchten in den Augen angeschaut, wie ich es schon viel zu lang nicht mehr gesehen hatte. ›Wer könnte dieses kleine Mädchen anschauen und nicht an Engel glauben?‹, hat sie mich gefragt.«

Ich blicke durchs Fenster auf das unbewohnte Haus gegenüber. »Aber sie …« Ich drehe mich zu Grammy um. »Wie kommt es dann, dass sie mich nicht gewollt hat?«

»Nein, Delsie. Nein. So war das nicht. Oh, sie hat dich so sehr geliebt. Aber sie … sie war krank. Und man kann niemandem einen Vorwurf daraus machen, dass er krank ist.«

Ich schaue Grammy verwirrt an.

»Nachdem du zur Welt kamst, hat sie dich eine geschlagene Woche nicht aus den Augen gelassen. Als sie wieder anfing mit dem Alkohol und den Drogen, hat es mich fast zerrissen. Sie sagte, du hättest was Besseres verdient. Sie weinte, als würde sie sterben. Als wollte sie nicht gehen, müsse aber, weil jemand sie dazu zwinge. Ich weiß nicht, was in ihrem Kopf vorging, aber ich weiß mit absoluter Sicherheit, dass sie gegangen ist, weil sie dich geliebt hat – und nicht, weil sie nicht deine Mutter sein wollte.«

»Fragst du dich nicht manchmal, wohin sie gegangen ist?«

»Mit jedem Atemzug, Kleine. Mit jedem Atemzug.«

Aale für die Reel

Am nächsten Morgen erlebe ich eine Überraschung. Ronan kommt unsere Straße herauf, aber er kommt nicht zu mir, sondern steuert Henrys Haus an. Und er hat eine Plastikbox dabei.

Ich laufe nach draußen. »Ronan!«

»Hey«, grüßt er. »Weißt du, ob Henry da ist?«

Ich zucke mit den Schultern, wende mich seinem Haus zu und brülle: »Henry?«

»Du liebe Güte«, sagt er, »ich hätte auch einfach anklopfen können.«

»Was ist in der Box?«, will ich wissen.

»Etwas für Henry.«

Henry tritt mit Ruby auf die Veranda, als sei sie das Deck der *Reel of Fortune* an einem vollkommen windstillen Tag. Er hakt die Daumen in seine Hosenträger, atmet tief durch und schaut hinauf in den Himmel. »Ich liebe diese stürmischen Tage. Zu Hause mit meinen Mädchen und jetzt noch ein Überraschungsbesuch von euch beiden.« Er stößt die Tür auf. »Hereinspaziert. Ich glaube, Esme hat ein paar Thunfischsandwiches mit euren Namen drauf.«

Ruby stampft mit dem Fuß auf. »Hey! Ich will auch ein Sandwich mit meinem Namen drauf!«

Henry lacht. »Mein kleiner Hitzkopf. Dein Name steht doch auf allem drauf.« Er zwinkert ihr zu und sie kichert.

Wir gehen ins Haus. Drinnen ist es warm, was schön ist, da dieser Tag sich eher wie Oktober anfühlt und nicht wie Anfang August.

Henry weist auf die Couch. »Setzt euch.« Ruby lässt sich auf den Boden plumpsen und legt sich dann auf den Rücken wie ein Seestern. »Was führt euch zu mir?«

»Ich habe Ihnen etwas mitgebracht«, antwortet Ronan und hält ihm die Box hin. »Aber es wäre wahrscheinlich besser, wenn Sie sie nicht hier drin öffnen.«

Ruby setzt sich mit einem Ruck auf. »Beißt es?«

Ronan lacht. »Wahrscheinlich schon.«

»Cooool.« Sie zieht das Wort in die Länge.

Wir gehen nach draußen und Henry öffnet die Plastikbox. Darin sind die dicksten Aale, die ich je gesehen habe. Ich muss laut lachen. Aale sehen immer so aus, als hätten sie gerade einen Witz erzählt und warteten, dass die anderen darüber lachen.

»Hey!« Henry brüllt praktisch. »Super! Wo hast du die denn gekauft?«

»Ich habe sie nicht gekauft. Ich bin früh aufgestanden

und rausgegangen und hab sie für Sie gefangen, weil ich weiß, dass Sie Barsche gern mit Aalen fangen, und weil ich ein ganz schlechtes Gewissen habe, weil ich Ihre Angelrute losgelassen habe. Wirklich. Das Geld dafür kann ich in nächster Zeit unmöglich aufbringen. Aber ich dachte mir, die helfen Ihnen vielleicht, ein paar Fische zusätzlich zu fangen.«

»Danke, Ronan.« Henry legt ihm die Hand auf die Schulter. »Das war sehr aufmerksam.«

»Ich bezahle Ihnen die Rute irgendwann. Ganz bestimmt. Ich verspreche es.«

»Das ist schon okay, Ronan. Damit hast du sie schon mehr als bezahlt. Ich möchte nur noch eines von dir.«

Ronan strafft die Schultern. »Alles, was Sie wollen.«

»Ich will nichts mehr von dieser Angelrute hören. Ich weiß, dass du ein schlechtes Gewissen hast. Du hast einen Fehler gemacht, aber Fehler machen wir alle. Im besten Fall können wir versuchen, sie wieder gutzumachen. Und das hast du getan. Damit ist die Sache erledigt. Okay?«

Ronan nickt.

Von draußen nach drinnen schauen

Grammy hat angekündigt, dass es bei ihr heute spät wird, und so setze ich mich mit dem Rücken an Olives Baum auf den Boden und schaue in die Fenster der Laskos, als seien es Fernseher. Henry und Esme decken den Tisch. Esme streicht im Vorbeieilen mit den Fingerspitzen über Rubys Rücken. Ich sehe Henry lachen und bin dankbar, dass ich es nicht hören kann. Und doch sehne ich mich nach …

Hinter mir steigt jemand über den kniehohen Zaun, doch ich kann den Blick nicht von dem Licht abwenden, das mich hineinziehen und gleichzeitig ausschließen will. Ich dachte, Ronan sei nach Hause gegangen.

»Warum bist du noch mal zurückgekommen?«, frage ich. »Wird dein Dad nicht sauer?«

»Irgendwie bezweifle ich das«, antwortet Olive mit einem kleinen *Hmpf* am Ende.

Als ich mich umdrehe, steht sie mit den Händen auf den Hüften da und blickt hinauf in die Krone ihres Baums. »Er ist schon lang tot. Ich kann mir deshalb nicht vorstellen, dass er noch wegen irgendetwas sauer wird. Er wäre allerdings mächtig stolz auf diesen Baum, der so enorm gewachsen ist. Als ich klein war, hat er ihn eine Woche vor Halloween immer mit Lichterketten geschmückt.« Sie schaut mich an. »Und was machst du hier?«

»Nichts.«

»Wie sagt deine Grammy? Wenn jemand ›nichts‹ sagt, ist immer irgendetwas.« Dann dreht sie sich in die Richtung, in die ich geschaut habe, und gibt wieder ein Geräusch von sich. Nicht ihr übliches *Hmpf*. Anders. Eher ein winziges *Aha*, was mich wundert. Olive scheint sonst überhaupt nichts zu überraschen.

»Er hat für General Electric gearbeitet.«

Ich schaue auf. Habe ich etwas verpasst?

»Mein Vater. Mein Vater hat für General Electric gearbeitet und er hat diesen Baum geliebt. Der Baum war – und ist es immer noch – der Mittelpunkt unseres kleinen Quartiers. Die Gesellschaft hat ihm jedes Jahr kostenlos neue Lichterketten gegeben, weil er versprochen hat, die Ladenbesitzer zu mobilisieren und sie hierher einzuladen, damit sie sehen können, wie hell die Lichter sind. Und das hat er auch getan.«

Nach einer kleinen Pause fährt sie fort: Halloween-Picknicks, gemeinsames Kochen im November. Im Dezember stand er hier draußen und hat im Parka Burger gegrillt, und aus dem Haus schallten Weihnachtslieder. Meine Mutter hat ihn für verrückt erklärt. Aber ... das hat sie nicht so gemeint ...« Sie atmet langsam und hörbar aus. »Wir fanden es alle toll.« Sie lässt den Kopf ein wenig sinken. »Ich vermisse sie. Sie waren gute Menschen. Nicht die Typen, die einen ständig umarmen oder sich in ihrer Liebe zu jemandem schier umbringen. Aber gute Menschen.«

Sie wendet sich mir zu. »Weißt du, es gibt Menschen, die von ganzem Herzen lieben, es aber nicht zeigen können. Anders als ...« Sie blickt wieder hinüber zum Haus der Laskos. »Esme – diese Frau schäumt über vor Liebe. Sie trägt ihre Zuneigung für Menschen so offen, wie andere Leute Schmuck tragen.«

Dann ist ihr das also auch aufgefallen.

»Aber deine Grammy. Sie hat immer zu tun. Und sie wird älter. Du müsstest sämtliche Wellen im Ozean zählen, um zu wissen, wie sehr Bridget dich liebt. Du hast Glück, Mädchen.«

Ich blicke zu ihr auf. Die Lasko-Show im Fenster zu sehen, scheint sie traurig zu machen. »Ich beneide sie. Ich habe nie gelernt, das zu tun, was Esme tut.«

Und dann wird mir klar, dass sie hier draußen ist und in den Baum schaut und genau wie ich ihre Familie vermisst. Mir stockt der Atem, als mir weiter klar wird, dass wir beide Waisen sind.

»Weshalb runzelst du die Stirn?«, fragt sie. »Geht dir etwas durch den Kopf? Du weiß, dass das eine McHill-Eigenart ist. Über jede Kleinigkeit nachzugrübeln.«

»Ich habe darüber nachgedacht, dass wir beide Waisen sind, du und ich.«

Sie nickt bedächtig. »Ja. Ja, das sind wir.« Dann setzt sie sich neben mich. »Fakten kann man wohl nicht widersprechen.«

»Du hast meine Mutter gekannt, ja?«

»Was ist denn das für eine dumme Frage? Du weißt, dass ich sie gekannt habe. Ich war hier, als Mellie mit Joseph und Bridget aus dem Krankenhaus kam. Mein Gott, was haben sie dieses Baby geliebt. Ich weiß nicht, weshalb sie ...«

»Weshalb sie was?«

Olive ist wieder voller Missbilligung. »Was denkst *du* denn?«

Ich sollte wahrscheinlich sauer sein, aber eigentlich empfinde ich Olive als Erleichterung. Ich weiß immer, was sie denkt. Ich halte ihren Blick fest. »Warum sie gegangen ist?«

»Natürlich. Sie hat sich um nichts gekümmert. Hat nicht vorausgedacht. Keine Verantwortung übernommen. Und ich glaube, dass ihr alle es deshalb schwer hattet. Tut mir leid.«

»Danke, Olive.«

»Aber soll ich dir noch etwas sagen?«

»Ja?«

»Ich glaube an dich. Ich wette, dass du eines Tages einen Kranz aus Olivenzweigen tragen wirst und die Leute dir zujubeln.«

»Häh?«

»Weißt du, wer in Boston den Olivenkranz bekommt? Der Gewinner des Boston Marathon.«

Ich lächle. Es freut mich, dass sie mir zutraut, etwas Besonderes zu tun.

Ich höre Grammys Wagen die Zufahrt heraufkommen. Also stehe ich auf und streife mir die Piniennadeln von den Beinen.

»Du bist ein Dreckspatz. Deine Grammy wird dich in die Badewanne stecken.«

Ich seufze. »Ja, wahrscheinlich.«

Man kann sich immer darauf verlassen, dass Olive die schlimmen Sachen zur Sprache bringt.

Aber ich sehe, wie sie in den Baum hinaufschaut, in einer Art, wie die meisten von uns Menschen anschauen, die sie lieben, und ich habe so ein Gefühl, dass sie nicht an den Baum denkt. Sie denkt an ihren Vater und die Grillpartys und die Menschen, die ihr fehlen.

Ich glaube, wenn ich Olive in Zukunft anschaue, werde ich viele unterschiedliche Dinge sehen. Nicht nur eine einfache Kugel Eis, sondern eine Kugel mit Schokoladenstückchen innendrin.

Der härteste Panzer
von allen

»Weißt du, was man beim Muschelsammeln beachten muss?«, fragt Ronan, noch bevor die Haustür ganz offen ist.

»Ja. Warum?«

»Weil ich welche sammeln will. Hast du solche Korb-Dinger auf einem Stiel, wie die Leute sie benutzen?«

»Du meinst eine Muschelharke? Ja wir haben welche hinter dem Haus, glaube ich. Und Körbe und eine Waage. Aber… Ich habe einen Erlaubnisschein. Man braucht einen Erlaubnisschein.«

»Mein Vater hat mir einen besorgt. Als Überraschung. Deshalb nehme ich an, er will, dass ich es lerne. Und deshalb frage ich dich.«

Ich nicke. Selbst für seine Verhältnisse ist er ungewöhnlich ernst.

»Nun?«, fragt er. »Hast du was anderes zu erledigen?«

»Eigentlich nicht.«

»Okay, dann gehen wir.«

Als die Flut zurückweicht, machen wir uns auf den Weg zur Bucht. Mit der Muschelharke in der Hand sieht Ronan aus wie die Bauern mit einer Mistgabel auf dem berühmten Gemälde. Vollkommen ernst.

»Und was machen wir jetzt?«, will er wissen.

»Komm mit.«

Wir waten hinaus in die Bucht. Die Oberfläche des Ozeans trennt die beiden Welten der warmen Luft und des kühlen Wassers. Die Flut geht und der Sand umspült meine Füße.

Als das Wasser mir bis zu den Knien reicht, bleibe ich stehen. »Okay.« Ich zeige auf den Drahtkorb mit der Schwimmnudel am Rand, die verhindert, dass er untergeht. Und damit er nicht fortgetrieben wird, habe ich ihn mir mit einer Schnur um den Bauch gebunden. »Den hier nennt man ›Peck‹. Wenn du Muscheln gefangen hast, legst du sie in den Korb. Dann sind sie weiter im Wasser und können den Sand und Dreck ausspucken. Bis wir sie essen können, sind sie dann schön sauber.«

Ich halte die Muschelharke hoch. »Du nimmst einfach die hier und ziehst sie durch den Sand wie eine gewöhnliche Harke. Es bleibt alles Mögliche darin hängen. Du wühlst dich einfach durch und schaust nach, was du gesammelt hast.« Ich greife nach dem Metallring oben am Stiel der Harke. »Dieser Ring sagt dir, ob die Muschel groß genug ist und du sie behalten kannst.«

Ich ziehe die langen Zähne durch den Sand, hole alles Mögliche herauf und schaue nach, was ich habe. Ich finde zwei Muscheln. »Hier, leg die in den Korb. Wir können sie behalten.« Ich ziehe die zweite aus meinen Fundsachen. »Die hier sieht zu klein aus.« Sie passt durch den Ring. »Ja. Nicht erlaubt.« Und ich werfe sie ins Wasser zurück.

»Weshalb müssen wir die kleinen zurückwerfen?«

»Sie sind zu jung. Außerdem sind sie es nicht wert, dass man sie behält.«

Ein seltsamer Ausdruck huscht über sein Gesicht.

»Was ist?«

»Nichts«, antwortet er und fängt plötzlich an, an verschiedenen Stellen zu graben.

Ich folge ihm zum seichten Wasser und helfe ihm. »Halte Ausschau nach Bläschen. Sie bedeuten, dass da unten eine Muschel ist. Versuch sie auch mit deinen Füßen zu spüren. Beulen unter dem Sand.«

Ich stelle mich an einen ruhigen Platz und schließe die Augen. Mache einen Schritt nach rechts, bleibe stehen und schließe wieder die Augen. Und dann spüre ich sie. Die winzige Beule unter meiner Fußsohle, der die meisten Leute keine Bedeutung beimessen. Eine Muschel, die sich versteckt. Ich greife in den Sand und ziehe sie heraus. So, wie sie aussieht, darf ich sie mitnehmen.

Ich gehe hinüber zum Peck-Korb und lasse sie hineinfallen.

Aber Ronan hat kein Glück. »Ich dachte, es sei einfacher«, mault er.

»Das Suchen allein macht doch schon Spaß.«

»Ich würde lieber einfach ein Pfund Muscheln nach Hause bringen.«

»Ein Scheffel. Du bringst einen Scheffel Muscheln nach Hause«, korrigiere ich ihn. »Kein Pfund.«

Er zieht den Mundwinkel zur Seite. »Meinetwegen. Dann eben einen Scheffel.«

»Wenn du so ungeduldig bist, geh da rüber«, sage ich und zeige auf eine steinige Stelle seitlich von uns. »Such dir einen großen Stein und bring ihn her.«

Er lässt seine Harke fallen und läuft hin.

»He, du kannst doch nicht einfach so Sachen ins Wasser fallen lassen!«, rufe ich ihm nach. »Die treiben weg.«

Es dauert nicht lang, bis er mit einem großen Stein zurückkehrt. »Gut so?«

»Wirf ihn in den nassen Sand und schau dann nach Bläschen.«

Er wirft den Stein direkt vor seinen Füßen in den Sand. Wir sehen Bläschen.

»Schnell! Zieh sie raus, bevor sie sich tiefer eingraben!«

Ronan drückt seine Harke in den Sand und zieht nasse Hügel zu sich her. Dann bückt er sich und bringt zwei Muscheln zum Vorschein. Er benimmt sich wie ein Pirat, der eine Kiste voller Goldmünzen gefunden hat.

Er rennt mit seinem Stein herum, vor und zurück, und wirft ihn in den Sand. Ich selbst suche keine Muscheln mehr. Ihn zu beobachten ist sehr viel interessanter. Aber er scheint nicht er selbst zu sein. Er gleicht einer Muschelsuchmaschine, und er stopft sie, sobald er eine gefangen hat, in die Taschen seiner neuen schwarzen Cargoshorts.

»Ronan, du kannst die Muscheln nicht in deinen Taschen lassen. Sie müssen im Wasser bleiben, damit sie den Dreck ausspucken und sich säubern können.«

»Entspann dich. Du brauchst mir nicht jede Sekunde zu sagen, was ich zu tun habe.«

Wie bitte? »Ich will dir doch nur helfen. Die Muscheln sind eklig, wenn sie den Dreck nicht ausspucken können.«

»Warum kümmerst du dich nicht um deinen eigenen Kram?«

Ich starre ihn ein paar Augenblicke an. »Was ist los mit dir? Warum bist du so gereizt?«

»Lass mich einfach in Ruhe«, blafft er.

Ich drehe mich um. »Okay. Das werde ich.«

Er beobachtet mich, wie ich meine Sachen zusammenraffe und platschend davonstapfe.

Er kommt mir nach. »Es tut mir leid.«

Ich drehe mich um.

»Hey, Delsie. Bitte geh nicht.«

Ich stehe stumm da.

»Ich habe … einen Brief … bekommen. Von ihr. Ich habe einen Brief … von meiner Mutter bekommen.«

»Moment. Was? Ronan … wie kann deine Mom einen Brief schreiben? Das klingt nun wirklich nicht … Ich weiß auch nicht …«

Er seufzt. »Sie ist nicht tot. Das habe ich nur so gesagt. Weil es einfacher ist, als alles zu erklären.«

Ich fasse es nicht. Er hat eine Mutter und erzählt den Leuten, dass sie *tot* ist?

Ronans Stimme erinnert mich an die Flut. »Sie lebt, Delsie. Ich wollte es dir längst sagen. Wir wohnen – also, *wohnten* – in Worcester. Dann hat sie mich eines Tages aus heiterem Himmel hierhergeschickt.«

»Hierhergeschickt?«

»Ja. Hierhergeschickt. Sie hat gesagt …« Seine Stimme zittert, als er weiterspricht. »Sie hat gesagt, sie wolle mich nicht mehr … um sich haben. Dass ich ihr zu viele Schwierigkeiten bereite und … Klar, ich gerate tatsächlich in Schwierigkeiten. Ich weiß nicht, weshalb. Es ist einfach so, als seien mein Körper und mein Verstand manchmal nicht im selben Boot. Aber ich hätte nie gedacht, dass sie …« Er stopft seine Fäuste in die Taschen und lässt das Kinn auf die Brust sinken.

»Das tut mir leid, Ronan. Hat sie das wirklich gesagt? Das ist ja schrecklich.«

»Sie meinte, es ist, weil ich dabei bin, ein Teenager zu werden. Sie will mich nicht mehr um sich haben. Zu viel

Ärger. Und sie sagt, ich brauche einen Vater, der mich in der Spur hält.« Er schluckt schwer. »Sie hält mich für einen schlechten Menschen.«

»Ronan, du bist kein schlechter Mensch.«

»Doch, bin ich. Sie hat mir einen Brief geschrieben.« Seine Stimme bricht. »Verstehst du mich denn nicht?« Er wird lauter. »Ich habe mich so gefreut, als ich ihre Handschrift auf dem Umschlag gesehen habe. Ich dachte, sie würde mir schreiben, dass ich wieder nach Hause kommen darf, aber sie hat geschrieben …« Er kickt ins Wasser. »Sie hat geschrieben, sie hofft, dass ich okay bin, aber dass es besser so ist.« Er kickt wieder ins Wasser und boxt in die Luft. Dann bricht er zusammen und fällt auf die Knie. »*Besser so?*« Er presst die Arme um seinen Bauch und beugt sich nach vorn. »Was heißt das überhaupt, *besser so?*«

Etwas im Wasser erregt seine Aufmerksamkeit. Ein paar Sekunden lang konzentriert er sich darauf. Schließlich fragt er: »Was ist das? Es sieht aus wie der Helm eines Außerirdischen.«

Ich beuge mich darüber. »Das ist ein Pfeilschwanzkrebs. Cool, tatsächlich mal einen lebendigen zu sehen. An der Seagull Beach finden wir ständig ihre Panzer.«

»Ihre Panzer?«

»Ja. Sie werfen die Panzer ab wie Schlangen ihre Haut.«

»Hm. Es wäre cool, einfach irgendwas abzustreifen und wegzuschwimmen«, meint er. Er kriecht auf allen vieren zu dem Krebs, hebt ihn hoch, untersucht ihn und dreht ihn dann um. Mit großen Augen beobachtet Ronan, wie der Pfeilschwanzkrebs mit allem, was er hat, wie wild wedelt. »Der hier ist eindeutig stark.« Der Krebs stellt den Stachel im rechten Winkel auf, sodass er auf Ronan zeigt.

»Sie gehören zu den ältesten Tieren auf der Erde«, erkläre ich. »Sie sind vor 450 Millionen Jahren tatsächlich mit den Dinosauriern herumgeschwommen.«

»Ich liebe dieses Ding!« Ronan zählt die zwölf Beine mit den Scheren. »Und was ist *das*?«, fragt er und fährt mit dem Finger über eine Erhebung in der Mitte der vielen Beine, die aussieht wie ein Haufen Heu.

»Das ist sein Mund.«

»*Krass.*«

Ronan beugt sich hinunter und legt den Krebs vorsichtig zurück ins Wasser, als könnte er zerbrechen. Dann beobachtet er, wie er davonwuselt.

In dem Moment schwimmen zwei Jungs zu dem Tier hinüber. Der kleinere fängt den Pfeilschwanzkrebs und hält ihn hoch. »*Cool!*«

Der größere lacht. »Ob das Bein, wenn du ihm eines ausreißt, wieder nachwächst wie bei einem Seestern?«

Ronan richtet sich auf.

Der größere Junge streckt die Hand aus und packt ein Bein des Tiers.

Ich hatte keine Ahnung, dass Ronan sich so schnell bewegen kann. Bevor ich richtig weiß, was er vorhat, versetzt er dem einen Jungen einen Schlag und stößt den anderen weg. Der Pfeilschwanzkrebs fällt mit einem Platsch ins Wasser und schwimmt davon.

Einer der Jungs versetzt nun Ronan einen Stoß, woraus sich eine lautstarke Prügelei entwickelt.

In dem Moment, als Ronan einem der Jungen eine reindonnert, taucht einer der Naturschutzbeauftragten auf, die an den Stränden patrouillieren. »Hey! Aufhören!«, ruft er. Er watet ins Wasser und trennt die Streithähne.

Die beiden Jungs, einer blutet aus der Nase, zeigen auf Ronan. »Er hat angefangen!«

»Stimmt das?«, fragt der Mann.

»Ja! Aber sie wollten ihm ein Bein ausreißen, nur so zum Spaß. Wer tut denn so was?«

»Ha!«, schnaubt der größere Junge mit der blutigen Nase. »Er sagt, der Krebs ist ein *Er*. Der spinnt doch!«

Und der kleinere brüllt: »Und wer schlägt jemanden, nur weil er einen Pfeilschwanzkrebs hochnimmt?«

»Du hast ihn nicht nur hochgenommen. Du wolltest ihn verletzen!«, brüllt Ronan zurück.

Der Junge zeigt auf unsere Muschelharken. »Ihr sammelt Muscheln. Wo ist der Unterschied?«

»Es gibt sehr wohl einen Unterschied«, entgegnet der Naturschutzbeauftragte. »Es ist hier nicht erlaubt, Pfeilschwanzkrebse zu fangen. Das ist gegen das Gesetz.«

Ronan und die Jungs schauen sich an, als würden sie weiterkämpfen, wenn sie könnten.

Der Mann gibt dem Jungen mit der blutigen Nase ein paar Papiertaschentücher und meint, er sei wieder okay, jetzt, da es aufgehört habe zu bluten. Dann prüft er unsere Sammelerlaubnis. Schließlich zieht er sein Handy heraus und verkündet, dass er die Polizei rufen muss. Dass Ronan nicht einfach jemandem einen Schlag ins Gesicht versetzen kann, nur weil ihm nicht gefällt, was der andere tut.

Es dauert zwei Minuten, bis die Polizisten aus Yarmouth da sind. Sie stellen Ronan jede Menge Fragen und rufen seinen Dad an. Dann verfrachten sie ihn auf den Rücksitz des Polizeiautos.

Es ist schrecklich für mich, mit ansehen zu müssen, wie Ronan abgeführt wird. Vor allem, da die beiden Jungs dabei lachen.

Ronan hätte nicht tun dürfen, was er tat. Aber er liebt Meerestiere so sehr, dass ich seine Reaktion verstehen kann. Für ihn muss die Grausamkeit des Jungen, nach diesem Brief von seiner Mom, wie die Lunte an einem Feuerwerkskörper gewesen sein.

Chatham Pier

Sobald ich am nächsten Morgen die Augen öffne, muss ich an Ronan denken. Ich mache mir Sorgen und würde ihn gern anrufen, doch sie haben nur ein Telefon, und das ist das Handy seines Vaters.

Grammy ruft die Treppe herauf und verkündet, es sei Hummerbrötchen-Sonntag, ein Feiertag, den Henry einmal erfunden hat und an dem wir alle zum Hummerbrötchenessen ins Chatham Pier gehen. Es ist kein Edelschuppen, aber das beste Restaurant auf dem ganzen Kap – und es ist an dem Pier, an dem die *Reel* festgemacht ist.

Gerade als Henry, Esme, Ruby, Olive, Grammy und ich bereit sind, uns in Esmes Van zu zwängen, sagt Ruby zu Henry, dass sie zur Toilette muss. Also geht er mit ihr zurück ins Haus. Während sie drin sind, höre ich, wie Grammy zu Esme sagt, dass Ruby vielleicht eine Brille braucht. Das ergibt Sinn – ich muss daran denken, wie sie über Sachen stolpert und nach Flecken auf dem Boden greift, weil sie denkt, es seien Gegenstände.

Ich erkläre mich freiwillig bereit, ganz hinten zu sitzen in der Hoffnung, nicht viel reden zu müssen. Als Ruby sich auf den Platz neben mich fallen lässt, bin ich nicht gerade begeistert. Doch nachdem sie sich angeschnallt hat, legt sie beide Hände an meine Wangen und stellt fest: »Du bist traurig.«

»Ja«, antworte ich, »das bin ich.«

Ruby legt ihre Wange an meinen Arm und streichelt mich bedächtig. »Das tut mir leid«, sagt sie, genau wie ihre Mutter es tun würde.

Henry blickt zu uns nach hinten, und ich sehe ihm an, dass er Fragen hat.

Als wir zum Pier kommen, läuft Ruby sofort zum Oberdeck, von wo aus man die hereinkommenden Boote beobachten kann. Henry folgt ihr und nimmt sie hoch. Sie lässt den Blick über den Hafen von Chatham gleiten und kreischt: »Die *REEL*, Daddy! Die *REEL*!« Dabei zeigt sie auf das einzige bunte Boot im Hafen.

»Richtig, mein kleiner Wildfang, das ist sie.«

Ich gehe die Treppe hinunter und lasse meine Hand über das Geländer streichen, nur leicht, damit sich kein Splitter in meine Finger bohrt. Ich gehe bis ans Ende des Piers. Hier ist einer meiner Lieblingsplätze. Wenn man am Rand steht, sieht man nichts als Wasser und Sandbänke und Himmel.

Da stehe ich jetzt, allerdings nicht direkt am Rand, und schließe die Augen. Ich rieche die Bootsmotoren. Sie und

Stinktiere rieche ich am liebsten. Ich höre die Fischer, die sich gegenseitig etwas zurufen, schwere Seile, die aufs Deck fallen, Kettenzüge, die den Fang auf stählerne Rampen ziehen, und das laute Rumsen, wenn ein paar Tausend Pfund Fisch in einen Pappkarton mit Eis fallen, der mit Plastik ausgekleidet wurde.

Und ich höre am Gang, dass Henry kommt. Er bleibt neben mir stehen, sagt erst einmal nichts und räuspert sich dann. »Also, was ist los?«

Mein erster Impuls ist, »Nichts« zu sagen, doch eigentlich möchte ich es ihm erzählen. Allerdings habe ich Angst, dass Ronan sauer ist, wenn ich es jemandem sage.

»Hm«, beginne ich. »Du weißt doch, was Grammy immer sagt. Dass man nicht herumgeht und Sachen über andere Leute erzählt, als beträfen sie einen selbst, nur weil man davon weiß? Dass man die Leute ihre Geschichten selbst erzählen lässt?«

Er lacht. »Ja, ich habe schon gehört, wie sie das gesagt hat.«

»So ungefähr ist es jetzt. Es ist nicht meine Geschichte, und ich sollte sie nicht erzählen, aber …«

Er legt den Kopf schräg. »Geht es um Ronan?«

Ich nicke.

Er blickt mich besorgt an.

»Ist er okay?«

»Ich … ich bin mir nicht sicher.«

»Ich weiß ja nicht, ob es Tratsch ist, was du mir erzählen willst, Liebes. Aber wenn Ronan Hilfe braucht, kann ich vielleicht etwas tun.«

Und so erzähle ich es ihm. Die ganze Geschichte und die ganze Wahrheit. Dass ich dachte, seine Mom sei tot, sie ihm dann aber einen Brief geschrieben hat und dass er sich mit Jungs geprügelt hat, die er gar nicht kannte, und schließlich in einem Polizeiauto gelandet ist. »Und was danach passiert ist, weiß ich nicht«, ende ich.

Henry kratzt sich im Nacken und streicht sich dann das Haar glatt, von der Stirn bis ganz nach hinten. Das tut Henry, wenn er sich Sorgen macht. »Hm. Vielleicht sollten wir heute Abend rübergehen und sehen, was los ist.«

»Echt?«

»Ja.« Er holt tief Luft. »Bevor ich Ronan das erste Mal mitgenommen habe auf der *Reel*, hat sein Dad angerufen und sich vorgestellt. Und wir haben festgestellt, dass wir uns kennen. Oder uns kannten. Ich kannte Sherman Gale – oder Gusty, wie er sich jetzt nennt – vor langer Zeit, als wir beide noch ziemlich dumm waren und er öfter mal Probleme bekam, weil er seine Fäuste einsetzte anstatt Worte. Das heißt, wir helfen ihnen beiden.«

Jetzt mache ich mir noch mehr Sorgen als vorher.

Wer wirst du einmal sein?

Henry klopft und Ronan öffnet die Tür. »Hallo, Ronan, wir wollten mal sehen, wie du klarkommst.«

Ronan blickt mich finster an, sagt aber kein Wort.

»Ist dein Dad da?«, fragt Henry.

In diesem Moment kommt Gusty aus der Küche. »Ronan? Wohin gehst du?« Dann sieht er uns. Er blickt Henry lang und mit versteinerter Miene an und ich bekomme Angst.

»Dürfen wir reinkommen?«, fragt Henry.

Gusty blickt an sich hinunter. Seine Schuhe sind voller Gras. »Ihr könnt reinkommen, aber wir sind nicht auf Besuch eingerichtet.«

Henry tritt ein. »Schön habt ihr es hier.«

»Das Haus ist okay. Eine vorübergehende Bleibe für den Job. Ich bin auf der Suche nach einem Haus, in dem wir nach dem Sommer auf Dauer bleiben können.«

Ronans Augen weiten sich. Daran erkenne ich, dass er von dem bevorstehenden Umzug nichts wusste.

Henry streckt Ronans Dad die Hand hin, doch dieser ergreift sie nicht, sondern hält nur seinen Blick fest und sagt: »Es ist lang her.«

»Das stimmt«, erwidert Henry. »Und es ist viel passiert seitdem.« Henry schaut Ronan an und dann wieder Gusty. »Du kannst stolz sein auf deinen Jungen, Sherman. Ein durch und durch anständiger Kerl. Clever. Tough. Ein gutes Herz. Genau wie sein Vater.«

Gusty senkt ein klein wenig den Kopf und ergreift endlich Henrys Hand. Und ihr Händeschütteln dauert lang. Schließlich lassen sie sich los, und Henry räuspert sich, als er sich Ronan zuwendet. Er streckt auch ihm die Hand hin und Ronan ergreift sie. »Wie geht es dir, Ronan?«

Ronan zuckt nur die Schultern.

»Verstehe«, beginnt Henry. »Ich weiß, was am Strand passiert ist. Deshalb bin ich hier.«

Moment. Was wird das denn?

Gusty weist auf die Couch, damit wir uns setzen. Hastig rafft er die Decken und Kissen darauf zusammen. Ich schaue mich um. Es gibt nur ein Schlafzimmer. Ronan muss auf der Couch schlafen.

»Danke, Sherman«, sagt Henry.

»Bitte nenn mich Gusty. Sherman hat mich schon seit Jahren niemand mehr genannt.« Er nickt mir zu und lächelt. »Delsie findet meinen Namen unheimlich gut.« Gusty reicht mir die Hand und ich schüttle sie. »Wie geht es dir, Delsie? Ich weiß zu schätzen, wie gut du und deine Großmutter zu Ronan wart. Dieses ganze Vatersein ist neu für mich. Hat eine Weile gedauert, bis ich mich in die Rolle hineingefunden habe. Aber jetzt kommen wir gut miteinander klar, Ronan und ich.«

Das entlockt mir ein Lächeln und bringt Ronan dazu, seinen Vater anzuschauen, als könne er nicht glauben, was er da hört.

Henry wendet sich an Ronan und mich. »Könnt ihr uns vielleicht ein paar Minuten allein lassen?«

»Klar. Komm mit.« Ronan geht voraus durch die Küche und ich folge ihm. Er öffnet eine Tür, die in ein Schlafzimmer führt mit einem Poster der New England Patriots und zwei Hai-Postern. Auf dem Bett liegt Ronans Jacke und auf dem Tisch eine Baseballcap.

»Du hast ein eigenes Zimmer?«, frage ich. »Als ich die Sachen auf der Couch gesehen hab, dachte ich, das sei dein Bett.«

»Nö. Mein Dad hat das für mich herrichten lassen, als ich kam. Es ist nur ein Bett und ein paar Poster, aber ich find's cool, dass er mir das Zimmer gegeben hat.«

»Ja, das ist echt cool.«

Er wendet sich mir zu. »Dann hast du es Henry erzählt? Ich wünschte, du hättest es nicht getan.«

»Tut mir leid.«

»Wahrscheinlich spielt es keine Rolle.« Er nimmt die Kappe vom Tisch und zerrt an der Schließe herum.

»Was ist passiert, als die Polizei dich nach Hause gebracht hat?«

»Na ja, Brandy und Tressa waren Zeugen.«

An die beiden hatte ich überhaupt nicht gedacht, was mich überrascht.

»Mein Dad war ... na ja, nicht gerade erfreut. Aber er war nicht annähernd so sauer, wie ich erwartet hatte. Er hat gesagt, ich soll mich nicht vom Fleck rühren und ist gegangen, um etwas an der Treppe zum Strand zu reparieren. Später ist er zurückgekommen und hat etwas von dem Zeug aufgewärmt, das er seinen berühmten portugiesischen Meeresfrüchteeintopf nennt.« Er beugt sich vor. »Ich mag eigentlich keine Meeresfrüchte, aber er hat gesagt, dass seine Mom den immer gekocht hat, deshalb versuche ich davon zu essen. Ich habe also auch eine Grammy.« Er lächelt. »Aber Dad nennt sie meine avó. Das heißt Grammy auf Portugiesisch.«

»Das ist cool, Ronan. Ich hoffe, ich kann deine Grammy ... deine avó irgendwann kennenlernen.«

»Ja, ich auch. Und soll ich dir noch was sagen? Ich hab gelernt, dass der portugiesische Hai in so tiefen Gewässern lebt wie kein anderer Hai auf der Welt. Das gefällt mir. Ich finde das echt cool.«

»Ich auch, Ronan. Wirklich cool.«

Er nickt.

»Dann hast du also nach der Prügelei am Strand keine Schwierigkeiten bekommen?«

»Nein. Nach dem Eintopf haben wir einfach ferngesehen. Mein Dad hat nichts gesagt. Kein Wort. Nur dass ich meine Zähne putzen soll.«

Henry ruft uns ins Wohnzimmer, und nachdem wir uns gesetzt haben, wirken er und Gusty entspannter.

»Ich wollte mit euch beiden sprechen«, sagt Henry, »aber Gusty sollte es auch hören.«

Ronan sagt »Okay«, aber ich bin nur am Überlegen, was zum Teufel hier los ist.

»Ich weiß, dass du eine schwere Zeit hinter dir hast«, beginnt Henry an Ronan gewandt. »Und aus welchem Grund du hier aufs Kap gekommen bist. Was du durchgemacht hast, würde jedem zusetzen. Aber ich bin aus ganz egoistischen Gründen froh, dass du hier bist. Du warst für Delsie ein guter Freund. Und ich freue mich, dich zu kennen.«

»Danke«, murmelt Ronan.

Henry beugt sich vor. »Ich bin hergekommen, um dir eine Geschichte zu erzählen. Über mich.«

»Okay.«

»Als ich 18 war, bin ich mit ein paar Freunden an der Sea Street Beach herumgelungert, und einer hat vorgeschlagen, dass wir etwas anstellen. Etwas, das gegen das Gesetz verstößt.«

»Aber du hast nicht mitgemacht. Stimmt's?«, frage ich.

»Doch, Delsie, ich *habe* mitgemacht. Ich wusste, dass es falsch war, und ich wusste, dass es dumm war, und trotzdem bin ich mitgegangen. Weil ich einen fürchterlichen Tag hinter mir hatte. Ich war gerade mit der Highschool fertig geworden und wusste nicht, was ich tun sollte. Ich habe mich in der Welt nicht zurechtgefunden. Ich hatte wirklich zu kämpfen.«

»Was habt ihr gemacht?«

»Wir sind in ein paar Häuser eingebrochen. Haben die Leute bestohlen. Schlimme Sachen. Dinge, die ich heute niemals mehr tun würde.«

»Moment.« Mir ist ein wenig schwindelig. »*Du* bist in fremde Häuser eingebrochen?«

»Ja, Delsie. Ich bin nicht stolz darauf, und wie gesagt, ich würde so etwas niemals mehr tun.« Er wendet sich an Ronan. »Dafür bin ich ins Gefängnis gegangen, Ronan. Ich habe Dinge an mich genommen, die mir nicht gehört haben. Ich habe danebengestanden, als ein Freund sich mit einem Hausbesitzer geprügelt hat. Ich bin weggelaufen und habe keinen Krankenwagen gerufen, als ich es hätte tun sollen. Ich bin für zwei Jahre ins Gefängnis gegangen und hatte Glück, dass es nicht länger war.«

Mir ist ganz übel.

Henry wendet sich mir zu. »Ich habe dir immer von der leisen Stimme erzählt, Delsie. Richtig?«

»Ja. Die leise Stimme. Ich denke ganz oft daran. Sie sagt einem, wann man dabei ist, etwas Bescheuertes zu tun.«

»Genau. Ich habe die Stimme in dieser Nacht gehört und sie ignoriert. Und ich habe dafür bezahlt.«

Ronan dreht sich zu seinem Vater um. »Warst du auch dabei? Du hast gesagt, ihr hättet euch mal gekannt.«

Gusty holt tief Luft und hält den Atem an, doch Henry antwortet für ihn. »Ja, Ronan, dein Vater war damals am Strand dabei. Doch als wir beschlossen, das, worüber wir gesprochen hatten, tatsächlich in die Tat umzusetzen, nannte er uns Idioten. Und er hatte recht. Dein Dad war der Einzige, der in dieser Nacht nicht mitgegangen ist.«

Ronan starrt seinen Dad an. Starrt ihn an, als hätte er gerade ein entsetzliches Unwetter überstanden.

»Im Gefängnis«, fährt Henry fort, »hatte ich dann zwei Jahre Zeit, um über alles nachzudenken.«

»Das muss schrecklich gewesen sein«, meldet sich Ronan. »Ein Weißhai kann in Gefangenschaft nicht überleben. Die meisten sterben nach ein paar Tagen. Sie fressen nicht und schlagen ihre Köpfe an den Beckenrand.«

»Das ist nachvollziehbar«, meint Henry. »Starke Tiere wie sie. Es ist ziemlich schlimm, eingesperrt zu sein. Ich hatte also zwei Jahre Zeit zu entscheiden, was für eine Art Leben ich führen wollte, wenn ich wieder rauskam. Und das Rauskommen war nicht einfach. Die Leute haben mich anders angeschaut. Mich anders behandelt. Wenn ich mich irgendwo für einen Job beworben habe, musste ich den Leuten sagen, dass ich im Bau war. Es war schwer, jemanden dazu zu bringen, mir eine Chance zu geben. Ich war fix und fertig. Ich weiß noch, dass ich überlegt habe, ob es nicht einfacher wäre, wieder ins Gefängnis zu gehen.«

Er hält meinen Blick fest. »Aber es war dein Großvater Joseph, Delsie. Er hat mir gesagt, dass ein Mann nicht aus seinen Fehlern besteht, sondern aus dem, was er aus ihnen macht.«

Henry starrt auf den Boden und schüttelt den Kopf. »Junge, Junge, was habe ich auf seinem Boot für ihn geschuftet. Morgens, mittags und abends. Ich wollte, dass er mich respektiert, so wie ich ihn respektierte, aber ich wusste, dass ich mir den Respekt verdienen musste. Und ich habe ihn mir verdient.«

Er wendet sich an Ronan. »Du hast aus Wut einen Fehler gemacht. Doch das macht dich nicht aus. Der Charakter wird gestärkt oder gebrochen durch Verhaltensmuster. Nicht durch einen einzelnen Fehler.«

»Aber ich habe viele Fehler gemacht.«

»Ich verstehe dich, Ronan«, sagt Gusty. »Ich war auch aufbrausend, aber ich habe gelernt, dass es mehr Kraft erfordert, sein Temperament zu zügeln, als sich zu prügeln.«

Henry nickt. »Und ich weiß, dass du dich gut mit Haien auskennst, Ronan. Jede Wette, dass du weißt, dass ein Hai, der sich nicht ständig vorwärtsbewegt, nicht überleben kann.«

Jetzt legt Henry Ronan eine Hand auf die Schulter. »Ich mache jetzt mal einen Gedankensprung und behaupte, dass du einiges durchgemacht hast. Ich verstehe, was das für einen Jugendlichen bedeutet. Du fühlst dich verloren und fragst dich, wie du in diese Welt passt.«

Ronan nickt.

»Einige Menschen haben es schwerer als andere und das ist nicht fair. Aber ich glaube, wenn man auch in schwierigen Situationen Mut und Mitgefühl an den Tag legt, geht man gestärkt daraus hervor. Es ist schwer, und ich weiß, es gibt Zeiten, in denen die Welt dich zu Boden drückt und du das Gefühl hast, es wird immer so bleiben.«

Ronan hebt den Kopf und schaut Henry an. »Ja, genau so fühlt es sich an.«

»Aber das Ausschlaggebende ist, Ronan … das, was du dich wirklich fragen musst … Willst du dein Leben als Opfer leben? Oder als Überlebenskünstler?«

Boots

In Grammys Stimme schwingt ein fröhliches Klingeln mit, wie beim Buzzer in einer Spielshow. »Los, komm, Kleine, ich habe eine Überraschung für dich!«

»Ist es so eine wie damals, als du gesagt hast, es gäbe eine Überraschung, und wir eine Harke gekauft haben? Ich meine, es *war* eine Überraschung... aber keine schöne. Und du weißt, wie sehr ich Überraschungen liebe...«

Ihr Lachen kommt aus dem Bauch und ich muss mitlachen.

»Was ist es, womit du mir all die Jahre in den Ohren liegst? Und im ganzen Haus Zettel verteilst, um mich daran zu erinnern? In meinen Schuhen, in der Zuckerdose...«

Ich wirble herum und schaue sie an. »Echt jetzt? Im Ernst?«

»Im Ernst.« Sie schüttelt den Kopf. »Ich wollte mein *Glücksrad* einschalten und die Fernbedienung hat nicht funktioniert. Also habe ich das Batteriefach geöffnet, und was finde ich da? Wieder so ein Hinweis auf das Kätzchen, das du unbedingt haben musst. Ich musste so lachen, dass ich in die *Cape-Cod-Nachrichten* geschaut und eine Anzeige entdeckt habe. ›Kätzchen zu verschenken.‹ Das Wichtigste habe ich bereits besorgt, Katzenstreu und Futter, und ich habe auch schon mit der Frau gesprochen. Sie wartet auf uns.«

Grammy redet in einem fort von der Lady mit den Kätzchen, aber ich glaube, mein Gehirn kann nicht mehr zuhören. Es kann nur noch auf und ab hüpfen. Ich kann mir nur noch vorstellen, wie es ist, ein eigenes Kätzchen zu haben. Endlich.

»Delsie?«

»Hm?«

»Eine Bedingung. Unter einer Bedingung. Also, außer dem Versprechen, dass du dich um das Vieh kümmerst. Und ich weiß, dass du das tust.«

»Alles! Ich tue *alles*!«

»Dann gib mir meine Batterien zurück.«

Ich lächle.

Ich drücke die Wagentür auf, laufe zur Veranda des kleinen gelben Hauses und klingle, bevor Grammy überhaupt ausgestiegen ist. Sie kommt die Stufen herauf, als die Haustür aufgeht und eine lächelnde Frau vor uns steht.

»Hallo!«, ruft Grammy, die sich am Geländer die Treppe heraufzieht. »Wir haben am Telefon über die süßen Kätzchen gesprochen, die Sie haben.«

»Oh ja, natürlich.« Sie tritt zurück und winkt uns ins Haus, das nach Blumen riecht. Die Frau kann den Blick nicht von meinen bloßen Füßen abwenden. Mir ist vorher nicht aufgefallen, wie schmutzig sie sind.

»Wollt ihr nicht mitkommen? Die Kätzchen sind dort hinten.« Wir gehen um eine Ecke und sie öffnet die Badezimmertür. Ich sehe drei Kätzchen dicht aneinandergekuschelt. Zwei schlafen und eines spielt mit seinem Schwanz.

»Grammy! Können wir alle drei mitnehmen?«

»Du lieber Himmel, nein. Keine drei!«

»Darf ich eines hochnehmen?«, frage ich.

Die Lady nickt.

Ich nehme das hoch, das mit seinem Schwanz spielt. Es ist durchgehend weiß mit vier schwarzen Pfötchen. Ich muss lachen. »Ich werde ihn Boots nennen. Schau dir mal seine Pfoten an, Grammy.« Sein Fell ist so weich, dass ich es kaum spüre, als ich darüberstreichle. Ich bin verliebt.

Ich gehe hinaus und drücke das Kätzchen an meine Brust. Es spielt mit der Kordel an meinem Sweatshirt. Ich kraule es unterm Kinn und es schnurrt. Ich wusste nicht, dass eine schnurrende Katze sich anfühlt wie eine Miniversion von Henrys Generator. Ich muss wieder lachen.

Grammy und die Lady unterhalten sich kurz über das

Wetter und Katzen. Dann redet Grammy über unser Auto und dass sie immer betet, dass es anspringt, wenn sie einsteigt, fügt aber hinzu, dass die Lady sich keine Sorgen zu machen braucht. Wir sind im Automobilklub, falls der Wagen jetzt Zicken macht.

Das Handy der Frau klingelt und sie checkt das Display. »Tut mir leid. Entschuldigen Sie mich einen Augenblick«, bittet sie und verschwindet in der Küche.

Ich höre lautes Flüstern und wenige Augenblicke später ist die Frau wieder da.

Henry redet immer von Rädern, die sich drehen, während Leute über etwas nachdenken – und diese Frau denkt im Moment so angestrengt nach, dass ich fast das Getriebe hören kann. Die leise Stimme sagt mir, dass wir gehen sollten.

»Vielen Dank für das Kätzchen«, sagt Grammy. »Wir machen uns dann wieder auf den Weg.«

Ich mache zwei Schritte, dann höre ich die Frau seufzen. Ein Seufzer bedeutet nie etwas Gutes. Gar nie. »Es tut mir so leid«, sagt sie. »Ich kann es einfach nicht.«

»Was können Sie nicht?«, fragt Grammy.

»Ich kann Ihnen die Katze nicht überlassen. Es fühlt sich … einfach nicht richtig an.«

Moment. *Was?*

»Es tut mir wirklich leid. Meinem Empfinden nach passt es einfach nicht.« Sie streckt die Hand aus und greift nach dem Kätzchen.

»Nein!« Ich verstärke meinen Griff, und die Katze hält sich mit ihren Krallen an den Kordeln meines Sweatshirts fest, als wollte sie bei mir bleiben. »Bitte nehmen Sie mir Boots nicht weg. Er soll mir gehören. Bitte nicht.«

Als sie mir das Kätzchen wegnimmt, erwarte ich, dass Grammy etwas sagt. Aber Grammy schweigt.

»Es tut mir wirklich sehr leid.« Die Frau hält das Kätzchen auf einem Arm und greift mit der anderen Hand nach dem Türknauf. Das Zeichen, dass wir gehen sollen. Die Tür schließt sich leise hinter ihr, aber ich höre einen lauten Knall.

Grammy spricht kein Gebet, doch der Wagen springt trotzdem an. Das Brummen des Motors erinnert mich an das Schnurren des Kätzchens, aber um Grammys willen schlucke ich meine Tränen hinunter. Als sie den Rückwärtsgang einlegt, schaue ich zum Haus zurück, und auf der Veranda steht mit verschränkten Armen und diesem selbstgefälligen Lächeln Tressa.

Eier und Kartoffeln

Ich reiche Ronan ein Glas halb voll mit Limonade. »Hier. War nicht mehr viel übrig. Ich habe den Rest zwischen uns aufgeteilt.«

»Danke.« Er nimmt einen Schluck.

Ich sitze neben ihm auf der Bank und schüttle mein Glas ein wenig, damit ich das Klimpern der Eiswürfel hören kann. Mir fällt auf, dass das Glas halb voll ist. Ich hebe es hoch und schaue durch die Limonade auf die Sonne. »Würdest du sagen, das Glas ist halb leer oder halb voll?«

Er blickt darauf und überlegt ein paar Sekunden. »Weder noch. Das Glas ist lediglich doppelt so groß wie nötig.«

Ich lache. »Das war keine Wahlmöglichkeit.«

»Natürlich war es eine.«

Ich schüttle das Glas erneut. Es ist kalt und nass und schlüpfrig und rutscht mir aus der Hand. Ich greife danach, versuche es zu erwischen, bevor es auf den Boden fällt. Es zerschellt auf dem Beton.

Ich will aufstehen, doch Ronan ist bereits aufgesprungen. »Nein! Du bleibst, wo du bist. Du hast nackte Füße.«

Oh. Stimmt.

Er sammelt die großen Scherben auf und legt sie aufeinander. Ein kleiner Turm aus Glasscherben.

Ich muss an den Tag denken, an dem ich den mit Bonbons beklebten Rahmen mit dem Bild meiner Mutter darin zerdeppert habe. Und an Grammys Puzzles. Lauter Einzelteile, bis sie jemand zusammensetzt.

»Ronan?«

»Ja?« Er sammelt jetzt kleinere Scherben auf, die im Gras liegen, das in den Ritzen im Beton wächst.

»Glaubst du, ein Mensch kann zerbrechen wie ein Glas? Kann ein Mensch so schwer von etwas getroffen werden, dass er ... dass er zerbricht?«

»Nö. Ein Körper ist zu weich, um in Einzelteile zu zerfallen.«

»Nein, nicht in Einzelteile zerfallen. Ich meine das Innere eines Menschen.«

»Du meinst Blinddarmentzündung oder so?«

»Nein. ... Nein, so meine ich es nicht ...«

Er steht da und beobachtet mich. Er neigt den Kopf zur Seite. »Wovon redest du, Delsie?«

Die Worte wollen nicht aus meinem Mund kommen.

Er wartet.

Ich blicke ihm fest in die Augen. »Glaubst du, wir sind zerbrochen?«

Er runzelt die Stirn. »Was meinst du mit ... zerbrochen?«

»Ich meine ... zerbrochen. Warum hat meine Mutter mich einfach im Stich gelassen? Und warum hat deine Mom dich weggeschickt? Etwas ist mit uns nicht in Ordnung.«

»Nein. Sag so etwas nicht. Das stimmt nicht.«

»Ja, aber ...«

»Und außerdem«, unterbricht er mich und kommt einen Schritt näher, »selbst wenn etwas zerbrochen ist, kann man es wieder heil machen.«

Ich schüttle den Kopf. »Einen Geschirrspüler kann man reparieren, aber manches andere nicht.« Ich zeige auf den Berg Scherben, den er auf dem Beton aufgeschichtet hat. »Wir können dieses Glas nicht wieder zusammensetzen.«

»Ja, schon ... vielleicht hast du in diesem Fall recht ... aber wir können zumindest dafür sorgen, dass wir nicht drauftreten.«

Ich überlege, was das bedeutet. Vielleicht bin ich in letzter Zeit irgendwo hingetreten, wo ich nicht hätte hintreten sollen. Als ich Ronan wieder anschaue, hat er die Hände in die Taschen gesteckt und blickt hinauf in die Bäume.

»Sei das Ei«, sagt er und nickt kurz.

»Sei das Ei?«, wiederhole ich. »Hast du das gesagt?«

»Ja. Sei das Ei. Nicht die Kartoffel.«

»Ronan? Weshalb sagst du das? Ist das ein Rätsel?«

Ronan wird rot. »Delsie. Ich versuche mit aller Kraft nicht zu …«

Er kann den Satz nicht zu Ende bringen.

Ich möchte etwas zu ihm sagen, weiß aber immer noch nicht, wovon er spricht.

»Wir haben sie nicht im Stich gelassen. Sie haben *uns* im Stich gelassen. Sie sind gegangen, richtig? Das war nicht *unsere* Schuld.«

»Ja, schon …«

»Wie können wir also zerbrochen sein wegen etwas, das andere getan haben?«

Ich weiß, dass es stimmt. Aber ich muss versuchen zu spüren, dass es stimmt. Ich kann den Blick nicht von den Scherben auf dem Boden abwenden.

»Weshalb hast du von Eiern und Kartoffeln gesprochen?«, will ich wissen.

»Weil ich will, dass du kapierst, dass wir beide Eier sind, keine Kartoffeln, Delsie.«

»Und warum sind wir Eier und keine Kartoffeln?«

»Überleg doch mal, was mit beiden passiert, wenn man sie in kochendes Wasser legt.«

Ich lächle, doch seine Miene macht mich traurig. Es ist, als bitte er mich insgeheim zuzustimmen. Er braucht meine Zustimmung.

»Also, ich wäre lieber ein hart gekochtes Ei als eine breiige Kartoffel, aber …« Ich starre auf die Scherben und muss an Esme und die Teegläser denken. »Ich weiß nicht, Ronan. Ich glaube, wir sind eher wie Teebeutel. In heißem Wasser werden wir einfach immer stärker.«

Ein Lächeln breitet sich auf Ronans Gesicht aus. Und dann lachen wir beide. Wir lachen so sehr, dass es sich fast anfühlt wie weinen.

Jetzt wird gegrillt

Henry schleppt das halbe Fass für ein weiteres Nachbarschaftsgrillen heran. Ruby schleift eine leere Kühlbox hinter sich her und Esme bringt Beutel voll Eiswürfel mit.

»Warum hast du eigentlich ständig überall Pflaster, Ruby?«, frage ich.

»Ich mag den Geruch.«

»Den Geruch?«

»Ja, sie riechen ganz pflasterig. Ich mag das. Und ich mag es, wie die Leute darauf reagieren.«

»Wie meinst du das?«

»Wenn die Leute sie sehen, sind alle nett zu mir. Sie fragen mich, wo ich mich verletzt habe und ob ich okay bin, und das mag ich.«

Ich muss über ihre Logik lächeln. »Und bist du okay, Ruby? Sind die Leute hier nett zu dir?«

»Alle außer Olive.« Ruby runzelt die Stirn. »Olive sagt, ich bin ein Trampel und falle wahrscheinlich noch über meinen eigenen Schatten.«

Ich lege den Arm um Ruby und ziehe sie an mich. Ich denke an die Elefanten, von denen Esme mir erzählt hat, und dass Ruby so etwas wie meine kleine Schwester ist. Ich werde extra nett zu ihr sein.

Grammy kommt angefahren und Ronan sitzt in ihrem Auto. »Schaut mal, was ich auf der Straße aufgesammelt habe!« Grammy lacht, als sie aussteigt. »Ich habe ihm gesagt, dass wir grillen und er mitkommen soll.«

Er lächelt. »Hey, zusammen. Was gibt's zum Abendessen? Nicht dass es wichtig wäre.«

»Krabbenpuffer«, antworte ich.

Er verzieht das Gesicht und ich beruhige ihn lachend. War ein Scherz.

Henry hat Musik von Esmes Insel aufgelegt und singt uns etwas vor, während er grillt. Seine Rootbeer-Flasche hält er dabei wie ein Mikrofon.

Bald schlurft Olive herüber. Kiefernnadeln fliegen in alle Richtungen und sie macht ein typisches Olive-Gesicht. Aber sie hält eine weiße Schachtel in den Händen. Was mag da drin sein?

Sie geht zu Ruby, und ich stelle mich dazu, da ich mir ein bisschen Sorgen mache. Sie lässt ziemlich schlimme Dinge vom Stapel, wenn sie mit ihr redet.

Auch Esme ist in der Nähe und hält die Augen offen.

Olive drückt die Schachtel an sich und schaut Esme und mich an. »Was ist? Ist das ein Untersuchungsausschuss? Ich wollte nur kurz mit Ruby reden.«

»Nur zu«, fordert Esme sie auf.

Olive macht ein Gesicht, als sei sie auf eine Reißzwecke getreten. »Hier.« Sie reicht Ruby die alte Schachtel. »Für dich.«

Esme wirkt nervös, lässt Ruby die Schachtel aber öffnen. Der Inhalt ist zu schön für eine solche Schachtel.

»Ooooooh!« Ruby zieht ein Kleid heraus. Es ist wie ein Quilt aus vielen verschiedenen Stoffvierecken in allen Violetttönen zusammengesetzt mit ein paar roten und orangen Quadraten dazwischen. Ich habe noch nie so etwas gesehen. Es scheint zu leuchten. Darunter liegt noch ein Kleid. Identisch, aber klein, wie ein Puppenkleid.

Ruby schaut mit großen Augen traurig auf. »Die gehören mir nicht.«

Olive seufzt. »Natürlich gehören sie dir, Kind. Seit Monaten erzählst du allen, dass du diese Melody-Puppe und die gleichen Kleider für sie und dich haben möchtest. Die teure Puppe konnte ich dir nicht kaufen, aber ich dachte, das Kleid könnte auch eine von deinen anderen Puppen tragen.«

Rubys glückliches Kreischen steigert sich zu einem Ton, der Glas zerspringen lassen könnte. Ich schwör's.

Jetzt wirkt Olive nervös.

Esme spricht betont langsam. »Dann hast du diese Kleider … irgendwo gekauft?«

»Nein, das konnte ich nicht. Ich habe sie genäht. Seit dem neunten März arbeite ich daran. Meine Nähmaschine hat den Geist aufgegeben, deshalb musste ich sie mit der Hand nähen.«

»Moment. Du hast sie selbst genäht? Mit der Hand?«

Olive steht da wie eine Statue.

»Du liebe Zeit!«, ruft Esme. »Ich weiß nicht, was ich sagen soll, Olive. Sie sind wunderschön!«

»D-d-du brauchst ... *überhaupt* nichts zu sagen«, stottert Olive.

Sie wirbelt herum und geht einen Schritt weg, dreht sich dann aber noch einmal um. Sie spricht schnell: »Sie sind violett, weil ihr diese Farbe liebt, du und deine Mom. Auch wenn ich nicht weiß, wieso. Und schau.« Sie deutet auf ein Stoffquadrat. »Ich habe nach einem Stoff mit roten Wagen darauf gesucht. Auf dem hier sind Fische für deinen Vater. Und ein paar dämliche bunte Eidechsen wie die an eurem Haus. Die anderen Sachen musst du selbst finden. Das war's dann.«

Damit dreht sie sich endgültig um und stapft davon, wie sie gekommen ist. Mannomann, gerade wenn ich dachte, Olive könnte mich nicht mehr überraschen. Ist das nicht seltsam, dass sie so scharfzüngig und gleichzeitig so weich sein kann?

Ausreißer

Ich warte auf dem Parkplatz, bis Grammy mit dem letzten Zimmer fertig ist, als ich die beiden Personen sehe, denen ich eigentlich nicht mehr begegnen wollte. Brandy und Tressa. Merkwürdig allerdings. Sie haben einen Hund dabei. Einen dieser kleinen Wollknäuel, die einige Ladys in großen Taschen mit sich herumtragen.

Ich beschließe, nicht wegzulaufen. Ich werde nicht von der Stelle weichen und mit ihnen reden, falls sie mit mir reden, und nicht in Tränen ausbrechen, egal was Tressa tut.

Und egal was Brandy nicht tut.

»Hallo, Delsie«, grüßt Tressa mit ihrem falschen Lächeln.

»Was machst'n so?«

Ich halte ihren Blick fest. »Ich warte auf Grammy. Wem gehört der Hund?«

»Mrs Devine in Haus drei.«

Ich kauere mich hin und kraule ihn am Kopf. »Er ist süß.«

»Dazu kann ich nichts sagen – aber mit ihm Gassi zu gehen, bringt zehn Dollar«, meint Tressa. Sie bückt sich und stopft die Schlaufe an der Leine unter einen großen Stein.

Es entsteht ein unangenehmes Schweigen, bis wir lautes Gebell aus einem Auto hören, das auf der anderen Straßenseite losfährt. Der Hund, auf den Tressa aufpassen soll, rennt los, zieht die Leine unter dem Stein vor und flitzt über die Straße. Er ist schneller, als er aussieht. Und er gibt sein Bestes, um das Auto mit seinem Hundefreund einzuholen.

»Nein!«, schreit Tressa und rennt hinter dem Hund her. Brandy folgt und ich ebenfalls.

Ein Auto kommt ins Schleudern, als es dem Wollknäuel ausweicht. Tressa kreischt und wird langsamer. Brandy genauso.

»Oh nein! Was soll ich nur machen? Diese Frau bringt mich um!«, höre ich Tressa jammern, als ich vorbeiflitze. Mit meinen bloßen Füßen rutsche ich etwas auf dem Sand am Straßenrand.

Ich sehe den Hund vor mir. Er hat wohl gemerkt, dass er das Auto nicht einholen kann, und dreht sich am Straßenrand um, wobei sich die Leine um seine Beine wickelt. Und ich nähere mich superschnell. Als er mich sieht, läuft er wieder los. Ich bin dankbar, dass es ein kurzbeiniger Hund ist und keiner mit langen Beinen.

Wenn ich einfach die Leine schnappe, könnte ich ihm

das Genick brechen. Deshalb laufe ich neben ihm her, bücke mich und hebe die Leine auf. Bei dem Versuch, den Hund zu retten, stolpere ich. Ich stolpere sonst nie. Aber jetzt schon. Meine Ellenbogen berühren den Boden zuerst, dann meine Knie, aber ich lasse die Leine nicht los.

Als ich so am Straßenrand liege, leckt mir der Hund das Gesicht, und ich murmle: »Wenn du mich so magst, hättest du auch einfach sitzen bleiben und auf mich warten können.« Und etwas an der Situation lässt mich an die alte Brandy denken. Sie fehlt mir wirklich. Ich vermisse die Freundin, die sie war.

Ein Wagen hält am Straßenrand, als ich gerade aufstehe. Eine Frau springt heraus. »Du liebe Güte! Bist du okay?« Sie bückt sich und betrachtet meine Knie und zieht die Luft durch zusammengebissene Zähne. »Oje. Ich glaube, ich habe Pflaster im Auto.«

Eigentlich würde ich mich gern an den Straßenrand setzen und mich von dieser vollkommen Fremden verarzten lassen, doch ich tue das, was erwartet wird. Ich straffe die Schultern und sage: »Es tut nicht weh. Trotzdem vielen Dank.«

»Aber …«, beginnt sie.

Ich versuche, nicht zusammenzuzucken. »Ich muss zurück zu meinen Eltern an den Strand. Sie machen sich sicher schon Sorgen.«

Und während ich zurückgehe, überlege ich, weshalb ich behauptet habe, ich müsse zu nicht vorhandenen Eltern zurück, wo ich doch eine supergute, echte Grammy habe, die meine Wunden säubern und mich verpflastern wird. Ich wünschte jetzt, ich hätte es nicht gesagt.

Tressa und Brandy sitzen auf der Schaukel, als ich mit dem Hund zurückkehre.

Tressa kommt herübergelaufen. Als sie sich hinkniet und mit dem Hund schimpft, schaut sie genau auf meine blutigen Knie. Sie richtet sich wieder auf, und ich erwarte einen gemeinen Kommentar von der Art, wie Olive sich Ruby gegenüber äußern würde, wenn sie irgendwo ein Pflaster hat.

Doch sie sagt nichts Gemeines. »Danke schön. Ich meine, danke, Delsie.«

Ich bin schockiert. »Bitte.«

Dann streckt sie mir einen Zehn-Dollar-Schein hin. »Hier. Das habe ich fürs Gassigehen bekommen.«

»Ich schon okay. Ich brauche es nicht. Aber trotzdem danke.«

Sie sieht wieder aus wie Tressa. »Ich gebe es dir nicht, weil ich nett sein will. Du hast den Hund zurückgebracht, dafür gebe ich dir das Geld. Ich will dir nur nichts schuldig bleiben.«

Das ergibt Sinn. »Du bist mir *gar* nichts schuldig, glaub mir«, erwidere ich und wende mich zum Gehen. Und ich meine jedes Wort genau so.

Das Gefühl, bestohlen worden zu sein

Ronan und ich rennen die Zufahrt zu unseren Häusern hinauf, werden langsamer, joggen und gehen schließlich ganz gemächlich. Ich beuge mich vor, lege die Hände auf die Knie und versuche zu Atem zu kommen. Dann höre ich Stimmen, die ich nicht kenne. Und ich sehe gegenüber von Olives Haus blaue und rote Lichter blinken. »Was ist da los?«, murmle ich.

Ich sprinte die Zufahrt vollends hinauf und um die Ecke, Ronan dicht auf den Fersen. Vor unserem Haus steht ein Polizeiauto. Mir ist, als müsste ich mich gleich übergeben. Ist etwas mit Grammy?

Beim Näherkommen höre ich Grammys Stimme. Ein leises Wimmern und ein Weinen, die sich umschlingen. Ich bin erleichtert, dass sie Geräusche von sich gibt. Dann habe ich wieder Angst.

»Wer macht denn so was?«, fragt sie den Polizeibeamten. »Ausgerechnet die Dinge, die uns am meisten bedeutet haben. Ich verstehe solche Leute einfach nicht.«

»Ja, Ma'am. Es tut mir leid um den Verlust. Wir tun unser Bestes, um Ihre Sachen wiederzufinden. Wir checken die örtlichen Pfandhäuser und so. Wenn Ihnen noch etwas einfällt, lassen Sie es uns bitte wissen.«

»Oh, Delsie, Liebes. Bei uns wurde eingebrochen.«

»*Was?*« In Gedanken gehe ich die Sachen durch, die fehlen könnten und die wir vermissen würden. Zuallererst der Fernseher. Ich weiß nicht, wie Grammy es ohne den aushalten soll.

»Was haben sie mitgenommen, Grammy? Den Fernseher?«

»Nein, nein, den haben sie dagelassen. War wahrscheinlich zu schwer. Aber sie haben Sachen mitgenommen, die uns lieb und teuer waren. Die Taschenuhr von meinem Joseph zum Beispiel.«

»Oh nein …« Ich kann nicht weiterreden.

»Und … es tut mir so leid, Delsie … sie haben auch einige Sachen deiner Mutter mitgehen lassen. Schmuck. Anstecknadeln. Alte Münzen. Jede Menge Dinge, die nur uns etwas bedeuten, für andere aber völlig wertlos sind.«

Oh-oh. Ich schaue zu dem Polizisten hinüber. Was habe ich getan?

»Sie haben sogar den Diamantring meiner lieben Mutter mitgenommen, den ich deiner Mom gegeben habe. Der Stein ist winzig, aber für mich war er groß.«

Was? Das war tatsächlich ein Diamant? Und ich habe ihn im Garten hinter dem Haus vergraben? Junge, Junge …

»Hm … Grammy?«

»Ja, Liebchen?«

»Bei uns wurde nicht eingebrochen.«

»Ich weiß, Kleines, es ist schwer, das zu akzeptieren, und ich …«

Ich unterbreche sie. »Nein, Grammy, hör mir zu. Ich … es tut mir leid! Ich habe mit keinem Gedanken …«

Der Polizeibeamte macht einen Schritt auf mich zu. »Weißt du, wer die Sachen genommen hat?«

Ich drehe mich zu ihm um. »Ja. Ich war es.«

Grammy springt auf. »Du? Das ergibt doch überhaupt keinen Sinn. Warum, um alles in der Welt, solltest du etwas nehmen, das schon dir gehört?«

»Es tut mir leid, Grammy. Ich wollte die Sachen nur sicher verwahren. Ich hatte Angst, du würdest sie verkaufen, wenn wir Geld bräuchten. Und ich habe schon so viel verloren. Ich wollte diese Sachen von meiner Mom und Opa als Erinnerung an sie. Ich wollte sie einfach behalten. Etwas von ihnen besitzen, das … nur mir gehört. Das ist schrecklich, ich weiß. Es tut mir so leid.«

Sie wirkt erleichtert, aber verlegen.

»Ich wollte unsere Sachen nicht verscherbeln. Im Gegenteil. Ich wollte alles in Sicherheit bringen.«

Grammy lacht. Ich bin schockiert. »Das sind dann wahrscheinlich gute Nachrichten.«

»*Gute* Nachrichten?«, hakt Ronan nach.

»Dem Kind ist die Familie wichtig. Ich kann ihr deshalb nicht böse sein.«

Ich bin so erleichtert.

Der Polizist hat seinen Notizblock zugeklappt und steckt ihn in die Tasche. »Dann gehe ich wohl wieder. Wie es scheint, ist alles in Ordnung.«

»Vielen Dank«, sagt Grammy. »Es tut mir wirklich leid, dass ich Sie umsonst hier herausgerufen habe.«

»Kein Problem, Ma'am.« Und weg ist er.

Ich stehe da und warte auf ihre Frage, die zweifelsfrei kommt. »Wo sind unsere Sachen denn jetzt? In deinem Zimmer?«

»Oh … hm … nein.«

»Wo dann?«

»Ich habe alles in einem Schraubglas im Garten hinter dem Haus vergraben.«

»In einem *Schraubglas* … im *Garten*?«

»Ich weiß. Aber als ich es getan habe, dachte ich, es sei eine gute Idee.« Und dann strömt alles aus mir heraus wie Wasser über einen verstopften Abfluss. »Du sagst, du kannst ihre Sachen nicht anschauen, weil die Erinnerung dich zu traurig macht, und ich weiß, dass wir Geld brauchen für das Auto und den Ofen, der rußt, aber ich hatte solche Angst, dass du ihre Sachen verkaufen könntest, und ich … ich konnte mich einfach nicht von den wenigen Dingen trennen, die uns von ihnen geblieben sind.

Und ich fühle mich schrecklich, Grammy. Es tut mir so leid. Ich weiß, dass es dir wehtut, die Sachen zu sehen, aber mir geht es anders als dir, wenn ich Opas Sachen sehe. Selbst die Sachen meiner Momma, obwohl ich sie gar nicht kenne. Wenn ich die Sachen in der Hand halte, die Opa Joseph geliebt hat, vermisse ich ihn, aber gleichzeitig bin ich froh, dass er mein Opa Joseph war.«

Grammy kommt zu mir. Sie nimmt mein Gesicht in ihre Hände und schaut mir in die Augen. Ihre blauen Augen von der Farbe verblichener Jeans glänzen. »Natürlich empfindest du so. Weil du ein liebendes Herz hast. Und … also … die Wahrheit ist wahrscheinlich, dass du viel tapferer bist als deine olle Grammy.«

Und als sie mich auf den Scheitel küsst und ich meine Wange an ihre weiche Schulter lege, habe ich endlich das Gefühl, dass ich das Traurige und das Glückliche gleichzeitig aushalten kann.

Und mit Grammy teilen.

Katzenkinder

Grammy ist die Beste. Sie hat mir versprochen, nichts von dem, was in dem Schraubglas war, zu verkaufen, und hat mir außerdem den Walring meiner Mutter geschenkt.

Während ich die Erde von dem Glas abwasche, denke ich darüber nach, wie das Vergraben von Dingen diese wachsen lässt wie ein Samenkorn, das man in den Boden steckt. Aber nicht auf eine gute Art und Weise. Genauso wie das *Nicht*reden über Dinge gewisse Sachen zu einem größeren und noch verwirrenderen Problem machen kann.

Als ich das Glas abtrockne, läutet es an der Tür.

Da es, wenn nicht gerade das Haus brennt, so etwas wie ein ungeschriebenes Gesetz ist, dass ich zur Tür gehe, wenn Grammy fernsieht, reiße ich sie auf. Draußen steht Tressa und sie beäugt unser Haus auf dieselbe Art wie bei ihrem ersten Besuch. Die pinkfarbenen Lippen sind wieder geschürzt wie ein riesiger Klumpen Kaugummi.

Der Unterschied liegt darin, dass es mich nicht mehr kümmert, was sie denkt.

Sie tut, als sei sie eine Geheimagentin, blickt sich nach allen Seiten um, tritt aus dem Lichtschein unserer Verandalampe und fragt in einem lauten Flüsterton: »Kann ich dich kurz sprechen? Hier draußen, meine ich?«

Ich trete langsam über die Schwelle.

Sie ist davon ausgegangen, dass ich ihr folge. Warum nicht? Sie ist Tressa. Sie könnte wahrscheinlich Bettwanzen dazu bringen, ihr nachzulaufen. Sie geht um die Ecke in Richtung Garten und ich folge ihr. Ich bin neugierig.

Dann dreht sie sich um. »Hey, warum hast du das mit dem Hund gemacht?«

»Darum.«

»Das ist keine Antwort.«

»Ich wollte nicht, dass der Hund in ein Auto läuft. Ich hab's nicht für dich getan und nicht einmal für die Lady, der der Hund gehört. Ich wollte den Hund retten.«

Sie starrt auf meine verpflasterten Knie. Genug Pflaster, um Ruby eifersüchtig zu machen.

»Tja, nur damit das klar ist: Ich will auf gar keinen Fall das Gefühl haben, dass ich dir etwas schulde.«

»Ich hab dir bereits gesagt, dass du mir nichts schuldest. Nada. Null.«

Tressa hebt eine Augenbraue. »Warum wolltest du das Geld nicht nehmen? Das verstehe ich nicht.«

»Du könntest auch ganz einfach nur Danke sagen.«

Sie verschränkt die Arme vor der Brust. »Wie du meintest: Du hast es für den Hund getan, nicht für mich.«

»Genau.«

»Dann ist ja gut. Ich wollte nur sichergehen, dass wir quitt sind.«

Ich überlege, ob ich ihr sagen soll, dass wir nie quitt sein werden, nicht im Sinn von gleichauf. Aber ich weiß, dass sie das nicht verstehen und Streit anfangen würde. Ich will keinen Streit mit ihr gewinnen. Ich will nur, dass sie verschwindet, damit ich wieder glücklich sein kann.

»Gut«, sagt sie und wendet sich zum Gehen. *Endlich.*

Sie ist fast schon außer Sichtweite, als sie stehen bleibt, sich noch einmal umdreht und ruft: »Geh mal zur Hintertreppe.«

»Hm?«

»Es steht etwas auf der Hintertreppe«, sagt sie, bevor sie ganz verschwindet.

Na super. Das Erste, woran ich denken muss, ist eine eiserne Bärenfalle, die sich um den Knöchel legt und zuschnappt, wenn man drauftritt.

Ich suche vor jedem Schritt den Boden ab. Sie weiß ja, dass ich immer barfuß gehe. Will sie, dass ich mit Nägeln in den Fußsohlen ende?

Als ich mich der Treppe nähere, höre ich ein hohes Maunzen. Und ein Kratzen. Beides kommt aus einer Pappschachtel. Mit einem Riesensatz bin ich dort und öffne den Deckel.

Ich hätte nie gedacht, dass ich zu den Leuten gehöre, die bei Hochzeiten und so weinen. Es schien mir unlogisch, zu weinen, wenn man glücklich ist. Jetzt verstehe ich es. Im Dämmerlicht sehe ich ein leuchtend weißes Fellknäuel. Dann erkenne ich das pinke Näschen. Ich nehme mein Kätzchen – mein ureigenes Kätzchen – hoch und bette es auf meine Arme. »Du bist es, Boots!«, quietsche ich.

Endlich habe ich etwas zurückbekommen, das ich verloren hatte.

Ein Geheimnis lüften

Ich laufe die Holzstufen von Seaside hinunter und sehe Ronan am Ufer stehen. Das erinnert mich an den Tag, als ich ihn zum ersten Mal sah. Er stand bei einem Gewitter mit den Füßen in der Brandung.

An diesem ersten Tag hätte ich nie gedacht, dass wir Freunde werden könnten. Der Gedanke, wie sehr ich mich getäuscht habe, lässt mich innehalten und ihn betrachten.

Dann laufe ich zu ihm und mache einen Luftsprung. Ich lande direkt neben ihm. »Hey, was gibt's?«

Er schaut mich mit einem solchen Lächeln an, eines, das ich noch nie bei ihm gesehen habe. Als wirke sein ganzer Körper mit.

»*Was?*«, frage ich.

»*Was?*«, fragt er zurück.

»Tu nicht so. Du siehst aus, als hättest du den Jackpot geknackt.«

»Hm. Vielleicht … vielleicht habe ich das. Oder ich werde es.«

»Wirst du es mir sagen?«

»Noch nicht. Ich kann nicht.«

Ich seufze, weigere mich aber, in ihn zu dringen. »Wie du meinst.«

Er wendet sich ab, als versuchte er, sein Lächeln zu verbergen. Und in mir bricht ein Streit los. Eine Seite behauptet, es würde mich an Tressa und Brandy erinnern und wie sie sich über mich lustig machen. Die andere Seite versichert mir, dass Ronan so etwas nie tun würde. Ich weiß, dass er es nie tun würde. Er ist keiner, der mich beim Sandwichessen beobachtet. Aber ich mag es nicht, wenn ich nicht weiß, was los ist.

Er muss spüren, dass es mich umtreibt. »Es ist eine Überraschung.«

»Oh nein. Ich hasse Überraschungen«, sprudelt es aus mir heraus. »Das ist einer der Gründe, weshalb ich meine Wetterstation so liebe. Ich weiß gern, was auf mich zukommt.«

»Aber wie kann jemand Überraschungen hassen?«

»Na ja, nicht alle sind angenehm«, erwidere ich, doch dann denke ich an mein Kätzchen – endlich mal eine schöne Überraschung.

»Du wirst es früh genug erfahren«, meint Ronan. »Ich hoffe, du freust dich.« Dann zupft er mich am Ärmel. »Aber komm und sieh dir das an!« Er läuft los und ich hinterher. Und ich kann's nicht glauben.

Es ist nichts Ungewöhnliches, dass eine Hummerfalle

an den Strand gespült wird, aber mit einem lebenden Hummer darin?

»Wie cool ist das denn? Henry bezahlt gut für ihn. Wahrscheinlich zehn Dollar.«

»Moment mal! Zuallererst: Ich habe ihn gefunden, und das heißt, niemand wird ihn essen. Auf gar keinen Fall. Schau ihn dir doch an. Er ist *wunderschön*.« Er beugt sich über ihn und deutet auf den Panzer. »Da ist er sogar leicht blau getönt. Siehst du das?«

»Ja. Köstlich. Blauer Hummer und geschmolzene gelbe Butter. Mmmmmh.« Das sage ich, um ihn zu necken, doch bei seinem Gesichtsausdruck muss ich laut lachen. »Ich weiß, ich weiß. Du wirst ihn freilassen, nicht wahr? Ich glaube, den Film habe ich schon mal gesehen.«

»Ja, ich lasse ihn frei. Ich werde ihn nicht retten ... und ihn dann *essen*. Das ist wie in einem der Horrorfilme, die mitten in der Nacht kommen.« In verschwörerischem Ton redet er weiter: »Komm, ich rette dich. Ach, die Butter, die ich schmelze? Das hat nichts zu bedeuten. Die ist für ein Riesenstück Toast, das mit dem Helikopter eingeflogen wird.«

Mein Bauch tut weh vom Lachen.

Er bricht die Falle leichter auf, als ich dachte, und packt den Hummer, der sofort mit seinen mächtigen Scheren herumfuchtelt. »Ah! Er will mich zwicken. Aufhören!«

»Wenn du sie am Körper hältst, erwischen sie dich nicht«, lache ich.

Ronan hört mir nicht zu. Er rennt ins Wasser und fällt in eine hohe Welle. Sie drückt ihn zur Seite und wirbelt ihn herum. Seine Füße schauen aus dem Wellenkamm heraus. Wenn ich nicht so lachen müsste, würde ich versuchen, ihm zu helfen.

Etwas benommen steigt er aus dem Wasser. »Wo ist er? In welche Richtung ist er gegangen?«

Ich deute auf den Ozean. »Vermutlich in die.«

»Oh Mann.« Er wäscht sich den Sand vom Gesicht und aus den Haaren. »Es ist einfach furchtbar. Ich bin anmutig wie ein Erdbeben und flexibel wie eine Lawine.«

Ich versuche nicht wieder zu lachen. Ich weiß schon gar nicht mehr, wie oft mich eine Welle umgeworfen hat. »Das passiert allen. Bist du okay? Es hat ausgesehen, als wärst du mitten in einem Wassertornado.«

»Ich habe ihn losgelassen. Dabei wollte ich ihn ins tiefere Wasser bringen.«

»Im seichten Wasser ist er sicherer als da draußen«, erkläre ich und deute auf die Hummerfallen. »Ihre gefährlichsten Feinde sind die Menschen. Wenn er Hunger hat, wird er wieder gefangen.«

»Oh nein«, stöhnt Ronan.

»Ronan, du weißt schon, dass du auf Cape Cod bist, ja? Und ...« Ich zögere kurz. »Bist du nicht der Sohn eines Fischers?«

»Ja, ja, ich weiß.« Er verdreht die Augen. »Ich habe meinem Vater erzählt, dass ich Geld spare, um im Supermarkt Hummer zu kaufen. Er hat sich gefreut, bis ich ihm gesagt habe, dass ich sie kaufen und dann freilassen will. Du hättest sein Gesicht sehen sollen.«

»War er sauer?«

»Nö. Er meinte, ich würde wohl mal Wissenschaftler werden. Bedrohte Arten retten und so. Er hat mich den ganzen Abend mit Dr. Gale angesprochen. Es war albern. Und cool.«

Es freut mich, dass Ronans Dad nett zu ihm ist.

»Ronan! Hey, Ronan!«

Wir drehen uns um. Sein Dad ruft ihn vom oberen Ende der Treppe.

Er lächelt wieder auf diese bestimmte Art. »Warte hier. Ich bin gleich wieder da!«

Ich beobachte, wie er mit seinem Dad redet. Ronan reckt die Faust in die Luft, als hätte er gerade ein Tor ge-schossen. Er hüpft kurz auf und ab und rennt dann zu mir zurück, und das schneller, als ich ihn je habe rennen sehen.

Dieses Mal landet er nach einem weiten Luftsprung vor mir. Ich muss lachen. Er sieht immer noch aus, als hätte er einen Kampf mit einer Sandburg verloren.

»Du wirst es nicht glauben!« Er platzt fast.

»*Was?*« Gleich werde ich erfahren, was für eine Über-raschung es ist. Hoffentlich eine schöne.

»Mein Dad hat gerade ein Hotdog-Brötchen gekauft.«

Ich schüttle den Kopf. »*Das* ist deine Überraschung?

Mensch, Ronan, wenn du deshalb so aus dem Häuschen bist, musst du eine schlechte Woche gehabt haben.«

Er lacht. »Nicht irgendein Hotdog-Brötchen. Das bei den zermatschten Mixed Pickles und den mit Essig vollgesogenen Gurken.«

»Moment. Was?«

Sein ganzer Körper lacht.

»Willst du damit sagen ...?«

»Genau! Wir haben das leer stehende Haus gekauft!«

Ronan und ich hüpfen wie kleine Kinder auf und ab. Wir können nicht aufhören zu lachen. Wie kommt es, dass ich ein solches Glück habe? Jetzt weiß ich auch: Es gibt *doch* schöne Überraschungen.

Eine Lektion von Moby Dick

Das Wort Nantucket bedeutet in der Sprache der Algonkin »weit entferntes Land«. Das passt, denn wir brauchen eine gefühlte Ewigkeit, bis wir in Henrys Boot dort ankommen.

»Da ist ein Leuchtturm!«, rufe ich über das Motorengeräusch hinweg, als Henry, Ronan und ich durchs Wasser pflügen.

»Du sagst es! Brant Point Light!«, ruft Henry. »Und auf der anderen Seite der Insel ist mein Lieblingsleuchtturm – Sankaty Head Lighthouse. Den haben sie schon mal zurückversetzt, weil von den Klippen pro Jahr 30 bis 60 Zentimeter in den Ozean fallen. Wissenschaftler meinen, dass Nantucket in ungefähr vierhundert Jahren komplett verschwunden sein wird. Da ich das nicht miterleben will, gehe ich in dreihundert.«

Henry lacht lauter als wir. Ich kenne niemanden, der so herzlich über seine eigenen Witze lacht.

Der Ort, bei dem wir anlegen, heißt Tuckernuck. Noch ein paar andere Boote liegen vor Anker und ein paar Leute sind im Wasser. Ich frage Henry, ob ich auch ins Wasser darf. Er blickt sich um. Holt ein Fernglas heraus. »Ich sehe keine Seehunde, was gut ist. Aber bleib zwischen dem Boot und dem Land.«

Ich tauche ins Wasser ein. Nach der brütenden Hitze ist es schön kühl. Ich schwimme unter Wasser, bis ich den Atem nicht länger anhalten kann, dann tauche ich wieder auf.

Ronan steht an der Reling von Henrys Boot und beobachtet mich beim Wassertreten. Als er über mich hinwegschaut, ist sein Gesicht plötzlich voller Angst.

Ich drehe mich um und bin unfähig zu schreien. Unfähig mich zu rühren.

Eine graue Flosse kommt auf mich zu. Und wozu die Flosse auch immer gehört, es ist riesig.

»Delsie!«, schreit Ronan. »Delsie!« Dann höre ich ein Platschen. Ronan ist ins Wasser gesprungen und steuert auf mich zu. Die Flosse schießt ebenfalls in meine Richtung. Mein Gehirn schreit »Schwimm!«, aber ich kann mich nicht bewegen.

Henry brüllt auch – etwas, das ich über dem Platschen und Ronans Geschrei und der Tatsache, dass ich panische Angst habe, nicht verstehe.

Ronan schwimmt neben mir. Er hat eine Markierungsboje dabei. Wozu?

»Ronan! Pass auf!«, brülle ich.

Er hat sich der Flosse zugewandt und sieht aus, als sei er bereit zu kämpfen.

Endlich verstehe ich, was Henry brüllt: »Alles okay! Alles okay!«

In unserer Situation ist nichts okay.

Wir beobachten, wie die Flosse uns umkreist. Der Hai ist dick und rund. Er ist tatsächlich riesig.

Henry brüllt immer noch: »Es ist ein Gotteslachs! Er tut euch nichts. Es ist ein Gotteslachs. Alles okay! Er tut euch nichts!«

Moment. Warte.

Ich drehe mich um und schaue noch einmal hin. Henry legt die Hände um den Mund, damit wir ihn besser hören. »Schaut euch die Flosse an. Sie ist ganz schlaff! Das ist kein Hai.«

Ronan stößt hörbar die Luft aus und ich auch. Wir lachen erleichtert, während der riesige, albern aussehende Fisch mit der schlaffen Flosse uns umkreist. Neugierig, nehme ich an.

»Ich dachte, du weißt alles über Haie«, sage ich.

»Also, ich weiß eine Menge über Haie, aber gar nichts über Gotteslachse. Ich dachte mir, dass die Flosse merkwürdig aussieht, aber allein die Größe hat mich in Panik versetzt. Das Teil ist echt gigantisch!«

Ich deute auf die Boje in seiner Hand. »Wozu hast du die mitgebracht?«

»Wenn man einem Weißhai eins aufs Auge gibt, haut er ab.«

»Aber du liebst doch Weißhaie!«, necke ich ihn. »Du würdest für mich einen verletzen?«

»Logo. Was denkst du denn?«

Als wir wieder im Boot sind, schüttelt Henry den Kopf. »Du beeindruckst mich immer wieder, Ronan. Wirklich. Aber selbst du könntest es nicht mit einem Weißhai aufnehmen.«

»Ich wollte ihm mit der Boje eins aufs Auge oder auf die Kiemen geben. Sie bekommen dann einen Schock und schwimmen weg, wenn man fest genug und auf die richtige Stelle haut. Ich habe alles darüber gelesen.«

»In Büchern, die von Leuten ohne Arme geschrieben wurden. Oder schlimmer.«

»Es sind einfach Kämpfer«, sagt Ronan.

»Genau, und mit einigen Kämpfern legt man sich besser nicht an.« Henry schaut mich an. »Weißt du, welches Tier im Ozean ein echter Kämpfer ist? Und das Lieblingstier deiner Mutter, Delsie?« Er deutet auf den Ring an meinem Finger. »Der Pottwal.«

Ich berühre den Wal mit der Fingerspitze. »Sie hat sie so gemocht? Weshalb?«

»Weil sie sich gewehrt haben, wenn Walfänger sie harpuniert haben. Das war in diesen Gewässern. Im 19. Jahrhundert. Die anderen Walarten sterben praktischerweise, sobald eine Harpune in ihnen steckt. Aber der Pottwal …

der hat Boote in Zahnstocher zerlegt. Hat Boote mit hoher Geschwindigkeit übers Meer gezogen und über die Wellen hüpfen lassen. Die Männer hielten sich in Todesangst fest. Die Tiere zogen die Boote sogar unter Wasser. Man nannte das die Schlittenfahrt von Nantucket. Und sie ging tödlich aus für die Männer.«

Henry betrachtet den Himmel, als überlege er. »Weißt du, Delsie, du hast mit deiner Mom viel gemeinsam. Du lachst wie sie. Die Art, wie du stehst. Aber ein großer Unterschied besteht.«

»Ach ja?«

»Sie wartete immer darauf, dass Schiffe anlegen. Du schwimmst zu ihnen hinaus.«

»Hm?«

»Sie wartete darauf, dass die Dinge zu ihr kamen. Du jagst ihnen nach.« Er schaut Ronan an und dann wieder mich. »Ihr seid beide so. Es wird spannend zu sehen, was ihr aus euch macht. Ich kann es kaum erwarten.«

Die Sonne wird herauskommen

Ich bin praktisch über den Platz vor unseren Häusern geflogen, als Esme mir sagte, dass sie eine Freundin im Theater hat, die für uns alle Karten für *Annie* besorgt hat. Sogar eine für Ronan. Als ich ihr sagte, wie mich das freut, meinte Esme: »Er ist doch jetzt einer von uns, oder?«

Als schließlich der große Tag kommt, quetschen wir uns alle auf eine Bank im hinteren Teil des Theaters. Mrs Fiester sehe ich als Erste. Brandy und Tressa folgen ihr. Brandy sieht mich und winkt mir kurz zu und ich winke zurück. Sie steuern den vorderen Teil des Theaters an und setzen sich direkt vor die Bühne.

Das Stück beginnt mit »It's a hard-knock life«, ein knallhartes Leben, und ich muss daran denken, wie anders als vorher ich jetzt zu diesem Lied stehe. Opa Joseph meinte immer, wenn jeder seine Sorgen in die Mitte des Tischs legen würde, nähmen die meisten ihre eigenen wieder zurück. Früher wusste ich nicht, was er damit meinte, aber jetzt verstehe ich es – inzwischen glaube ich nicht mehr, dass mein Leben so knallhart ist.

Die meiste Zeit sitze ich aufrecht da, damit ich möglichst viel von Michael und Aimee sehen kann.

Aimee ist eine fantastische Annie. Das Publikum liebt sie und ich bin so stolz auf sie.

Und Michael hat sich zu einem tollen Rooster gemausert. Er spielt diesen Idioten so echt, dass Madam Schofield bestimmt stolz auf ihn ist.

Am Ende bin ich die Erste, die für Standing Ovations aufsteht. Ich kreische und brülle Michaels und Aimees Namen. Aimee sucht mich im Publikum, und als sie mich endlich entdeckt, winkt sie wie wild.

Als Ronan und ich zum Bühneneingang gehen, um dort auf Aimee und Michael zu warten, sind Tressa und Brandy bereits da.

Als Aimee kommt, rufe ich: »Miss Polloch! Miss Polloch! Kann ich ein Autogramm haben?« Dasselbe mache ich auch für Michael.

Aimee hakt das Seil aus, hinter dem alle warten müssen, und sagt: »Kommt, Delsie und Ronan! Die Regisseurin hat gesagt, ich darf euch backstage mitnehmen. Ich zeig euch die Kostüme und alles.«

»Aimee! *Delsie!*«, ruft Tressa. »Dürfen wir mitkommen?«

Bevor wir antworten können, meldet sich Michael.

»Seid ihr nicht die beiden, die ihr mit Sonnencreme auf den Rücken geschrieben und sie den ganzen Sommer wie Dreck behandelt haben? Und jetzt soll sie sich für euch einsetzen? Das wird eher nicht passieren.«

Tressa kneift die Augen zusammen. Brandy schaut mich an. Aber nicht wütend. Sie wirkt traurig.

»Ist schon okay, Michael«, sage ich. »Es ist mir egal, ob sie mitkommen, wenn es für dich und Aimee okay ist.«

»Nach allem, was sie getan haben? Willst du mich auf den Arm nehmen?«

Ich zucke mit den Schultern. »Das ist alles Anfang des Sommers passiert. Es spielt einfach keine Rolle mehr.« Ich fühle mich jetzt stärker. Es macht einen Riesenunterschied zu wissen, dass ich echte Freunde habe, die mir den Rücken freihalten und meine Gefühle respektieren, Leute wie Aimee, Michael und Ronan.

Michael ist immer noch unschlüssig.

»Außerdem ist Tressa zu mir nach Hause gekommen und hat mir Boots, mein Kätzchen, gebracht. Das hat mich ziemlich glücklich gemacht.«

Brandy dreht mit einem Ruck den Kopf und wendet sich Tressa zu. »*Was?* Das hast du getan?«

Tressa zuckt mit den Schultern. »Ja. Wenn schon. Können wir jetzt mitkommen oder nicht? Ich wusste nicht, dass das hier ein Tribunal wird.«

»Warum hast du mir das nicht gesagt?«, will Brandy von ihr wissen.

Tressa weicht ihrem Blick aus. »Ich muss dir schließlich nicht alles erzählen.«

Brandys Gesichtsausdruck sagt mir, dass Tressa auch ihre Gefühle nicht respektiert.

Während ich Brandy beobachte, wird mir klar, dass ich mir wünsche, ich hätte sie davon abhalten können, sich in diesem Sommer zu verändern. All die Dinge zu tun, die sie getan hat. Und nicht getan hat. Und dann denke ich an meine Mom und wünsche, ich könnte sie davon abhalten, die Dinge zu tun, die sie tut. Die Dinge, deretwegen sie gegangen ist und wegbleibt. Es stimmt wirklich, dass man andere Menschen ungefähr so leicht beeinflussen kann wie das Wetter.

Aimee fasst Michael bei den Schultern und schiebt ihn zur Seite. »Kommt«, sagt sie. »Wer immer kommen mag, kommt mit.« Und damit folgen wir ihr die Treppe hinauf ins Theater.

Wer bleibt

Der Kostümraum in der Backstage des Theaters ist das Coolste überhaupt. Wie im ganzen Theater sind auch hier die Wände mit Plakaten von Aufführungen tapeziert, die seit Bestehen des Hauses stattfanden. Er ist voll mit einer Mischung aus prachtvollen Kleidern und Kostümen aus verschiedenen Epochen.

Aimee geht zu einer Tür, auf der GARDEROBE GERTRUDE LAWRENCE steht, und wirbelt herum. »Das ist meine Garderobe.« Sie öffnet die Tür, und wir sehen ein Foto von einer Frau in einem dieser prachtvollen Kleider, die so ausladend sind, dass sie schon eine Minute vor der Lady daherkommen. Unter dem Foto ist ein schmales Regal mit einer Vase voll blauer Hortensien. »Das ist Gertrude Lawrence«, erklärt uns Aimee. »Sie starb am Abend der Premiere von *Der König und ich* und spukt seither im Kap-Theater. Wenn am Premierenabend keine blauen Hortensien auf diesem Regal stehen, geschieht ein Unglück.«

»Das glaubst du doch nicht wirklich!«, sagt Tressa.

»Es ist aber so. Zwei Regisseure haben keine Blumen hingestellt und an beiden Abenden konnte das Stück nicht zu Ende gespielt werden.«

»Was ist passiert?«, fragen Ronan und ich gleichzeitig.

»Einmal ist der Strom ausgefallen und das andere Mal ist etwas aus dem Schnürboden auf die Bühne gefallen.«

»Wurde jemand verletzt?«, will ich wissen.

»Nein, aber das Stück konnte nicht zu Ende gespielt werden.«

Schauspieler und Schauspielerinnen laufen hin und her. Ständig werden irgendwelche Namen gerufen und es riecht nach Blumen. Viele Schauspielerinnen kommen mit Blumen. Ich schaue zu den hellen Lichtern hinauf, bis ein Schatten über mich fällt. Madam Schofield eilt mit einem Strauß Hortensien herein.

»Wunderbar! Ihr wart wunderbar! Ich liebe es, wenn ein guter Schauspieler mich gut dastehen lässt.« Madam Schofield gibt Aimee die Blumen und ruft: »Die sind für dich! In der Tradition unserer geliebten Gertrude Lawrence.« Sie wendet sich an Michael. »Und du, Michael. Ich hatte zu Anfang meine Zweifel, aber du, Mr Poole, hast eine beeindruckende Vorstellung gegeben. Hervorragende Arbeit.«

Aimee und Michael sind ganz offensichtlich so schockiert wie ich.

Sie dreht sich auf dem Absatz um und eilt weiter.

Während Tressa so tut, als sei sie Aimees neue beste Freundin, beugt sich Ronan zu mir und flüstert mir ins Ohr: »Brandy tut mir leid. Sie erinnert mich an einen Pilotfisch.«

Ich blicke ihn fragend an.

»Pilotfische leben im Maul eines Hais und ernähren sich von dem, was an der Rückseite seiner Zähne klebt. Sie sind zu klein, um gebissen zu werden. Allerdings ... Brandy wird eindeutig gebissen.«

Er hat recht – und einen Moment lang tut sie mir leid.

Ich gehe zu ihr hinüber und stelle mich neben sie. »Hey.«

Sie will etwas erwidern, doch es bleibt ihr in der Kehle stecken. Sie räuspert sich und versucht es noch einmal. »Hey.«

»Ihr fahrt bald wieder nach Hause?«

»Ja, morgen.« Sie wippt ein wenig vor und zurück. »Es war ein seltsamer Sommer.«

»Das war es«, bestätige ich.

»Ja. Und ich kann's nicht glauben, dass du den ganzen Sommer mit diesem Typen zusammen warst, Ronan.«

Ich schaue zu Ronan hinüber, der die Risse im Boden betrachtet, als suche er etwas. »Nun, ich mag ihn. Er hat sich als guter Freund erwiesen. Jemand, auf den ich zählen kann, verstehst du?«

Sie nickt kaum merklich, blickt aber an mir vorbei zu Tressa, die plötzlich überglücklich wirkt. »Aimee«, haucht sie, »du solltest mich irgendwann im Herbst besuchen. Ich kann dir das Theaterviertel in Boston zeigen.«

»Oh«, mischt Michael sich ein, »der Wolf möchte, dass Rotkäppchen ihn besucht.«

Tressa schaut ihn böse an. Aimee fängt meinen Blick auf und lächelt. Sie kommt zu mir und hängt sich bei mir ein, um das Theater mit mir zu verlassen. »Dieses Mädchen könnte ein paar Stunden anständigen Schauspielunterricht gebrauchen«, meint sie.

»Ganz gewiss«, bestätige ich. Es freut mich, dass Aimee Tressa so leicht durchschaut hat.

»Madam Schofield hat uns erklärt, dass es nicht nur darum geht, seinen Text aufzusagen. Das Wichtigste ist, auf die anderen auf der Bühne zu achten. Sich vorstellen zu können, was sie denken. Und auf das, was sie tun und sagen, zu reagieren.«

Das ist ein guter Rat. Und es ist ziemlich offensichtlich, dass Tressa sich nicht darum schert, was irgendjemand anderes denkt. Früher hat Brandy Rücksicht genommen. Ob sie wohl je wieder zu der werden kann, die sie war?

Bevor ich das Theater verlasse, gehe ich noch einmal zu ihr. »Viel Glück dieses Jahr, Brandy«, wünsche ich ihr.

»Ja, dir auch, Dels.«

Als ich mich umdrehe, fliegt mich eine Traurigkeit an. Sie hat meinen alten Kosenamen gebraucht. Doch dann sehe ich Ronan lächeln. Er hält einen Penny hoch.

»Schau her! Diesen Penny habe ich zwischen den Bodendielen gefunden. Der bringt Glück.« Er hält ihn mir hin. »Hier. Ich schenke ihn dir.«

Ich nehme ihn, obwohl ich weiß, dass ich diesen Penny nicht brauche. Ich habe schon Glück.

An diesem Abend krieche ich ins Bett, betrachte den Glückspenny und denke an all die Dinge, die mich glücklich machen.

Ronan zum Beispiel. Allerdings ist es nicht nur Glück, dass ich ihn zum Freund habe. Es ist, weil wir einander eine Chance gegeben haben. Und bald wird er mein Nachbar. Ich kann mich nicht erinnern, dass mich jemals irgendetwas so glücklich gemacht hat. Ronan und sein Dad in unserer direkten Nachbarschaft. Das ist wie Starkregen nach einer Dürreperiode – und ich wusste nicht einmal, dass mir eine solche Freundschaft fehlte, bis ich sie gefunden habe.

Es macht mich auch glücklich, Aimee und Michael als Freunde zu haben. Und dass es mir nichts mehr ausmacht, Brandy nicht mehr zu haben.

Und ich hatte *immer* das Glück, Grammy zu haben. Ich muss daran denken, wie ich in der fünften Klasse ins Krankenhaus kam, weil ich Fieber hatte, das nicht runtergehen wollte.

Ich weiß noch, dass die Krankenschwester Grammy irgendwann gesagt hat, es sei Zeit, nach Hause zu gehen.

Dass ich schlafen würde und sie am nächsten Tag wiederkommen könne.

Ich erinnere mich an die Panik, die mich erfasste, bis Grammy die Schultern straffte und diese Krankenschwester wissen ließ: »Nichts auf Gottes weiter Erde kann mich dazu bringen, meine Delsie hier allein zu lassen.«

Die Frau öffnete den Mund, um etwas darauf zu erwidern, doch Grammy ließ sie nicht zu Wort kommen. »Und wenn Sie mir jetzt sagen, dass sie den Sicherheitsdienst rufen – nun, schauen Sie mich an und überlegen Sie, wie viele Männer es braucht, um mich von der Stelle zu bewegen. Sie werden die Nationalgarde brauchen, einen Helikopter und einen Panzer und möglicherweise noch ein paar Pferde. Denn ich weiche nicht von der Seite meiner Kleinen, egal was Sie oder sonst jemand sagen.«

Ich denke über diese beiden Worte nach. *Meine Kleine.* Nicht *diese* Kleine oder *eine* Kleine, sondern *meine* Kleine.

Sie durfte bleiben und wir haben uns *Geh aufs Ganze* angeschaut. Grammy hat den Kandidaten gute Ratschläge gegeben, und wir haben über einen Mann gelacht, der gekleidet war wie eine Kuh in einem Tutu. Ich lache in mich hinein über den Aufstand, den Grammy gemacht hat, und über das Gesicht der Krankenschwester, als Grammy von Panzern und Helikoptern sprach.

Ich weiß.

Ich weiß, dass ich mich das immer fragen werde. Wie

es gewesen wäre, bei meiner Mutter aufzuwachsen. Aber ich weiß auch, dass ich, ganz gleich, was passiert, meine Grammy und unser gemeinsames Leben niemals gegen, was immer hinter Tür Nummer zwei ist, eintauschen würde.

Was man sieht

Es liegt ein Frösteln in der Luft und ein paar welke Blätter sprenkeln den Rasen in Seaside. Ronan hat am Vormittag seinem Dad geholfen, die Grills abzudecken und die Gartenstühle einzulagern. Ich habe Grammy geholfen nachzuschauen, ob die Kühlschränke in sämtlichen Ferienhäusern leer, die Stecker gezogen und die Türen offen sind, damit sie im Frühjahr nicht stinken.

Ich sitze auf einem Picknicktisch, als Ronan kommt und sich neben mich setzt. »Hey«, sagt er.

»Hey«, erwidere ich. Dann sitzen wir eine Weile schweigend da. Mein Kopf füllt sich mit Gedanken wie ein Gezeitentümpel mit Wasser, wenn Flut einsetzt.

Eine Frage blubbert an die Oberfläche und ich wende mich Ronan zu. »Kann ich dich etwas fragen?«

Er lacht fast. »Du kannst mich alles fragen.«

»Als du dich mit diesen Jungs geprügelt hast. An dem Tag mit dem Pfeilschwanzkrebs. Warum hast du das getan?«

»Weil ich doof war. Darum.«

»Nein, ich meine, warum?«

Er schaut mich mit gerunzelter Stirn an. »Du weißt, warum. Sie wollten diesem Pfeilschwanzkrebs ein Bein ausreißen.«

»Aber du hättest sie nicht schlagen müssen deshalb.«

»Ich war wütend.«

»Auf sie?«

Er blickt stur geradeaus. »Weshalb reden wir darüber?«

»Weil ich über Gewitter nachgedacht habe. Und den Wind … und Menschen.« Ich wende mich ihm wieder zu und er beobachtet mich. »Ronan?«

Er senkt den Kopf. Ich glaube, er weiß, dass ich eine schwierige Frage auf der Zunge habe.

»Wie heißt deine Mom?«

Er holt langsam Luft. »Andrea Gale. Warum?«

»Ich wollte es einfach wissen. Du warst wütend an diesem Tag am Strand. Sie hatte dir diesen Brief geschrieben.«

Er dreht sich zu mir um. »Noch einmal: Warum müssen wir darüber reden?«

Ich schweige und warte, wie Esme es bei mir tut.

Endlich redet er. »*Es ist das Beste*, hat sie gesagt. Ich konnte nicht glauben, dass sie das tatsächlich auch geschrieben hat, den Umschlag zugeklebt und an mich geschickt hat.«

»Fehlt sie dir?«

»Sie ist meine *Mom*.«

Ich schlucke hart. Weil ich es verstehe.

»Ich hatte ein Bild von meiner Mom in einem Rahmen neben meinem Bett stehen«, erzähle ich. »Und eines Tages war ich fürchterlich wütend und habe ihn auf den Boden gepfeffert. Das wollte ich gar nicht. Es ist einfach … passiert. Ich war wütend, klar, aber wütend sein fühlt sich an, als würde man einen Haufen Zeug in einen Mixer schmeißen, verstehst du? Trauer und Verwirrung und das Gefühl, als sei alles so unfair. Meinst du, man kann wütend sein, ohne das ganze andere Zeug? Das ist wie ein Kochrezept.«

Er lehnt sich ein wenig zurück. »Ja, ich kenne mich aus mit Wut, aber ich glaube, wir haben beide unsere eigenen Rezepte dafür.«

»Vielleicht ist Wut wie Wind.«

»Wut … Wind? Was redest du da?«

»Es ist doch so: All diese Dinge müssen gleichzeitig in uns passieren und sich genau im richtigen Verhältnis mischen. Dann wird man wütend. So wütend, dass man nicht mehr klar denken kann. Dasselbe gilt auch für Wind. Mit der Erde unten müssen eine Menge Dinge, die es dem Wind schwerer machen, in seinen Strukturen zu bleiben, auf eine ganz bestimmte Art passieren. Und Wind kann man ja nicht wirklich sehen. Man sieht nur, wie er alles ringsherum in Bewegung bringt. So ist auch die Wut.«

»Du bist clever, aber du bist auch der größte Torfkopf auf diesem Planeten. Weißt du das, Delsie?« Meine verrückten Theorien scheinen ihn zu amüsieren.

Ich lächle. »Danke.« Und ich überlege kurz weiter. »Wenn Hurrikane schnell wachsen und dann explodieren, nennen Meteorologen das eine *rapid intensification*, eine schnelle Intensivierung, und ich schätze mal, dass es wahnsinnig schwer vorherzusagen ist. Aber … ich glaube, ich habe mich so gefühlt, als ich den Rahmen zerdeppert habe.«

»Mmmhmm. Ich fühle mich oft so.«

Ich sehe ihm an, dass auch in ihm ein Sturm wütet, aus dem er schlau zu werden versucht. Und er wendet sich mir zu. »Ich glaube, du hast recht. Wind und Wut sind gleich. Wind kann man nicht aufhalten, aber man kann ihn sich zunutze machen.«

»Ach ja?«

»Ich habe darüber nachgedacht, was mein Dad gesagt hat. Über sein aufbrausendes Temperament. Ich habe ständig Probleme bekommen, weil ich mich geprügelt habe und so. Und ich habe immer gesagt, ich konnte nicht anders. Aber wie sich herausgestellt hat … *kann* ich an mich halten. Wenn ich kurz innehalte und nachdenke. Wütend zu sein heißt nicht, keine Kontrolle über das zu haben, was man tut. Ich habe meine Wut als Entschuldigung benutzt. Als könnte ich nichts dafür. Aber ich kann mich kontrollieren und es ist ein gutes Gefühl.«

»Das ist gut, Ronan. *Wirklich* gut.«

Er nickt.

»Grammy sagt, wenn Menschen verletzt sind, verletzen sie andere Menschen, selbst wenn sie das gar nicht wollen. Jede Wette, dass deine Mom selbst in einem Sturm war. Jede Wette, dass sie dich nicht verletzen wollte.«

»Du kennst meine Mom doch gar nicht, Delsie.«

»Stimmt, aber ich kenne *dich*. Und niemand würde dich verletzen wollen.«

Er nickt wieder und wir blicken beide aufs Wasser.

Und meine Gedanken wandern zu Opa Joseph, und ich erinnere mich, wie wir jedes Frühjahr zum Strand gegangen sind und nachgeschaut haben, wie viel Schaden die schweren Nordweststürme angerichtet haben, die den Ellenbogen des Kaps heimsuchen. Der Strand von Catham hat jedes Jahr vollkommen anders ausgesehen. Ich habe gelernt, dass es die Stürme sind, die uns verändern. Nicht Tage mit blauem Himmel.

Ich denke an Olive und dass sie tief drinnen sehr traurig sein muss, wenn sie immer so ärgerlich und wütend ist.

Ich denke an Michael und wie er sich fühlt, weil er den ganzen Sommer auf dem Campingplatz verbringen muss. Es ist nicht nur der Campingplatz, der ihm zu schaffen macht, sondern die Tatsache, dass er kein Mitspracherecht hat.

Und ich denke daran, wie ich Anfang des Sommers

immer wütend und traurig aufgewacht bin und mir gesagt habe, wie unglücklich ich mit meiner Grammy in
unserem kleinen Wohnviertel bin.

Aber vielleicht habe ich etwas übersehen oder hätte
versuchen sollen, es mit anderen Augen zu sehen.

Ich glaube, ich habe gelernt, dass nicht das zählt, *was*
man sieht, sondern *wie* man es sieht.

Das Große mit der Leiter

Ronan steht mit einem Paar neuer Laufschuhe vor unserer Tür. »Jetzt bin ich eine richtige Laufmaschine wie du. Du wirst dich warm anziehen müssen.«

»Ach ja? Glaubst du?«, frage ich.

»Okay, ich bin nicht so gut wie du – *noch* nicht. Aber ich habe mich auch für den Fünf-Kilometer-Lauf angemeldet. Ich weiß, dass du es für deinen Opa Joseph tust, und ich will das auch.«

»Danke, Ronan. Das ist echt cool. Wie wäre es, wenn wir zu Saucepan Lynn's rennen? Ich habe eine verrückte Idee, über die ich mit ihr reden will.«

»Du hast immer verrückte Ideen«, erwidert Ronan, und wir joggen los.

Es ist ein gutes Gefühl, wenn Ronan neben mir läuft.

Die Gezeiten haben sich wieder geändert, wie sie das immer tun.

Und die einzige leise Stimme, die ich höre, ist die von Opa Joseph. Er hat mir immer gesagt, dass man bei einem Rennen nach vorn schauen muss und nicht zurück.

Wir stürmen durch Saucepan Lynns Tür und Ronan stolpert fast über einen der Hunde. »Sorry, Mädchen«, entschuldigt er sich.

»Hey, kommt hier nicht reingerannt, als stündet ihr in Flammen!«, ruft Saucepan.

Ronan grinst. »Und das sagt eine Feuerwehrfrau?«

»Genau. Ich spritze euch gleich mit dem Schlauch ab.« Sie lacht in sich hinein, als sie eine perfekte Crêpe wendet, sie dann auf einen Teller gleiten lässt und auf die Decke deutet. »Mit diesem Fleck an der Decke denke ich jeden Tag an dich.«

»Tut mir leid.«

»Das braucht es nicht. Wenn ich ehrlich sein soll, gefällt er mir irgendwie.« Sie beugt sich zu ihm. »Willst du es noch mal versuchen?«

»Nö, ich verlege mich auf kleine Pfannkuchen.«

Sie schüttelt den Kopf. »Wieder einen an die Pfannkuchen verloren.« Dann hebt sie mit einem Ruck den Kopf und schmettert: »Also, *Ronan*! Ich muss dir das erzählen. Henry war heute Morgen hier und hat wieder von dir gesprochen. Ich habe Henry Lasko lange nicht mehr so beeindruckt gesehen von jemandem, den er gerade erst kennengelernt hat – egal wie alt.«

»Hm?«

»Aber hör mal: Du musst wirklich aufhören Weißhaie zu jagen, okay?«

Ein Typ ruft vom anderen Ende des Tresens herüber: »*Das* ist der Junge?« Dann betrachtet er Ronan eingehend. »Meine Güte, Junge. Du kleidest dich auch noch wie ein Seehund. Und du springst tatsächlich ins Wasser, um Haie zu verjagen?«

Ein anderer Mann lacht. »Pass bloß auf, Lynn. Ich würde den nicht wütend machen.«

»Ich glaube, ich komme mit ihm klar«, erwidert sie mit einem Seitenblick auf uns.

»Ich wäre mir da nicht so sicher«, meint der Mann. »Der Junge traut sich zu, es mit Weißhaien aufzunehmen. Was nicht heißen soll, dass das clever ist! Mutig vielleicht und auf jeden Fall loyal. Aber …« Er schüttelt den Kopf. »Wahrscheinlich ist es die Loyalität, die bei Henry so gut ankommt. Er liebt so etwas. Denk doch nur, wie angepisst er reagiert, wenn vertragslose Spieler von den Red Sox zu einem anderen Verein wechseln. Wie Jacoby Ellsbury. Darüber wird er nie wegkommen.«

Darauf Saucepan Lynn: »Ich weiß nur, dass Henry sagt, er könne gern auf der *Reel* arbeiten. Das will doch einiges heißen.«

Dann dreht sie sich zur Tür um und brüllt: »Du legst gefälligst was in den Eimer oder du hast das nächste Mal einen Tisch neben den Toiletten.«

Der Typ bleibt stehen. »Moment mal. Ich habe mir meinen Kaffee selbst ausgeschenkt und mir meine Pastete selbst geholt.«

»Und wer hat sie für dich gebacken? Hast *du* sie gebacken? *Nein.* Also werd nicht pampig und wirf mindestens zwei Washington da rein. Du kannst dir einen goldenen Lincoln leisten. Ich weiß, was der Hummer-Markt hergibt.«

Der Typ zieht seine Geldbörse hervor und legt ein paar Scheine in den Eimer.

Sobald sich die Tür hinter dem verärgerten Fischer geschlossen hat, wende ich mich an Ronan.

»Also … hm … ich weiß, es ist eine Ehre, dass Henry dich gern auf der *Reel* hätte, aber wenn ich dir einen Rat geben darf: Werde niemals Fischer. Du würdest alle Fische wieder ins Wasser zurückwerfen.«

Ronan lächelt. »Stimmt, ich liebe Tiere. Ich habe mich über Pfeilschwanzkrebse kundig gemacht. Und, hey, ich habe dir noch gar nicht gesagt, dass ich gestern ein riesiges Exemplar gefunden habe, als ich mit meinem Dad beim Muschelsuchen war. Es war wahrscheinlich ungefähr zwanzig Jahre alt. Ich habe ihn weit rausgebracht in mördertiefes Wasser, nur für den Fall. Oh … und ich habe mich seinetwegen nicht geprügelt.« Er reckt die Faust und ich boxe mit meiner dagegen.

»Großartig«, sage ich. »Großartig.«

»Es sind erstaunliche Tiere«, fährt Ronan fort. »Sie

haben blaues Blut, das auch kleinste Bakterienmengen feststellen kann, weshalb Wissenschaftler es benutzen, um Impfstoffe zu testen.«

»Töten sie die Krebse dafür?«, frage ich.

»Nein, sie nehmen nur etwas von ihrem Blut und werfen die Tiere dann wieder ins Wasser. Aber ich würde gern erforschen, wie man Krebsblut künstlich herstellt, damit man sie ganz in Frieden lassen kann.«

»Gute Idee. Es wäre megacool, wenn wir beide später Wissenschaftler werden könnten …«

Saucepan Lynn kommt herüber. »So, ihr zwei, wollt ihr den ganzen Tag nur quatschen oder was bestellen?«

»Eigentlich wollten wir dich um einen Gefallen bitten«, beginne ich. »In unserer Straße muss etwas getan werden. Ist es irgendwie möglich, ein Feuerwehrauto auszuleihen? Das große mit der Leiter?«

Ein Geschenk von Opa

Es ist schon spät, aber ich bin hellwach und denke über meine Pläne für den morgigen Tag nach. Der Kastenventilator röhrt, aber es ist zu heiß, um ohne zu schlafen. Vor allem mit einem Kätzchen, das sich neben mir zusammengerollt hat.

Es klopft leise an meine Zimmertür. Grammy stößt sie auf. Sie kommt ein paar Schritte ins Zimmer und bleibt dann stehen, um sich meine Bilderwand anzusehen. Sie lächelt, als sie das Schild sieht, das ich gemacht habe: ER-INNERUNGEN-WACHHALTE-WAND. Zärtlich streicht sie mit den Fingerspitzen über ein Foto von Opa Joseph.

»Ich finde deine Fotos wunderschön«, sagt sie. »Mir gefällt, dass du die Motive verändert hast. Mir ist aufgefallen, dass du zu Anfang nur Fotos von Dingen in unserer Gegend gemacht hast. Die Leute hier mag ich viel lieber.« Sie neigt den Kopf ein wenig zur Seite. »Worum ging es dir eigentlich? Bei all den Dingen, die du fotografiert hast?«

»Ich habe Sachen fotografiert, die zurückgelassen wurden. Wie ich.«

»Oh, *Kleines*.« Sie greift nach meinem Arm. Ich sehe ihr an, dass jetzt gleich eine Grammy-Rede kommt.

»Ich weiß. Es war dumm. Ich habe all diese Dinge fotografiert, bis ich aufgeschaut und gemerkt habe, dass alle anderen am Strand Dinge fotografieren, sie sie mögen, wie Menschen und Tiere. Da habe ich mir gesagt, dass es bescheuert ist, im knietiefen Wasser zu stehen und zu jammern, dass ich ertrinke.«

Grammy lacht lang und laut. Und zwischendurch hustet und prustet sie auch. »Also, du hast die Weisheit von jemandem, der Jahre älter ist, wenn du das alles selbst herausgefunden hast.« Als sie blinzelt, entwischt eine Träne.

»Was ist passiert, Grammy?«, frage ich.

»Nichts ist passiert.« Sie setzt sich auf die Bettkante. »Ich komme mir wahrscheinlich nur rundum gesegnet vor, das ist alles.«

Ich habe das Gefühl, als würde gleich etwas ganz Großes kommen.

»Ich muss immer an den Abend denken«, beginnt sie, »als du so zornig auf mich warst und gesagt hast, du hättest keine richtige Familie.«

Ich setze mich rasch auf. »Oh, Grammy, ich habe das nicht so …«

»Schhhh. Du weißt, dass ich verstehe, welche Lücke

deine Momma hinterlassen hat. Das verstehe ich sehr gut. Und ich weiß, wie weh es tut. Ich bin nicht heraufgekommen, weil ich eine Entschuldigung hören wollte. Ich bin heraufgekommen, um dir etwas zu geben.« Sie greift in ihre Schürzentasche und holt eine kleine weiße Schachtel heraus. Keine aus Pappe, sondern eine elegante, wie man sie in Juwelierläden bekommt.

»Du hast mir Schmuck gekauft?«

»Nein, Kleines, ich habe etwas Besseres. Mein kostbarster Besitz. Ich trage ihn nicht, weil ich Angst habe, ihn zu verlieren, wenn ich fremde Zimmer sauber mache. Aber dafür ist er doch viel zu schade, findest du nicht auch?«

Sie zieht eine Goldkette mit einem runden Anhänger heraus. Ich nehme ihn in die Hand und sehe, dass ein goldenes Steuerrad darauf ist. Ich drehe den Anhänger um und lese, was auf der Rückseite steht:

Meiner süßen Bridget,
die mein ureigenes Glücksrad ist.
In ewiger Liebe
Dein Joseph.

»Von Opa!«

»Ja. Er sagte, er hätte sich in dem Juweliergeschäft für ein Rad entschieden anstatt für eine Kette mit einer Muschel oder einem Boot – wegen der Form, weil es kein Anfang und kein Ende hat. Wie seine Liebe für mich.« Sie lacht. »Der Mann war vielleicht redegewandt. Er konnte einen Hund von einem Fleischtransporter weglocken.«

Ich drehe den Anhänger wieder um und betrachte das Steuerrad.

»Wie die Liebe in dieser Familie. Für mich und dich. Und natürlich auch für deine Mom. Wir haben sie vergöttert. Gütiger Himmel, wie haben wir dieses Mädchen geliebt.«

»Liebst du sie immer noch?«

»Ja. Sie wird immer mein Kind sein.« Sie berührt meine Nasenspitze mit dem Finger. »Genau wie du.«

Sie legt mir die Kette um den Hals. »Eine Erinnerung daran, dass du, Delsie-Mädchen, deine Mutter zwar nicht hierhast, aber von einer langen Liebeslinie abstammst. Dass du mir das nicht vergisst!«

»Bestimmt nicht, Grammy.«

Sie küsst mich auf die Stirn, bevor sie geht.

Und ich fühle mich als Teil von etwas Besonderem.

Meine Grammy ist nicht perfekt. Niemand ist perfekt und das macht mir nichts aus. Du kannst Menschen nicht wie eine Pizza genau nach deinen Wünschen bestellen.

Die Menschen in unserer Nachbarschaft werden immer in Lokalen wie Saucepan Lynn's essen. Und ich finde das gut so. Grammy wird nie zur Fußpflege oder zum Shoppen gehen. Sie wird ihr Haar wahrscheinlich immer über der Spüle schneiden, anstatt zu einem angesagten Friseur zu gehen. Aber nichts von alldem sagt etwas über sie aus. Zumindest nichts von Bedeutung. Ich werde keinen Gedanken mehr daran verschwenden, was ich mir an Grammy anders wünschen würde, und sie für das lieben, was sie ist, genau so, wie sie mich liebt.

Nachdem ich eine Weile so dagelegen und an Grammy und Opa Joseph und die ganzen Erinnerungen gedacht habe, stehe ich auf, gehe zu meiner Fotowand und nehme ein Foto von Grammy herunter. Ich hole den Seehundrahmen aus der Schublade und stecke ihr Bild hinein. Als ich ihn auf meinen Nachttisch stelle, habe ich endlich ein Foto neben meinem Bett, das mich glücklich macht.

Der beschützende Baum

So wie man einen Sommerregen riechen kann, kann man auch die Aufregung in unserer kleinen Siedlung riechen. Wir sind alle ganz aufgeregt wegen der großen Überraschung für Olive.

Ruby trägt ihre neue Brille, als sie die Fliegentür öffnet.

»Hey, die Brille steht dir super, Ruby!«

»Delsie! Ich kann alles *sehen*. Aber die Bäume gefallen mir am besten.«

Das verwirrt mich. »Du konntest die Bäume doch auch vorher schon sehen, oder? Bäume sind riesig.«

»Ja, aber ich wusste nicht, dass sie Blätter haben. Ich dachte, sie hätten grüne Flecken.« Sie springt von der Veranda. »Ich kann einfach nicht mehr aufhören sie anzuschauen!«

Esme ruft nach ihr und sie flitzt davon. Wenn ich sie so rennen sehe, steht eines fest: Sie ist alles andere als tollpatschig.

Ruby läuft zu Olives Haus und Esme folgt ihr. Die beiden haben die Aufgabe, sie zu beschäftigen, während wir die Überraschung vorbereiten. Olive wirkt wie eine Krabbe, die gefangen und in einen Eimer geworfen wurde, als sie in den Wagen steigt.

Als das Feuerwehrauto kommt, verschränkt Saucepan Lynn die Arme vor der Brust und blickt hinauf zu der riesigen Kiefer mitten im Halbkreis unserer paar Häuser. »Also, du hast nicht übertrieben, als du gesagt hast, sie sei groß, Delsie. Jetzt verstehe ich, weshalb eine gewöhnliche Leiter nicht reichen würde.«

Sie schaut hinunter auf die vielen Schachteln mit den Lichterketten für die Weihnachtsbeleuchtung. »Die Idee ist komplett verrückt, aber ich muss sagen, es gefällt mir, dass ihr keine kleinen Brötchen backt, du und Ronan.« Sie gibt den anderen Feuerwehrleuten ein Zeichen. »Dann wollen wir mal.«

Kurze Zeit später kommen Ronan und sein Vater. Ronan fällt fast aus dem Auto. »Hey!«, brüllt er. »Wir haben es geschafft! Wir haben die Schlüssel!« Er hält sie hoch wie eine Trophäe.

»Hurra!«, rufe ich.

Henry kommt herüber. »Willkommen in unserem Viertel«, sagt er und schüttelt beiden die Hand. Gusty bittet um die Schlüssel und Ronan wirft sie ihm zu. Dann gehen die beiden Männer hinüber zu Ronans neuem Haus.

»Mann, das ist ein echt gigantisches Teil!« Ronan betrachtet den Baum von oben bis unten. »Wie viele Lichter gehen drauf? Zehn Millionen?«

»Bestimmt. Den wird man aus dem All sehen können.«

Dann packt er mich am Ärmel. »Komm, wir schauen unser neues Haus an.«

Als wir die Verandastufen hinaufgehen, hören wir Gusty drinnen reden. Er nennt Ronans Namen und Ronan bleibt stocksteif stehen.

»Oh, das Leben als Fischer«, sagt Gusty. »Natürlich vermisse ich es. Ich vermisse es jeden Tag.«

Ronan runzelt die Stirn und senkt ein wenig den Kopf. Lauscht.

»Ich habe mich in dieses Leben verliebt, als ich zwölf war. Selbst wenn der Fang schlecht ist und das Wetter brutal; selbst wenn es kaum Arbeit gibt und die Verordnungen der Regierung einem die Hände binden, gibt es nichts Besseres auf der Welt, als auf dem Ozean zu sein …«

Ronan lässt das Kinn noch weiter sinken.

»Es gibt nur eines auf diesem ganzen Planeten, das mich dazu bringen konnte, das Fischen aufzugeben … der Junge da draußen. Er ist das Beste, was mir je passieren konnte, Henry. Wir richten uns das Haus her. Ich mache es zu einem guten Zuhause für ihn und mich.«

Ich lächle breit, doch Ronans Miene ist ganz anders. Er blinzelt und lächelt, ohne die Zähne zu zeigen, und entspannt den Kiefer. Er stößt die Luft aus und lässt die

Schultern sinken, als hätte er gerade eine schwere Last abgeladen. Er beugt sich ein wenig vor und wendet sich dann mir zu. »Delsie. Hast du das gehört, Delsie?«

»Ja, Ronan.«

Er beißt sich auf die Lippe. Dann überzieht ein breites Lächeln sein Gesicht, und er blickt hinauf in den Himmel, bevor er mit einem Riesensatz auf die Veranda springt. Wir betreten das Haus, das aussieht, als sei ein Tornado durchgefegt. Dazu Vorhänge aus Spinnweben. Wir hinterlassen Fußabdrücke im Staub. Sowohl in der Wand als auch in der Decke ist ein Loch und die Tapeten sind braun und lösen sich an den Rändern.

»Hey, ich find's super, was ihr aus dem Haus gemacht habt.« Ich lache.

Ronans Stimme bricht. »Ich finde es absolut *perfekt*.«

»Das ist es auch, Ronan. Unbedingt.«

»Komm, ich zeig dir alles.« Ronan läuft in die Küche. Er zeigt auf eine riesige Pfütze auf dem Boden. »Wir haben unseren eigenen See. Groß genug für ein Boot.« Er wirbelt herum und deutet auf einen Herd, bei dem die Backofentür halb abgerissen ist. »Und wie du siehst, gibt es einen Herd, der kocht, wenn wir das ganze Ding in Brand stecken und Hotdogs und Marshmallows auf Stöcken braten.«

Wir lachen.

Er zeigt mir sein Zimmer. »Mein Dad hat mir das größte Schlafzimmer überlassen. Und schau, die Schubladen sind schon in der Wand. Ist das nicht cool?« Seine Miene hellt sich auf. »Oh! Und mein Dad sagt, dass meine avó kommt, um sich das Haus anzusehen und mich kennenzulernen. Ich kann's nicht glauben.«

Das Gejohle von Saucepan Lynn unterbricht uns und wir laufen zu ihr hinaus. Sie blickt hinauf zu dem Baum und verschränkt wieder die Arme. »Also, dieser Baum ist absolut bombastisch. Herrlich. Genau das, was ich von zwei Crêpewendern erwarten würde.«

Obwohl ich an jenem Tag überhaupt keine Crêpe gewendet habe, weiß ich, was sie meint.

Es ist endlich dunkel geworden, als Henry allen Feuerwehrleuten die Hand schüttelt. Grammy verteilt Limonade. Saucepan springt hinten auf das Feuerwehrauto, als es schon anfährt. »Henry!«, ruft sie. »Du versprichst vorbeizukommen und zu berichten, wie alles gelaufen ist.«

»Versprochen!«

Wir winken ihnen nach und rennen dann zu unseren Häusern, um die Lichter zu löschen. Als Esmes Scheinwerfer die Straße heraufkommen, stehen wir alle im Dunkeln.

Ich umklammere die beiden Verlängerungskabel, bereit, sie zu verbinden und den ganzen Platz in Licht zu tauchen.

Esmes freundliche, kräftige Stimme ist zu hören, als sie und Olive aus dem Wagen steigen. Ruby läuft zu Henry und er nimmt sie hoch. »Daddy«, flüstert sie deutlich hörbar, »es war so schwer, das Geheimnis nicht zu verraten.«

Er drückt sie an sich. »Ich bin stolz auf dich, Wildfang.«

Olive kneift die Augen zusammen und versucht im Dunkeln etwas zu sehen. »Was zum Kuckuck macht ihr Dummköpfe hier alle im Dunkeln? Was wird das? Ein All-you-can-eat-Buffet für Stechmücken?«

Ich verbinde die Kabel und spüre das Sirren von Elektrizität, als die Lichter unser Viertel mit Farbe überfluten. Rot und Grün. Blau und Orange.

Olive hat ganz große Augen bekommen und ihr Unterkiefer hängt herunter. Wenn Ruby manchmal so dasteht, weist Olive sie zurecht und sagt, sie solle den Mund zumachen. »Du liebe Zeit«, flüstert sie, als sie langsam den Kopf hebt und die bunten Glühbirnen sich auf ihrem Gesicht spiegeln. »Was ist das?«, fragt sie, aber sie klingt überhaupt nicht wie die schleifpapierne Gib-mir-gefälligst-eine-Antwort-und-zwar-sofort-Olive.

»Das ist für dich, Olive«, erkläre ich. »Um dich an deine Familie zu erinnern.«

»Und«, ergänzt Esme, »um dich daran zu erinnern, dass wir alle immer deine Familie sein werden.«

Ich glaub's nicht, aber Olive beginnt zu weinen. Sie dreht sich auf dem Absatz um und eilt zu ihrem Haus.

Ich laufe ihr nach und stelle mich ihr in den Weg. »Es ist okay, Olive ... bleib hier. Bitte bleib bei uns.«

»Ich komme mir vor wie ein Idiot«, erwidert sie. »Ich …
ich weine, und dabei sollte ich wirklich stärker sein.«

»Hey«, meldet sich Ronan, »ich habe diesen Sommer
ziemlich viel geweint, und ich bin ziemlich stark.«

Seine Miene, nachdem er das gesagt hat, bringt mich
zum Lachen – als sei er erstaunt über seine eigenen
Worte.

Esme und Grammy stellen sich rechts und links neben
Olive und jede legt ihr einen Arm um die Schultern.

»Siehst du?«, sage ich. »Wir sind eine große Familie.«

Und wie ich so mit allen anderen unter dem Schein der
Lichter stehe, weiß ich, dass es stimmt.

Ich höre Ruby kichern, als Grammy ihr sagt, dass sie
aussieht wie ein Filmstar mit ihrer neuen Brille. Und Erinnerungen kullern durch meinen Kopf an Grammy, die
bei Schulkonzerten zu laut klatscht. Oder mir sagt, ich
sei die Größte, wenn ich es gar nicht verdient habe. An
die vielen Male, an denen ich etwas Dummes getan habe
und sie mich in ihre Arme nahm und sagte: »Jetzt hab ich
dich. Deine Grammy hat dich.«

Und sie hatte mich.

Es gab keinen Tag, an dem sie nicht für mich da gewesen wäre. Mir gebratene Fleischwurst gemacht und
mir alles über Spielshows beigebracht hat. Meine ver-
filzten Haare so gebürstet hat, dass es nicht wehtat. Mich
gefragt hat, wie es mir geht, und eine ehrliche Antwort
hören wollte. Mir den Rücken gestreichelt hat, wenn ich

krank war, und es mit Krankenschwestern aufgenommen hat, um bei mir zu bleiben.

Und jetzt ... wenn ich in Grammys blaue Augen schaue, bin ich glücklich, dass ich keinen Sturm allein überstehen musste – und dass Grammy und Opa Joseph da waren, als meine Mutter ging.

Mein Blick gleitet über die Gesichter meiner Nachbarn – und ich denke daran, wie jede und jeder Einzelne mir auf irgendeine Art in diesem Sommer geholfen hat. Und mir wird klar, was ich eigentlich schon immer gewusst habe – dass es bei Familie nicht um Blutsverwandtschaft geht und darum, denselben Nachnamen zu haben. Familie sind die Menschen, die man liebt. Die sich um einen sorgen und sich für einen einsetzen. Die mit einem Blick wissen, wann man bei einer Tasse Tee mit jemandem reden muss.

Ich komme mir dumm vor, weil ich den Regen angeschrien und mich beklagt habe, weil ich unter einer Wolke leben muss. Tatsache ist, dass die Sonne immer am Himmel steht – sie wird nur manchmal verdeckt.

Ich höre Grammy, Esme und Henry lachen, und etwas tief in mir drin beginnt klein, wird dann aber größer und immer größer ... ein Gefühl.

Wie viel Glück ich doch hatte.

Ich wurde nie im Stich gelassen.

Ich wurde jeden Tag meines Lebens geliebt.

Liebe Leserinnen
und Leser,

»Nicht was man sieht, zählt, sondern wie man es sieht.«

Dies ist ein wichtiger Aspekt von »Wie man den Wind aufhält« – der Gedanke, dass Menschen oft dieselbe Situation vor Augen haben und unterschiedliche Dinge sehen.

Als Kind hatte ich etliche Probleme. In der Mittelschule betrachtete ich mein Leben und hatte das Gefühl, vom Glück nicht gerade begünstigt zu sein. Genau wie im Buch kauften wir auf Flohmärkten ein, hatten ein Auto, bei dem man beten musste, damit es ansprang, wohnten zwischen verrußten Wänden, hatten Freunde, die einen Tag loyal waren und am nächsten nicht mehr, und ich hatte Eltern, die für mich nicht erreichbar sein konnten.

In der Highschool dann war ich total verblüfft, als eine Freundin feststellte, wie viel Glück ich doch hätte. Mein Leben mit ihren Augen zu sehen, veränderte meine

Wahrnehmung ein wenig. Und nach weiterer Beschäftigung mit dem Thema entdeckte ich, dass man findet, was man sucht. Nachdem ich ein wenig genauer hingeschaut hatte, erkannte ich, dass es in meinem Leben tatsächlich viele Gründe gab, dankbar zu sein. Im weiteren Verlauf beschloss ich dann, das Gute in den Blick zu nehmen anstatt das, was mir fehlte.

Mit »Wie man den Wind aufhält« wollte ich auf unterhaltsame Art zeigen, wie wir alle dieselbe Sache vor Augen haben und unterschiedliche Dinge sehen können. Deshalb habe ich auch über das ganze Buch verteilt Anagramme geschaffen. Anagramme sind Worte oder Sätze, die gebildet werden, indem sämtliche Buchstaben eines anderen Wortes oder Satzes neu zusammengestellt werden. (Das englische *listen* ist zum Beispiel ein Anagramm zum englischen *silent*, so wie im Deutschen *Lampe* ein Anagramm zu *Palme* ist. In beiden Wortpaaren kommen dieselben Buchstaben vor, nur in anderer Reihenfolge.)

So lassen sich aus den Namen aller Protagonisten in diesem Buch Anagramme bilden, die einen Hinweis auf den Charakter, das Leben, ein Geheimnis oder einen Wesenszug der jeweiligen Person geben.

Wenn ihr zum Beispiel KATRINKA SCHOFIELD seht (die Regisseurin des Musicals *Annie* im Kap-Theater), sehe ich IT'S A HARD KNOCK LIFE (Ein knallhartes Leben).

In diesem Buch geht es darum, wie authentische Beziehungen uns wachsen lassen und heil machen. Verletzlich zu sein – persönliche Dinge über sich selbst preiszugeben – ist gut, da dadurch, dass Vertrauen entsteht, Beziehungen entstehen. Doch was sagt Grammy dazu? Sei vorsichtig, wem gegenüber du dich verletzlich zeigst. Verbringe deine Zeit mit Menschen, die dich unterstützen, dich beschützen und das Beste für dich wollen. Die ehrlich mit dir sind, aber auch freundlich. Beziehungen sollten dich glücklich machen und keine Fragen aufwerfen. Lerne wie Delsie, für dich selbst zu sprechen. Das hast du verdient.

Versuche außerdem deine Umgebung mit Optimismus und Dankbarkeit zu sehen. Das Leben ist nicht leicht. Du wirst mit manchen Dingen scheitern, Enttäuschungen erleben und verletzt werden. Du kannst damit umgehen, glaub mir. Du bist stark. Stelle dich diesen Herausforderungen. Stütze dich auf andere. Aber bewahre dir Optimismus und Dankbarkeit. In schweren Zeiten machten sie mich belastbar und halfen mir außerdem, ein glücklicher Mensch zu werden.

Dasselbe wünsche ich dir.

Lass dich nicht unterkriegen.
Anna Graham
(alias Lynda ☺)

Danksagungen

Ich möchte den Menschen danken, die sich um die Kinder anderer Leute kümmern, die einspringen, wenn andere gehen, einschließlich Adoptiveltern und den vielen Großeltern und Menschen in der weiteren Verwandtschaft, die dafür sorgen, dass Kinder nicht auf der Strecke bleiben. Ihr Tun wird die Welt nachhaltig prägen. Ich kann mir keine höhere Berufung vorstellen.

LehrerInnen und BibliothekarInnen: Ich danke denjenigen unter Ihnen, die die Ronans dieser Welt unter ihre Fittiche nehmen, weil sie erkannt haben, dass hinter ihrer Wut oft Frust, Trauer und Kummer steckt. Sie retten diese Kinder mit Liebe, Respekt und großen Erwartungen. Und das ist lebensnotwendig, denn wenn wir nicht in die Tiefe gehen, um diesen unzufriedenen, zornigen Kindern zu helfen, werden daraus unzufriedene, zornige Erwachsene.

Ich möchte Nancy Paulsen, meiner Lektorin, danken. Ich werde nie vergessen, wie geduldig du darauf gewartet hast, dass ich diese »Soße« fertig bekomme. Mit einer anderen Lektorin wären diese Charaktere nie das geworden, was sie sind, das weiß ich. Danke.

Ich finde es toll, ein *Penguin* zu sein! Ich bin dankbar für jede und jeden Einzelnen von euch, die ihr bei sämtlichen Autorenangelegenheiten weiterhelft! Vor allem Sara LaFleur, mit der zu arbeiten immer eine Freude ist. Ein großes Dankeschön geht an Maggie Edkins, von der dieses spektakuläre Umschlagbild stammt. Und an all die anderen Pinguine (derzeitigen und früheren), einschließlich Carmela Iaria, Venessa Carson, Rachel Wease, Andrea Cruise, Trevor Ingerson, Summer Ogata, Brianna Lockhart, Elyse Marshall, Kaitlin Kneafsey, Alexis Watts, Bridget Hartzler und Cindy Howle. Ich werde nichts, aber auch gar nichts von dem, was ihr für mich tut, jemals für selbstverständlich nehmen.

Ich danke meinem Freund und Agenten Erin Murphy und der gesamten EMLA-Familie. Ich bin Erin ewig dankbar, dass er mich auf diese unglaubliche Reise geschickt hat, eine, die ich nie für möglich gehalten hätte.

In weiten Teilen dieses Buches geht es um die Frage, wie wir uns unsere eigene Familie schaffen können. Die Menschen, die uns am nächsten stehen, sind oft nicht blutsverwandt mit uns, deshalb danke ich:

Susan Rheaume, die damals, als wir als 15-Jährige die ersten Verabredungen mir unseren zukünftigen Männern hatten, meine Freundin war und später meine Trauzeugin, so wie ich bei ihrer Hochzeit Trauzeugin war. Du hast mir immer gesagt, dass du in null Komma nichts da wärst, wenn ich etwas bräuchte, und du weißt, dass dies auf Gegenseitigkeit beruht. Du bist mitfühlend, loyal und witzig. Du hast so viele wundervolle Eigenschaften, und du wirst geliebt, vergiss das nie.

Kathy Martin Benzy, du bist ein Schatz. An dich habe ich unzählige Erinnerungen in Zusammenhang mit Spaß und Gelächter. Du warst eines meiner ersten Beispiele dafür, was es bedeutet, jemanden wirklich zu unterstützen. Eine wahre Freundin zu sein. Als ich im College jemanden brauchte, der mir zuhörte und mir half, sowohl mit meiner Vergangenheit als auch mit meiner Zukunft klarzukommen, warst du da. Und bist es immer noch. »Hey, Kath ... kann ich dich mal etwas fragen?« ☺ Du bist unglaublich. Ich liebe dich ohne Ende.

Judy und Fran Miller: Als wir uns vor 30 Jahren begegnet sind, hätte ich mir nie vorstellen können, dass ich euch einmal lieben würde, als wärt ihr meine richtigen Eltern. Als junge Lehrerin und Mutter hast du mir den Spiegel vorgehalten und mir immer wieder gesagt, dass ich der Welt etwas Besonderes zu geben hätte. Die ganze Schriftstellerei kam für mich als Riesenüberraschung; ohne euch beide wäre es nie dazu gekommen, das weiß ich.

Die SCBWI und SCBWI New England (*Society of Children's Book Writers and Illustrators*, eine internationale Gesellschaft für Kinderbuchautoren und Illustratoren, A. d. Ü.) sind ein Segen. Über diese Gruppe habe ich viele liebe Freunde und Mentoren kennengelernt. Mitglied in beiden zu sein, hat eine Lücke gefüllt, von der ich nicht wusste, dass es sie gab. Dafür werde ich immer dankbar sein. Mein spezieller Dank gilt Sally Riley. Du hast so viele von uns unterstützt und begleitet und dabei immer dein wunderbares Herz sprechen lassen.

Besonders dankbar bin ich Jenny Bagdigian, Liz Goulet Dibois, Cameron Rosenblum und Julie True Kingsley, die mein Buch in einem frühen Stadium gelesen haben, felsenfest an mich geglaubt haben und verdammt gute Freunde sind. Ronan würde euch nie »Sandwich-Freunde« oder Hammerhaie nennen.

Als Esme sich mir erstmals vorgestellt hat, erkannte ich in ihr die Weisheit und die Herzen von Janet Bates und Dr. LaQuita Outlaw. Ihr beide habt mir geholfen, Esme zu erschaffen. Danke dafür. Ich liebe sie.

Ein herzliches Dankeschön geht auch an diese kreativen Freunde, die mich inspiriert und unterstützt haben: Patricia Reilly Giff, Leslie Connor, Katherine Applegate, Laurie Smith Murphy, Jennifer Thermes, Ein Dionne, Kat Yeh, Jeanne Zulick Ferruolo, Elly Swartz, Hayley Barrett, Kristen Wixted, Brook Gideon, Lucia Zimmitti, Kate Lynch, Linda Crotta Brennan, Hayley Barrett, Audrey Dubois, Pam Vaughan, Mary Pierce, Carlyn Beccia, Kristine Asselin, Tony Abbott, Jane Yolen, Heidi Stemple, Kimberly Brubaker Bradley, Nora Laley Hansen und Jane Bowditch Holtz.

Ich danke auch dem Kap-Theater in Dennis, Massachusetts, und dort vor allem Michelle Kazanowski, die mir viel Zeit geschenkt hat bei Rundgängen und Interviews und die mich an Schauspiel- und Impro-Stunden teilnehmen ließ.

Ich danke Brian Basler, der mich auf für das Kap spezifische Dinge gebracht hat; sowie dem Red Cottage, Jack's Outback und Grumpy's, die alle dazu beigetragen haben, Saucepan Lynn's entstehen zu lassen.

Ein dickes Dankeschön geht an die Kinder und Lehrkräfte der Mittelschule in Maine, die mich dazu inspiriert haben, an dem Buch weiterzuschreiben. Ihr seid kreativ, clever, speziell und wertgeschätzt.

Und jetzt zu meiner »DNA-Familie« ...

Meine Mom starb 2004 und ich denke jeden Tag an sie. Wenn wir unsere Mutter verlieren, sind wir danach nie mehr dieselben. Aber wir hatten es nie leicht miteinander. Sie hatte Kämpfe zu bestehen, die ich als Kind nicht verstand. Aber ich habe sie von ganzem Herzen geliebt. Ich wünschte, wir könnten uns bei einer Tasse Tee zusammensetzen und über die Dinge, die passiert sind, reden – einschließlich der Siege der Red Sox in der World Series! Einige der Dinge, auf die ich am meisten stolz bin, gibt es, weil ich Reres Tochter bin.

Ich habe das große Glück, Karen, Ricky, Jchnny und

Michael als Geschwister zu haben. Und ich bin vielfach gesegnet mit meinen außergewöhnlichen Nichten und Neffen – und jetzt auch deren außergewöhnlichen Kindern. (Hi, Emma, Alex, Zachary, Alora und Maya!) Ich liebe euch alle sehr.

Liebe Grüße auch an Mums beste Freunde – die Familien Smith, Martin, Steeves, Gilligan und Pomeroy.

Und nun zu meinen Schwiegereltern, John und Carol Hunt: Ich habe euch kennengelernt, als ich 15 war, und ihr habt mich aufgenommen und euch um mich gekümmert. Nach mehr als 35 Jahren tut ihr das immer noch. Ich bin so dankbar, in eure Familie eingeheiratet zu haben. Und danke, dass ihr mir das größte Geschenk gemacht habt, das ich je bekommen habe: euren Sohn.

Greg: Als ich über Opa Joseph und seine breiten Schultern geschrieben habe, habe ich über dich geschrieben. Du bist loyal und gütig. Du setzt dich für deine Familie ein. Wir alle wissen, dass wir uns auf dich verlassen können, egal was passiert. Die Millionen Aufmerksamkeiten, die du tagtäglich für uns alle tust, sind bei mir nie verschwendet. Ich habe bis jetzt etliche großartige Dinge in meinem Leben getan, aber das Beste war, dich zu heiraten.

Kim und Kyle: Es gibt niemanden auf der Welt, auf deren Besuche ich mich mehr freue oder die mich so zum Lachen bringen wie ihr beide. Ich hüte die Erinnerungen an eure Kinderzeit und bin voller Bewunderung für das, was aus euch geworden ist – euer Mitgefühl und euer Intellekt, eure Arbeitsmoral und euer Sinn für Humor, eure Neugier und euer Bestreben, etwas Gutes in dieser Welt zu hinterlassen, machen mich stolz. Und danke, Kim, dass du Dave in unsere Familie gebracht hast; er ist ein ganz außergewöhnlicher Mensch. Ich liebe euch alle unzählige Male um Pluto und zurück.

© Carter Hasegawa 2018

Lynda Mullaly Hunt wuchs als jüngste von fünf Geschwistern auf. Sie arbeitete als Lehrerin, bis sie beschloss, das zum Beruf zu machen, was ihr am meisten am Herzen liegt: Lesen, Geschichten erzählen und Kinder. Ihr erstes Kinderbuch »Ich hab mich nie so leicht gefühlt« schaffte es auf Anhieb auf mehrere Bestenlisten, ihr zweiter Roman »Wie ein Fisch im Baum« landete auf der New-York-Times-Bestsellerliste. Sie lebt mit ihrem Mann und zwei Hunden auf Cape Cod.

Von der Autorin sind ebenfalls bei cbj erschienen:

Ich hab mich nie so leicht gefühlt (16408)
Wie ein Fisch im Baum (31242)

© Ursula Höfker

Ursula Höfker arbeitete nach Schule und Studium der Angewandten Sprachwissenschaften in verschiedenen Buch- und Zeitschriftenverlagen, bevor sie sich nach einem kurzen Abstecher in die USA in ihrem Heimatdorf als freiberufliche Übersetzerin selbständig machte. Seither lebt sie in Süddeutschland und träumt von ihrem alten Häuschen in der Toskana, das sie viel zu selten sieht.

Lynda Mullaly Hunt
Wie ein Fisch im Baum

ca. 288 Seiten, ISBN 978-3-570-16420-4

Ally ist elf Jahre alt und eine Einzelgängerin. An der Schule ist sie als Freak bekannt und den Lehrern ein Dorn im Auge. Dabei geht es Ally nur um eins: Um jeden Preis ihr Geheimnis zu wahren – sie kann weder lesen noch schreiben. Da kommt ein neuer Lehrer in die Klasse, Mr. Daniels. Im Gegensatz zu seinen Vorgängern beobachtet er Ally genau und findet bald heraus, dass Ally an einer Lese-Rechtschreibschwäche leidet und gleichzeitig hochintelligent ist. Langsam lernt Ally, ihm zu vertrauen und schließt nebenbei Freundschaft mit zwei anderen Außenseitern. Gemeinsam widersetzen sie sich mutig dem Mobbing ...

www.cbt-buecher.de

60055